闲闲拾光
Free time

——闲·闲·拾·光——

恋上，一个人

LOVE A PERSON

梅子黄时雨 著

文化发展出版社
Cultural Development Press

图书在版编目（CIP）数据

恋上，一个人 / 梅子黄时雨著．— 北京 ：文化发展出版社有限公司，2019.4
ISBN 978-7-5142-2571-6

Ⅰ．①恋… Ⅱ．①梅… Ⅲ．①长篇小说－中国－当代 Ⅳ．①I247.5

中国版本图书馆 CIP 数据核字（2019）第 044007 号

恋上，一个人

梅子黄时雨 著

责任编辑：司　璐　　特约编辑：DORIA　雷晓竹
封面绘图：三　乖　　版式设计：蚂蚁王国
装帧设计：小　茜

出版发行：文化发展出版社有限公司（北京市翠微路 2 号　邮编 100036）
网　　址：www.wenhuafazhan.com
经　　销：各地新华书店
印　　刷：北京美图印务有限公司
开　　本：880mm×1230mm　1/32
字　　数：225 千字
印　　张：9.5
版　　次：2019 年 5 月第 1 版　2019 年 5 月第 1 次印刷
定　　价：39.80 元
I S B N：978-7-5142-2571-6

目录
Contents

— PART 01 —

第一章

错爱

蒋正璇每天一进门，习惯性地便是将客厅内的大电视机打开，第一时间让电视里熟悉的中文播报声充满自己这套不大不小的公寓。

从她公寓落地窗往外远眺，四周密密麻麻的都是高楼大厦，下面是日夜川流不息的车流长龙。这里是美国最繁华的不夜城——纽约。

记忆仿佛才一瞬，可她来到这座城市却已经三年多了！她当年带着全身伤痕逃离了洛海，来到了这里。

无论待了多久，她每每站在公寓窗口，还是会茫然地觉得这个城市陌生如许。没有一点归宿感。无数个早晨，她睁开眼，总会茫然失神地盯着天花板，怔忪地问自己：我怎么会在这里？

她总觉得一切都恍惚在梦中，等天亮了，梦醒了，睁开了眼，她还在洛海，她还在自己那个清雅的公主小屋里。

但是，近处、远处一幢又一幢的大楼，无一不在冰冰冷冷地提醒她，她不是在梦中，她确实在陌生的纽约。

过往的一切也都不是梦！

是啊，那不是一场梦！

蒋正璇转身进了厨房，给自己倒了半杯红酒，浅浅地抿了一口。她趿拉着拖鞋，回到客厅，把自己深深地埋在柔软的沙发里。

多讽刺啊。她的曾经就是被埋葬在这苦涩的液体之中，可是现在每天从学校回来，她却会习惯性地喝上一杯半杯，连完成导师布置的设计作品时也不例外。美其名曰沉淀思绪，帮助睡眠，事实上是她爱上了红酒的味道。多好，喝了它之后，脑中迷迷茫茫的，晕晕沉沉的，可以什么也不用想。在那里，世界还是最初最美的模样。

蒋正璇又浅浅地酌了一口红酒，让醇香甘涩在唇齿间弥漫，然后丝线般地滑入喉间。正欲搁下杯子，此时电视女主播清脆柔美的播报里传来了一个熟悉的名字。

“由于管理不善、错误并购，以及受多个糟糕决策的严重影响，曾经是国内最受欢迎的社交网站 My.Life，第三季度财务报告严重亏损，股价暴跌到历史最低点……”

蒋正璇呼吸顿时一窒，倏地转过头，视线牢牢地锁定在电视机那闪烁的屏幕上。电视里出现一个戴着墨镜的西装男子在几个保镖的簇拥下前行，镜头只拍到他高大的侧影，昙花一现般只两三秒的时间，便切入了其他画面。

“据本台最新得到的消息，My.Life 公司已经向有关部门递交破产程序。本台记者此时正 24 小时守候在 My.Life 公司大楼，为您等待关于 My.Life 网站及其创始人兼 CEO 聂重之的最新消息……”

那一瞬间，似有一只无形的巨手毫不留情地一把抓住了她，将她身体里所有的血液全部挤压出来。蒋正璇整个人呈现出一种眩晕窒息的无意识状态。

许久后，一直保持着茫然之态的蒋正璇才回过神，一低头便看见湿淋淋的脚背，嗒嗒地流淌着酒水……原来自己手里的酒杯不知何时已经掉落在了脚边。可她，居然一点察觉也没有。

My.Life公司，聂重之。蒋正璇抱紧了自己，不知是不是今日天气骤冷的缘故，她只觉得浑身都透着凉。

曾经红极一时的My.Life社交网站，在纳斯达克上市的My.Life，怎么会就这么轻易地破产了呢！

聂重之这么心高气傲的一个人，又如何能够接受？那是他仅有的全部！

已经足足四年了，她刻意地遗忘，在这几年中她极少极少想起他。

刻意遗忘那一年鼻青脸肿的聂重之来看她，神色间莫名地欢喜，他在床畔轻轻地问她：“璇璇，嫁给我好不好？”他的声音又轻又缓，十分小心翼翼，像足了一个在法院里等待宣判的犯人。

刻意遗忘那一年他曾经抱着她，求她说：“璇璇，我们结婚吧，我们把孩子生下来。”那一刻，他的声音是那样的低，那么的柔，像珍珠缓缓滑过丝巾，几乎让她沉溺了。

刻意地遗忘他曾在她耳边喃喃着说：“璇璇，你知不知道我是爱你的？如果不是因为我爱你，我为什么对你做那些。以前的一切都是我的错，都是我的不对。你别生我的气，把孩子生下来，好不好？”

聂重之爱她，蒋正璇那个时候想想都要发笑，被雷劈也没他这句话惊悚。他若是爱她，怎么会拿一场错误不停地威胁她这样威胁她那样呢？

刻意遗忘他曾经买了戒指，为了向她求婚，在她房门外，整整跪了一夜。

刻意遗忘聂重之曾恶狠狠地掐着她的肩膀，红着眼咬牙切齿地对她说过：“蒋正璇，你如果敢不要这个孩子，我一定杀了你。我一定杀了你！我发誓，这辈子，不，别说这辈子，就算是我做鬼了也不放过你。”

他们家世相当，蒋正璇对聂重之的威胁并不上心。

聂重之后来见她铁了心不要孩子的模样，大约心凉了，不止一次在她耳边冷冰冰地威胁：“蒋正璇，你如果敢不要这个孩子，我就找人做了你最爱的叶大哥。你知道的，我什么都不多，就钱多。你说现在这个社会，有没有拿钱办不了的事？怎么样？你要不要跟我赌这一局？”

她的反应也只是极淡极淡地扫了他一眼，眸光似扫过一件家具或者摆设，甚至连睫毛也不曾牵动分毫。然后转头，继续不吃不喝。

聂重之在她身后，抱着她的腰腹部，绝望地哀求她：“璇璇，你把孩子生下来。我答应你，从此以后，我会当从未认识过你，我发誓绝不会再纠缠你。只要你答应我把孩子生下来，我和孩子这辈子都不会出现在你的生活里。好不好？我求你了！璇璇，我求你了。”

犹记得聂重之知道她流产的那一天，他发了疯似的冲到了她病房里，掐着她的脖子，呼呼呼地喘着粗气，似一头受了重伤命悬一线的野兽：“蒋正璇，你是故意的。你是故意的！还是不是人！你到底是不是人……他是活的呀，再过几个月生下来，就是活生生一个孩子呀！你竟然下得了手！你竟然下得了手！那也是你的孩子啊！你怎么能下得了手！我要杀了你，杀了你！”

医生、护士们拼命地拉扯着聂重之，却怎么也无法把他的手从她脖子上拉开。还是主任医生在这一团混乱中显示出了临危不乱的大将之风，从从容容地直接给聂重之的背上扎了一针，镇定自若地指示众人把软倒下来的他拖开。

聂重之闭上眼软倒的那一霎，手还牢牢地捏着她的脖子，他亦在不停地喃喃："你怎么下得了手？你怎么下得了手？"

只差那么一点点，她就被他掐死了。那个时候，蒋正璇真真是心如死灰了，躺在病床上，甚至又生出了如果这样死去的话也不过如此的疯狂念头。或者，再去洛海大桥跳一次也不错。

她是众人眼中真正含着金钥匙出生的人，跟绝大多数有家世的孩子还有个明显的不同之处，那就是父亲蒋兆国和母亲陆歌卿这对豪门夫妻还极其恩爱。因父母中年得女，又是小幺，所以对她向来是宠爱有加，总结起来可以用一句"在蜜罐里泡大"来形容她，都嫌不够。

一直到她遇见了叶英章，遇到了他——聂重之！人生才开始慢慢地对她展露狰狞残酷的真实面目。

聂重之在她隔壁病房醒过来后，便径自离去了。从此以后，聂重之便如他发过的誓言一般，再没有在她的生活里出现过。甚至连她大哥蒋正楠那轰动洛海城的订婚典礼，他也没有出席。他与他们真正形同陌路。

后来的后来，她便只身一人来到了纽约。

那一个晚上，蒋正璇在网上 Google 了整整一个晚上，关注了所有能看到的关于 My.Life 的新闻，关于聂重之的新闻。

— PART 02 —

第二章

梦网

六年前，洛海

碧蓝晴空，白云如絮，拂面微风，还有宛转折叠的午后日光。洛海的秋日，五色斑斓，流光溢彩。

蒋家司机将车子平平稳稳地停在了洛海公安局的宿舍楼门口。蒋正璇小心翼翼地提着纸袋，推门下车：“徐伯，你先回去吧。我等一下会自己回家的。”

徐伯应了声“是”，看着蒋正璇笑容清甜地跨着细碎小步走进了宿舍大院。不远处花坛里，群花盛开如荼蘼。

蒋正璇熟门熟路地绕过圆形花坛，走到了三号宿舍楼下。她抬头瞧了瞧二楼的某个窗户，只见窗帘拉得严严实实的。蒋正璇暗暗叹了口气，看来叶大哥昨晚又熬通宵了。

按了按门铃，不过片刻，睡眼惺忪的叶英章打着哈欠拉开了门：“璇璇，是你啊。怎么来也不打个电话给我。”蒋正璇笑眯眯将藏在身后的纸袋“唰”地捧到他面前：“噔噔噔，外卖小妹给你送来最新出炉的纸杯蛋糕。幸福吧！”

叶英章被她逗得微笑，侧身让她进屋：“现在几点了？我等下还要去单位值班。”

蒋正璇看了手表：“三点多，昨晚是不是又加班了？”叶英章打着哈欠进了浴室：“嗯，案子到了关键的地方，办公室里的同事都不眠不休了几天。我被他们赶回来睡了几个小时。”

叶大哥工作起来就是昼夜不分。蒋正璇不免心疼，娇娇地催促他：“那你快点洗好出来吃蛋糕，胃都要饿坏了。”

蒋正璇将纸杯蛋糕精心地摆放在白色大瓷盘里，又按着他的喜好给他冲泡了一杯少奶少糖的咖啡。

片刻，叶英章便洗好澡，换了衣服出来，见她俯身在整理报纸杂志，忙道：“璇璇，你别忙了。坐下来一起吃吧。”璇璇从小衣来伸手，饭来张口，到如今还是蒋家三人捧在手心里的宝，哪里是做这种家务活的料。

蒋正璇莞尔一笑：“我吃过了，现在好饱。你睡到现在，肯定饿了，快点尝尝看，然后告诉我这次有没有进步？”不止她吃过了，整个蒋家上下都做了她的白老鼠，估计今晚都饱得不用吃饭了。

叶英章确实是饿了，也没有再客气，拿起蛋糕就往嘴里塞。一连吃了三个，才有空称赞她：“璇璇，你的手艺越来越好了。味道不错，就是有一点甜。”

见他喜欢，蒋正璇心里便如那掺了蜂蜜的纸杯蛋糕一般欢欣喜悦：“好，下次我做清淡点。你再多吃几个，我去把垃圾扔了。”叶英章忙拦着她：“不用，我等下带出去。”

蒋正璇：“没事，二楼而已，就几步路。”说罢，她提着垃圾袋踏着轻快的步子下楼。

一切到那个时候还是好好的。

蒋正璇扔了垃圾，一进了屋子，就看到叶英章趴在地板上神情紧张地东摸西找。蒋正璇莫名诧异："叶大哥，你在干吗？"

叶英章头也不抬地边找边问她："你刚刚扫地的时候，有没有看到一个玉葫芦小挂坠？"蒋正璇不以为意地点了点头："哦……脏兮兮的那个啊，被我扔了。"

刚整理的时候，她确实在沙发边看到了这么一个小挂件。大约是时间久远的缘故，编织的红绳都已经发黑了。哪怕蒋正璇不大懂玉的成色，但一看这玉葫芦便知是不值钱的街边货，搞不好还是塑料的。她也没多留意，随手便扔进了垃圾袋里。

叶英章骤然抬头，急得连音调也提高了几个分贝："什么，你扔了，扔在哪里了？"眼前的垃圾桶空空如也。也不待蒋正璇回答，叶英章动作敏捷地起身，一阵风似的冲出了屋子。

蒋正璇在原地错愕了几秒，搞不懂他这是怎么了，只好也尾随着他下了楼。

只见刚刚洗好澡的叶英章站在垃圾堆里东翻西找。蒋正璇那个时候还不明所以："叶大哥，不过一个破挂坠而已，又不值钱，扔了就扔了。要不我给你买几个更好看的？"

蒋正璇眼里的破挂件却是他叶英章的无价宝贝。五福当年的岁月，他与那个人一起逛街。在喧闹嘈杂的夜市，那人从小摊上取了挂件，在他面前来回晃动，笑盈盈地问他："这个怎么样？"她背后是灿烂的灯光，五彩缤纷的岁月迷离。

叶英章不搭话，面色阴沉地只顾翻着垃圾袋。蒋正璇这才后知后觉地察觉到了不对劲，可哪里不对劲，她就是说不上来。她绞着手指，讪讪地说："叶大哥，我刚扔的时候，边上正好有一辆垃圾车，可能……可能被垃圾车收走了……

“叶大哥，你别找了，我去买一条赔给你好不好？

“叶大哥……”

翻遍了垃圾最终还是没找到，最后叶英章实在是无可奈何，不得不放弃。

蒋正璇亦步亦趋地跟着他：“叶大哥，你别生气好不好？”

叶英章回屋重新洗了澡，出来的时候面色稍缓，淡淡地对她说：“璇璇，你先回家吧。我要去单位了。”

叶大哥明显是生气了。可是他为什么生气呢？她辛辛苦苦做了一个下午的蛋糕，指尖上还残留着被烫红的印子，又一路催着徐伯开快点再快点，为的就是让他吃到热腾腾、香喷喷的蛋糕。

难道就为了那个脏不拉几的小挂件？

蒋正璇咬着下唇，委委屈屈地辩解道：“叶大哥，我不是故意的。我看那挂件那么破旧，线都断了，又扔在地上，以为你不要了……”

叶英章垂下眼，似忍了又忍，半晌，口气软了些：“璇璇，对不起，是我这几天太累了，情绪绷得太紧。你让我这段时间冷静一下。你今天先回去吧。”

冷静一下，不就是一般情侣分手前说的婉转话语吗？

蒋正璇那黑白分明的眸子，瞬间水光莹润，她拽着他的袖子轻轻地摇晃，像小鹿般地惊慌失措：“冷静？为什么要冷静一下？叶大哥，我真的不是故意的，我去帮你找回来好不好？我一定给你找回来。”

叶英章长长地叹了口气：“不用了，我都找遍了，找不到了，再也找不到了。”他的口气轻轻的，却似含了无限哀伤落寞。蒋正璇不明白他这到底是怎么了。

“不会的，找得到的，一定找得到的……我再去给你找……”

叶英章顿了顿，语气缓和了起来："对不起，璇璇。这不关你的事情。走吧，我也是时候去单位了。"说罢，头也不回地离开了宿舍。

蒋正璇怯怯地在背后喊住了他："叶大哥……你真的不生气了吗？"叶英章转身，正色道："璇璇，我没有生你的气。这几天局里有大案子，同事们都忙得焦头烂额的，我必须得去单位工作了。你早点回家。"

叶英章的语调虽然如常，可神色却少有地严厉，蒋正璇有些不知如何是好，便戳在原地，眼睁睁地看着他的背影渐渐远去。

扔的时候，垃圾角里是满满一大堆的垃圾，此刻少了大半，明显是被刚才的垃圾车收走了。但蒋正璇还是不死心，在叶英章的楼下，捏着鼻子在垃圾堆里翻了半天。

不过是一个不值钱的小东西而已，那么脏、那么破旧了，就算掉在地上也不会有人弯下腰去捡的，哪怕送乞丐，人家也嫌弃的小挂坠值得叶大哥发这么大的火吗？蒋正璇翻了那么多恶心的垃圾，哪怕洗了一遍又一遍的手，身上好似还残留了那些垃圾特有的酸腐不堪的味道。

虽然习惯了叶英章不时对她的冷淡，但那一天的蒋正璇实在是不明白自己做错了什么，惹他生气发火。她觉得委屈，心酸极了，一个人踩着高跟鞋在马路上漫无目的地走了很长一段路。

脚后跟的皮蹭破了，阵阵地作疼。心里却也似破了一块，闷闷地疼。她傻傻的，一时也分不清到底是哪个疼得多一点。只是越想越觉得自己委屈、可怜，一个人便忍不住在回家的计程车上呜呜咽咽地哭了一场。

大约是哭得太过凄惨了，惹得前头的司机频频回头。那司机看到这么一个漂亮的小姑娘哭得梨花带雨的，觉得不忍，便劝道："小姑娘，跟男朋友分手了？别哭了，你这么漂亮，他居然瞎了眼不要你，以后他哭的日子才长着呢。”

蒋正璇被他劝得不好意思起来，擦干泪，睁开水雾朦胧的眼，无声抽噎着。计程车正路过湖滨路一带的酒吧一条街。蒋正璇看到路边Pub闪闪烁烁的霓虹灯，不禁涌起了想大醉一场的念头：“师傅，在这里停车。谢谢！”

蒋正璇在Pub一条街外驻足了许久，最终还是不敢进去。她虽然想借酒消愁，可也知道酒吧这种地方鱼龙混杂，是出了名的是非之地，一个女孩子去那里的危险系数太高了。

她茫然地站在人来车往的十字街头，最后决定前往聂重之所开俱乐部下面的酒吧。好歹那里是聂大哥的地盘，上上下下有很多人认识她，知道她是蒋正楠的妹妹，怎么也会罩着她。就算喝醉了，也不过是聂哥一通电话，让她哥来接她罢了。

昏暗暧昧的酒吧里，人头攒动。吧台边有穿着清凉诱人的大波浪美女手里端了一杯好看的酒，姿态媚人地与一男子窃窃私语。

蒋正璇搁下包包，便抬头对调酒师道：“来一杯跟她一样的。”调酒师微愣：“蒋小姐，你确定？”蒋正璇不管三七二十一，脑中只有一个念头，就是给她来杯酒，她要喝酒：“我很确定。”

调酒师耸肩一笑，吐出了个“OK”，便开始施展他风流潇洒的调酒技术。片刻，便把酒推给了她：“蒋小姐，你的暗夜迷香，请。”

在蒋正璇喝第三杯“暗夜迷香”的时候，酒吧的经理就上去将这情况暗地里禀报给了正在俱乐部顶楼专属套房的聂重之：“聂先生，蒋小姐在下面，您要不下去瞧瞧？”

聂重之一听这话，就知道蒋正璇在下面有情况。蒋正楠的妹妹等于是自己的妹妹，于是聂重之便第一时间合上了手头的电脑起身。

聂重之乘了专属电梯直达最底下的酒吧，他进去的时候，蒋正璇正将第四杯“暗夜迷香”端在手上。聂重之见状，不由得一惊。这小丫头疯了，居然敢这么喝酒。要知道“暗夜迷香”是用四五种烈酒调制出来的，可以在不动声色间麻醉人的神经，让喝酒的人在浑然不觉的状态下喝醉。

以蒋正璇这丫头的破酒量，敢喝四杯的“暗夜迷香”，她胆子也忒大了点。估计下一刻就应该趴下了。事实上，蒋正璇已经开始头昏眼花了，但她还是在头昏眼花中看到了聂重之，于是她笑嘻嘻地朝他挥手：“聂大哥，聂大哥。”

这个笑容虽然春光灿烂，但明显是咧嘴傻笑。不过大大的杏眼因为湿润特别地黑亮，在酒吧暧昧迷幻的五色灯光下，钻石般地闪闪烁烁，粉嫩晶莹的脸蛋，配上一头不长不短的鬈发，聂重之觉得心头被某物轻轻敲了一下，发出了“叮”一声清脆的声响，然后缓缓龟裂了开来。

那一个瞬间，聂重之第一次意识到蒋正璇这小丫头竟然很招人。

幸亏酒吧经理是个懂得眉高眼低的，让两个看场子的高大保镖随侍在蒋正璇旁边，一旁的闲杂人等见了这阵势倒也不敢随便接近。聂重之满意之余，觉得自己该给酒吧经理的年薪翻一番。

蒋正璇跟聂重之打了招呼后，转身托着下巴，星眼半合地对调酒师道：“Andy，我也要来一杯跟那个人一样的‘露丝玛丽’。这名字可真好听啊。”此时，聂重之已经来到了她身后，闻言直摇头，这丫头以为名字好听的酒就好喝。这“露丝玛丽”虽不比“暗夜迷香”，但也含有不少的酒精。

聂重之暗中示意调酒师给她换杯无酒精的鸡尾酒，挨着她坐了下来：“好了，璇璇，喝完了这杯酒，聂大哥送你回家。”

蒋正璇摇头，浑然不觉自己说话的时候已经大舌头了：“谁要回家，我才……才不要回家。我……还要喝酒。”聂重之见她蹙眉嘟嘴的俏丽模样，又好气又好笑，学着蒋正楠揉她的头发，柔声哄道：“乖啦，喝完这杯就回家。”

蒋正璇陡然从高椅上站了起来，摇着头，口里大声嚷嚷：“不好，不好，我说了不要回家。”聂重之叹了口气，看吧，现在都已经开始发酒疯了。这还要喝下去可如何得了啊？！

只见蒋正璇嚷嚷后，整个人便趴在吧台上，皱着好看的眉头跟调酒师继续要酒喝：“Andy，再来一杯，再帮我调一杯……我还要喝。”

叫 Andy 的这位调酒师在聂重之的示意下，将调好的无酒精鸡尾酒倒入了杯中，推到了她的面前。蒋正璇端起酒杯，咕咚咕咚几下就解决了，搁下酒杯，眉目迷离地捂着粉唇打了几个嗝：“再来，再来一杯。”

这丫头这般豪饮，看来今天是铁了心来买醉的。聂重之只好哄道：“来，去聂哥那里，我有一柜子好酒，随你喝。这里人太多，又太吵，我们上楼，聂大哥陪你喝。”

蒋正璇已经醉眼昏花了，一听到有酒喝，便跌跌撞撞地站起来：“好吧，我们……我们上楼喝。”

俱乐部楼上有他们几个人的专属休息套房。于是聂重之半哄半骗地把她搀扶到了自己房间。

蒋正璇的意识虽已进入了半清醒半迷糊的状态，可一进房间，居然还是记得自己要喝酒，满屋子地找酒喝：“酒呢？酒呢？”

当初这些房间设计的时候就是为了给他们这群人享乐用的，自然有配备好的小酒吧和吧台。蒋正璇一瞧见了酒吧，眼就发直了，踉踉跄跄地直扑吧台。然后整个人怔怔地趴在吧台上，杏眼恍恍惚惚地一眯，指着各式酒瓶，笑了：“酒，好多酒。”

蒋正璇随手就抽了一瓶红酒塞给了聂重之，大着舌头，醉态可掬：“打……打开。”

聂重之错愣了几秒，这丫头居然真还要再喝。可就这几秒工夫蒋正璇都已经不耐烦了，皱着眉头跺着小脚：“快点，快点打开，我要喝酒。”

聂重之委实无奈，只好取了开瓶器，拔了木塞。原本准备慢条斯理地把瓶子里的红酒醒一醒，拖拖时间。但这丫头连一刻都难耐，嘟着粉嫩嫩的唇一直在催他：“快点，快点。”喝醉了居然还嫌他侍候得不好：“你动作慢死了，怎么比蜗牛还慢。”一副不给她酒就不肯罢休之势。

聂重之只好给她在杯子里浅浅地倒了一层。蒋正璇眼睛一亮，端起酒杯就往口中灌。喝光后，她也不嚷嚷了，索性整个扑了过来，软软地趴在聂重之身上，抢着他手里的酒瓶：“好聂大哥，把酒瓶给我……把酒瓶给我……”

聂重之被她这一声又软又糯的“好聂大哥”叫得心口一顿，而后摇头失笑。这丫头，居然还这么地会卖口乖！叫她好聂大哥。这还是她生平第一次这么叫他。

这一瓶下去，以她的这个破酒量，非醉死不可。聂重之可不想明天挨蒋正楠的揍，于是赶忙倒了两杯，将极浅极浅的那杯递给了她：“都说了陪你喝酒，聂大哥从来说话算话，来，干杯。”

蒋正璇一口气喝完，皱着细细的眉，半掀着眼帘又开始撒娇：“好聂大哥，还要还要……我还要……”

结果，一路下来，聂重之在她的吵闹撒娇下，喝光了整整两瓶红酒。蒋正璇虽然每次喝的量不多，但次数多，加起来估计也有一两杯的量了。

那小丫头后来是真喝醉了，抱着抱枕靠在沙发上不言不语。她今日穿了条及膝裙，这样侧靠着，露出了两条素白匀称的小腿。聂重之也见多了各式美女，但一时间却无法移开目光。他禁不住再一次感慨：这小丫头真长大了，单单这双美腿就够诱人的。

聂重之的目光忽地被她那雪白脚后跟处猩红的两块斑点吸引了过去。定睛再细瞧，分明是磨破了。

聂重之一时间心疼不已！

这丫头，怎么这么不懂得怜惜自己？鞋子不舒服扔了便是，居然把好看的一双脚磨成这个样子。

他忙按了内线键，让人送了碘酒和创可贴上来，又亲自动手替她清理包扎。大约是碘酒刺痛的缘故，蒋正璇缩着脚，掀了掀眼皮，娇滴滴地抽气：“疼……疼……”

若是平时，聂重之跟蒋正楠一样，自然不舍得她疼。可此时怕她感染，只好任她叫疼，一边擦一边哄她：“好了，好了，马上不疼了。”蒋正璇口齿不清地嚷嚷了片刻，侧着身子又无声无息地迷糊了过去。

聂重之从浴室洗了手出来，见她猫似的蜷缩成一团，想起她的那软软的一声“好聂大哥”，心下更是疼惜万分，怕不舒服，便将她一把抱起来：“璇璇，乖，要睡去床上睡。”

一动就惊呆了，小丫头睡梦中居然还在哭，一脸斑驳的泪痕。

聂重之一路瞧着她长大，从未见过她这般伤心委屈，明明是醉迷糊了，可是眼泪一波一波地涌出来。看来是跟那个姓叶的吵架了，姓叶的给她气受了。聂重之又是毫无来由地一阵心疼。

他还真瞧不出那个姓叶的有什么好，长得也不过如此，各方面也

So So，且姓叶的对她似乎也并不怎么好。像去废弃的建筑工地救璇璇那次，见她那失魂落魄的惊吓模样，他自己都心疼得要死，上去对那绑架他的猪头毫不客气地一顿拳打脚踢，把那人打到了只有出气没有进气的份儿。可他冷眼旁观，见那叶英章关心蒋正楠的那个女人跟挂心蒋正璇好像也没多大区别。

这丫头的眼睛也不知道哪里出了问题，洛海城里多少才俊排着队让她随便挑选，可她偏偏就是看中叶英章了，还死心塌地、义无反顾的。

唉！这傻气的小丫头！让人又爱又怜的小丫头！

就让她在这里睡一晚吧。自己在这里守着她，等她明天醒了就把她送回蒋家。

聂重之小心翼翼地将她放在床褥上，扯过薄被轻轻地帮她盖好。正要抽身离开，忽然有只细细软软的手臂缠住了他的脖子，细滑嫩柔的触感让聂重之心口猛地一缩，他低头，迎上的却是蒋正璇放大的精致眉眼。她泪眼婆娑，喃喃道："叶大哥，我不是故意的，我真的不是故意的，你别生我的气，好吗？"

她身上特有的甜香味道夹杂着醉人的酒味，好闻极了。聂重之顿觉口干舌燥，他极力忍耐着偏了头躲开，心口却如同小鹿乱撞，"怦怦怦"地乱跳。聂重之觉得自己疯了，又不是毛头小伙子，心怎么会跳成这样子。

聂重之揉了揉她的发丝，低声哄道："好，我不生气。现在可以睡觉了吧？"聂重之试图移开她的手，可是这丫头紧搂着他的脖子，怎么也不肯放。

不止如此，她还一点点地凑了过来，娇娇嫩嫩地对他说："叶大哥，你吻我……你为什么从来都不吻我？你不喜欢我吗？"

这丫头醉死了，把他当成叶英章了，对他说出这般旖旎暧昧的话。

这么一想，聂重之紊乱的呼吸稍稍平稳了些，轻喝道：“别胡闹，给我乖乖睡觉。”

叶大哥为什么老是对她冷冷淡淡的？她做错了什么？她到底做错了什么？蒋正璇醉死了，早把他当成了叶英章，见他避开，又凶她，心里万般委屈。整个人更是痴缠了起来，另一只手也攀上了他的脖子，水润润的唇不顾一切地吻了上去。

聂重之还在扯她的手臂，可下一秒，只觉有湿湿热热的柔软之物堵住他的唇畔，那丫头根本不懂章法，在他唇上又舔又咬的，跟一只小狗似的。

可就算是这样子地乱亲，聂重之在她吻上来的那一刻，便“哄”一下只觉得头晕目眩，似有人往他身上淋下了一百桶石油。她的唇又软又香又甜，灼热得似是火星，聂重之整个人便从头到尾被点燃了起来。

喉结上上下下地不断滑动，聂重之用尽了自己全部的控制力，强迫自己离开，一并试图移开缠着他的那只柔弱无骨的手臂：“璇璇乖，别乱动，快睡……”

那小丫头却不依，豁出去一般地搂着他的脖子，比花瓣还粉嫩香甜的唇又堵了上来。聂重之还未说完的话语便被她吞了下去，她的舌尖怯怯巧巧地探了进来，与他的舌头纠缠着，聂重之整个人不由自主地战栗……

偏偏她还不知所谓，无骨的身子如藤蔓一般紧紧缠着他扭动：“叶大哥，不要走，不要走……不许你走。”

小丫头这么无法无天，不知所谓。可是却这般地甜美撩人。

一场大火终于“呼啦呼啦”泼天泼地地燃烧了起来。

蒋正璇是在头疼欲裂中醒过来的，她很不舒服，可以说全身没一处是舒服的。她迷糊地在枕头上蹭了许久，怎么会这么难受？她昨天到底干吗了？

叶大哥对她说冷静一段时间……她跑到聂大哥的酒吧里喝酒，对，喝了好几杯。还看到了聂大哥，跟聂大哥一起喝酒……无数无数的片段一点点地凑了起来。

房间里好像有烟味？她房间里怎么可能会有烟味呢？蒋正璇蹙了蹙眉头，极度困难地掀开了长而卷翘的睫毛。

她神志本带着几丝茫然，可是一睁开眼，却被房间里陌生的摆设吓得手脚冰凉。她开始以为是眼花了，无力地抬手揉了揉眼，再度睁开，眼前还是陌生模样。

这不是她的卧室。那么她在哪里？

下一秒，她终于后知后觉地发现了薄毯下的自己是一丝不挂的。蒋正璇“啊”的一声惊声尖叫，抓着毯子便从床上跳了起来。

然后，她看到了聂重之。他正站在不远处的窗口抽烟，听见动静，聂重之转头与她四目相对。

他瞧着她的神色极其幽微古怪。蒋正璇忽然觉得不对劲了起来。

聂重之按灭了烟头，起身走向了她。他穿了一身浴袍，腰带松松地系在腰畔，隐约可见他肌肉分明的胸膛。

蒋正璇瞬间明白了过来。昨晚……昨晚……可怜的蒋正璇压根就不能接受眼前的这一切，惨白着一张俏脸，抓着薄毯子站在床边摇摇欲坠。

她这样子的表情让聂重之心疼不已，他上前想扶她。

蒋正璇惊慌失措地反应了过来，连退数步。她的目光迷茫混乱，带着难以置信，颤抖地指着聂重之，尖叫着重重喘息：“别过来……

别过来……你出去……你出去！”

聂重之眼睁睁地瞧着她，也只能眼睁睁地看着。半晌，他转身而出。

蒋正璇一个人在原地瑟瑟发抖，只觉得天旋地转，世界无光。她依旧不敢相信，缓缓地蹲了下来，使劲使劲地拍打自己的脸："不会的，不会的。在做梦……蒋正璇，你正在做梦。"

脸上火辣辣地疼。蒋正璇犹是不信，她"噌"地起身，抓着毯子，冲进了浴室。

任冰冷的水从头泄下，不断地冲刷着她。

不，不会的！不可能发生这种事情的。一定是做梦了，是错觉。她已经跟叶大哥订婚了，她怎么会做出这种事情。她怎么能做这种对不起叶大哥的事情。

一定是她在做梦，一定是！梦醒了，就什么都好了。

她一遍又一遍地擦着自己的身体，直到全身肌肤泛红，可是怎么也擦不去。那些痕迹还有身体的异样血淋淋地提醒着她，这是个铁一般的事实。

最后她意识到无论冲多久的水，洗多少遍的澡，都无法改变她跟聂大哥上床这个事实。

蒋正璇无力地跌坐在浴室中，泪水唰唰地滚落。湿漉漉的长发凌乱地贴在额头、肩膀，一张脸满是水痕，早已经分不清是水还是泪。

蒋正璇和叶英章之间，一直以来谈的都是纯纯的恋爱，连亲吻也不过是在额头，或者在唇畔轻触，蜻蜓点水般地一触即止。因为如此，很多时候，她都觉得叶英章待她珍之重之犹若珍宝。

可她竟然酒后乱性，跟聂大哥发生一夜情，做出这种对不起叶大哥的事情。蒋正璇那一刹那，想死的心都有了。她怎么能这样子无耻不堪呢！

蒋正璇也不知道在浴室里面待了多久，意识飘荡，时有时无。只知道后来的自己似已冻成了冰块，冷得连牙齿根都咯咯发颤。

从浴室里出来的时候，她看到沙发上搁了几款衣服，还搭配有内衣、鞋子等物，无一不妥帖舒适。显然是聂重之让人特地送来的。

蒋正璇的眸光落在凌乱不堪的床铺上……这套房内所有的一切似闪电般刺得她眼睛生疼。

蒋正璇拉开门的第一眼就看到了聂重之，他已经换好了衣服，正靠在墙上抽烟，皱着眉大口大口地吞云吐雾。

聂重之掐灭了烟，望着她，声音低沉沙哑："我送你回去。"蒋正璇像是一只被惊吓过度了的兔子，猛地跳开数步，目光不敢与他碰触，只是拼命地摇头："不，不，不用。"

她也不管聂重之有何反应，逃命似的进了电梯，连连按着闭合键。

这样的事实连他自己清醒后都觉得有些不知所措，她想必是更难以接受。聂重之是明白的。可他瞧着她仓皇逃离的背影，心头某处却涌起了一丝幽微不明的怪异感，很是不舒服。

聂重之也不知道自己昨晚到底是怎么了，他确实喝酒了，但是这点酒量还不至于让他醉糊涂，冲动至此。再说了，他想要女人还不容易嘛。

他与蒋正楠在私立高中认识，在一场打架中相识相知，此后两人形影不离，与亲兄弟无异。

第一次与蒋正璇见面，是一个暑假的午后。她抱着维尼小熊推门而进，娇娇怯怯地打量着他这个陌生人。第一眼，他便已喜欢上了她。

这么小小巧巧的一个女孩子，雪白细腻的肌肤，精致粉嫩的脸蛋，甜美可爱的杏眼，柔软卷翘的头发，层层叠叠的白纱小礼服裙。聂重之第一眼看到的瞬间，以为见到了童话故事里的小公主，有种想抱她入怀一辈子好好宠爱疼爱的感觉。

一直以来,他把这个小公主当成自己的妹妹,喜爱得很,疼爱得很。可是昨晚，他居然染指了这个小公主，染指了蒋正楠的妹妹。

他真的是疯了！做出这种类似于禽兽的事情!

那天，从不抽烟的聂重之烦躁地抽光整整两包烟。

在国内念书的那些年，聂重之倒是三天两头往蒋家跑，甚至那时楼上还有一间专门为他准备的客房。留学归来后，蒋正楠起初还住在大宅里，聂重之也时不时过来，蒋正璇也会与他碰面。

再后来，蒋正楠全面接手了外公陆鸿业的事业，再加上私人生活丰富多彩，不愿受家里拘束，便搬了出去。打那个时候起，蒋正璇与聂重之便几乎没什么接触，连见面的机会也少之又少。

蒋正璇这些年来一直把聂重之当成自己的一个哥哥。

从俱乐部仓皇逃离回家，蒋正璇好几天都处于震惊失措无法接受的状态。大哥蒋正楠在这个夏天发生车祸后，母亲陆歌卿每天家里医院两点一线，来来回回地跑，忧心这操心那的，所以也没留意到她掩饰过后的异样。

蒋正楠在重症监护室里醒来后，双腿竟然失去知觉，无法移动。主治医生解释说是车祸造成的血块压迫了脑中的神经，所以双腿暂时不能走路。可是究竟要过多久才会恢复如常，主治医生也说不出一个具体期限，只说要看病人的恢复状况，还有脑中血块的消退减少的程度。

如果血块一辈子不能消退呢？医生无奈地表示这种情况他不能保证不存在。

可万一那样的话，不是等于蒋正楠一辈子不能走路了！别说母亲陆歌卿忧心忡忡，茶饭不思，就连素来只顾着工作，不管家中事的父亲蒋兆国都特地从各个工作会议、行程中抽了半天时间，放下手中工作，到医院特地与院长以及负责治疗的主任医师碰了个头。

在家里闭门不出整整一个星期后，蒋正璇决定把她与聂重之之间的这件事情忘记，就当从未发生过。她那天出门前，为了表示自己肯定会忘记的决心，还特地美美地打扮了一下，然后去医院探望卧病在床的大哥。

那段时间，每个人都知道蒋正楠的脾气差到了极点。一个生龙活虎的人硬生生成了瘫痪病人，这样的打击普通人都难以接受，更何况一直自视甚高，自尊心极强的蒋正楠，这简直比杀了他还难受。

蒋正璇才跨出电梯，老远就听见了蒋正楠的怒吼声："出去，你们都给我出去……"看来大哥的脾气又发作了！

蒋正璇忙疾步匆匆地跑去一探究竟，刚要推门，只听见里头又传出了一阵"噼里啪啦"的声响。

医生护士们一个个摇头叹气面色难堪地走出来。蒋正璇向众人一一歉意微笑。等里头动静小一些了，她才轻轻地推门而进。

还未走几步，一个枕头便已经迎面而来了："出去，说了都给我出去，我不想见任何人。"

蒋正璇忙接住了枕头，探了头，怯怯柔柔地道："大哥，是我。"

果不其然，屋内一片狼藉，床头柜子上的花瓶、杯碟等物都横摊在地上，碎裂成片，很明显是刚被蒋正楠的飓风圈扫到了。

蒋正楠见来人是自己素来疼爱的妹妹，那怒气便硬生生地收住了，皱着眉头望着她："妈说你这几天身体不舒服，怎么不在家好好休息？"

蒋正璇体贴地把松软的枕头塞到大哥背后，又取了毛毯盖在他腿上。因他的问话，蒋正璇的脑中又似电影慢镜头般闪过了那天的冷水澡，手里的动作停顿了几秒：“好了……我都已经好了。”

她怕蒋正楠继续追问，便扯开话题，拉着蒋正楠的手甜甜地撒娇：“大哥，好几天没见你，有没有想我？你看，我给你带了花和望湖路那个时光咖啡店的蓝莓芝士蛋糕。我一直记得，大哥你不喜欢吃甜食，但对这个蛋糕情有独钟。”

闻言，心里极度烦躁的蒋正楠却是怔了怔。而后，他总算是扯出了点笑容，揉着她的头发：“不枉我一直这么疼你。小傻瓜，哥当然也记挂你。”

蒋正璇脖子上那条定制的坠子偷偷地从衣领里顽皮地钻出来，在他面前来回晃动。蒋正楠视线一顿，神色怔忪了起来。这是他请名师设计定制的链子，里面装有全球定位系统。除了妹子蒋正璇，他还定过另一条，亲手挂在另一个人的脖子上。

又想起她了！又想起那个人了！

他从未那般地想过一个人。可是从车祸到现在，她似泡沫一般地消失了，再未出现过。

蒋正楠双手捏握成拳，暗暗地捶着床铺，恼恨自己的不争气。她不要你，她不要你。蒋正楠，你这个白痴。

他暴躁易怒，反复无常，连家人都以为他是因为无法接受自己暂时瘫痪的事实。事实上，只有他清楚，他之所以如此，是因为那个人的离去。他重伤至此，可一醒来却得知她决然而然毫不留恋地离去。

没有人知道她不要他的事实其实比瘫痪更令他感到痛苦！

偶尔的偶尔，蒋正楠会想：她在某个瞬间会不会也想起他？可是这个念头涌起的下一秒，蒋正楠自嘲地勾起嘴角，嘲笑自己的自作多情与不自量力。一直以来，她心心念念地想逃离他，怎么可能会想起他。

蒋正璇瞧了这一地的垃圾，心底暗暗叹气。她俯身准备稍稍收拾收拾。蒋正楠见状，已喝道："别动，你乱动这些做什么，当心割伤手。让护工和保姆来收拾就行了。"

蒋正璇应了一声，便唤来了护工收拾。自己则坐在床榻边，摘了一个提子仔细地剥皮："哥，我知道你心里不舒服，可你跟他们生气也没用。专家医生们都一再说过了，你这个情况只是暂时性的。只要你听医生的话，坚持针灸和复健，一定会慢慢好起来的。"

说到这里，把剥好的提子喂给了蒋正楠，蒋正璇嘟着嘴如往日一般地娇责道："哥，你答应过我的，等我结婚的时候，要跟爸一起牵着我的手，带我走上红毯的。你如果不做到的话，我会很生气很生气，以后再也不理你了……"

蒋正楠吃着鲜甜的提子，默然了半晌，面色似乎平静了下来："你打个电话让'可颂轩'送点外卖过来。"难得大哥有食欲主动提出想吃东西，蒋正璇赶忙扯了纸巾擦手，然后摸出手机，第一时间拨打电话叫餐。

跟"可颂轩"的经理交代了几个大哥爱吃的小点，电话还未挂断，便察觉到门口处有人推门而进。她以为是护士，便浅浅微笑着转过身去。

结果，竟然是聂重之。

在这种毫无准备之下，聂重之的脸便闯入了蒋正璇的视线。

那件事后，这是两人第一次见面。蒋正璇一时猝不及防，那晚的画面如火苗"腾腾"地蹿入脑中，她顿时感觉到自己的脸一点点地热了起来。

聂重之目光扫过的时候似在她身上顿了顿。可不过一秒，他已经若无其事地移开了目光，含笑着跟蒋正楠打趣道："蒋，几天没来看你，还以为你不行了，奶奶的，结果发现你丫现在的气色比我还好！”

蒋正楠没好气地白了他一眼：“你才不行了呢。”聂重之笑谑：“看，还有力气跟我斗嘴，说明恢复得不错。”

聂重之边说着话边走向病床，他每靠近一步，蒋正璇便觉得房间里的空气被压缩掉大部分，四周无端端地沉重了起来，呼吸都开始困难了。但当着大哥的面，她最基本的礼貌必须要有的，于是垂下眼，讪讪地叫了一声：“聂大哥。”

聂重之的视线这才稳稳地落在她脸上，笑了笑：“璇璇，聂大哥好久没见你了。最近怎么样？”聂重之的神态语气一如往常，似那件事情根本就从未发生过，蒋正璇不知不觉间松了口气：“还好。谢谢聂大哥。”

聂重之随后挑着话题跟蒋正楠说了几句。忽然想起某事，他拍了拍自己的额头：“对了，有个好消息忘记跟你说了：祝安平这家伙生了个大胖儿子。”

聂重之从手机里翻出了照片，一副牙痒痒的模样：“你瞧瞧，你瞧瞧，知道我们都没有，还挨个轮流炫耀。欠揍了不是？你看他抱着儿子笑得见牙不见眼的模样，乐得早已经找不到北了。算了，我们忍他这一回，现在让他嘚瑟嘚瑟。等你好了，我们一群人浩浩荡荡地去三元聚聚，把他那些1982年的珍藏全部扫光，喝不穷他也心疼死他。”

蒋正楠瞧着照片里那粉嫩的婴儿流着口水的可爱萌样，嘴角不知不觉逸出了几丝微笑，应了一个“好”字。

蒋正璇瞧着，心底松了口气。到底是聂重之厉害，不动声色间便让大哥露出了笑容。

半晌后，“可颂轩”的服务生送来了外卖。蒋正璇盛了一碗白粥，细细吹凉了些才递给大哥。聂重之在边上百无聊赖地翻了翻点心，看见了榴梿酥，眼睛一亮："整个儿'可颂轩'就这个榴梿酥还可以吃吃。"取了一个正要往嘴里扔，蒋正楠不冷不热地瞟了他一眼："要吃自己去买，这是给璇璇叫的。"

一客榴梿酥，不过小小巧巧的三个而已。闻言，聂重之的动作止住了，把快进嘴的榴梿酥放回了盒子："既然如此，我就不跟璇璇抢了。"

蒋正璇见聂重之的舌头明明已经舔到榴梿酥，居然还放回去。那晚隐隐约约的纠缠画面一刹那间又如潮水般涌了上来，她赶忙移开视线，不敢再瞧聂重之："我……我不饿，聂大哥你吃。"

蒋正楠跟聂重之向来比亲兄弟还亲几分，细嚼慢咽地喝了一勺粥，对妹子道："跟他客气什么，把残羹冷炙给他都便宜他了。"用筷子夹了一个，递到蒋正璇嘴边，"来，吃吧。"

那"可颂轩"的港式小点向来精致，小小的榴梿酥，女孩子一口一个刚刚好。可这个榴梿酥就是方才聂重之放回去的那个……

可蒋正璇又不能不吃，只好晕红着脸无可奈何地张口。

蒋正璇的唇色粉嫩，嘴唇微启之际，隐隐露出了粉红的舌尖。聂重之本是双腿交叠，闲闲地坐在病床对面的沙发上。眸光不经意间一扫，看到了这个画面。

聂重之猛地想起了那晚她堵着他的唇，不管不顾地搂着他又亲又舔的模样。一时间，心头便如百爪挠心，说不出地麻痒难受。他喉头滚动，不敢再看，忙不着痕迹地移开目光，不自然地换了换交叠的双腿。

蒋正璇自聂重之进来，就觉得尴尬难熬，一直刻意躲避他的目光，心里一直盼着他早点走、快点走。然而，聂重之却悠闲得很，坐在沙发上有一句没一句地跟蒋正楠说话。又陪蒋正楠针灸，就这样，一直待到了将近傍晚。

聂重之待得住，蒋正璇却再也熬不下去了。她见医生护士过来例行检查，便趁机对蒋正楠道："大哥，我回家了，明天再来看你。"

她的话一说出口，聂重之也起身了："蒋，我也差不多该走了。"蒋正楠车祸后还在恢复期，说了半天的话，也觉得倦怠，便摆手："也好，你正好把璇璇送回家。"

聂重之等到现在就是为了这个，于是爽爽地一口应下。

车子一路行驶，坐在一旁的蒋正璇一直目不斜视，只盯着前方。聂重之的视线在她脸上打了一圈，道："璇璇，我们找个地方聊一下。"

蒋正璇其实内心交战许久，她一直想开口，可脑中只要一闪过那晚的事情，她脸就发热，觉得发生那样的事情已经尴尬至极了，她委实无法将那件事情摊开来讨论。如今聂重之开了口，她便点了点头。

聂重之将车子停在路边，正欲推门下车。蒋正璇瞧了瞧路边的咖啡座，咬着唇犹豫再三，方轻声道："聂大哥，不如我们在车子里说吧。"

聂重之默应了。他顿了顿开口："璇璇，这件事情你打算怎么办？"

什么怎么办？蒋正璇不甚明白聂重之的意思，抬起黑白分明的眼睛，望向了聂重之。谁知聂重之正一动不动地盯着她，他的目光里流露的探究之色让她非常不自在。蒋正璇旋即将眼避开："我不明白你的意思。"

她的眸光那般清澈透明，似一眼可望尽的山间小溪。那晚的她，在他身下，星眸半合，目光迷离，诱人至极……聂重之失神了数秒，才找回思绪："你想怎么对叶英章解释这件事情？"

解释……解释她与他之间发生的事情。她从来没想过要把这件事情告诉叶大哥。不，绝对不能让叶大哥知道。蒋正璇慌张无措："我……我……"我了半天，并没有下文。

她的表情和反应，已经让聂重之意识到了她并不想让任何人知道这件事情，特别是叶英章。

那一刹那，聂重之心里空落落的，说不出是什么滋味。他先替她开了口："你根本不想也不会让叶英章知道这件事情？"

蒋正璇侧头沉默，良久，方低声道："聂大哥，我们可不可以当作那晚的事情没有发生过？"

她的话里有明显的哀求之意。聂重之如黑墨一般的眸子沉了沉，眼角的余光看到了她白嫩的手指，正紧张地揪着小包的链子。

蒋正璇声音低而微，十分小心翼翼："聂大哥，我们都把那件事情忘记了，好不好？"

这种事情，女方都说了我们当作什么也未发生过。作为男方的他，应该是如释重负的。毕竟这个女方的身份特殊，是他最好兄弟的妹妹，他从小看着长大的。他染指了蒋正楠一直捧在手掌心上的妹妹，如果蒋正楠知道的话，哪怕就算现在躺在病床上，也会立刻跳起来，把他打残废了。

可聂重之不知为何心里闷闷的，极度极度地不舒服，那是一种从未有过的感觉，烦躁有之，难受有之，失落有之。聂重之顿了片刻，方吐出了一个字："好。"

聂重之察觉到他的话音一落下，边上的蒋正璇便似松了口气，泛白的手指也松开了链子。

她居然如此害怕！害怕他不答应！

那种不舒服之感越来越强烈了，聂重之心里却清楚得紧，蒋正璇所有的害怕都最终归于一点，她是怕叶英章知道。

两人再没有开口，一路沉默着。蒋正璇只是觉得气氛怪异，度秒如年。自那件事情后，她现在见到聂重之，都觉得自己像是一条被架在火上炙烤的鱼，难言地煎熬。

熬啊熬的，总算是到家门口了。聂重之的车子平稳地停了下来，蒋正璇低声说了句："谢谢。"她不待聂重之反应，便推开门，飞也似的下了车，快步进屋，速度快得似有恶狼在追赶。

聂重之怔怔地凝望着她的背影消失在了院子里。那种不舒服感紧紧地缠绕心头，如今的璇璇避他如避蛇蝎。

他这几日其实对两人发生关系的事情思来想去地想了许多遍，倒也做了负责任的打算。如果叶英章介意的话，他就索性娶了这丫头，一辈子好好地疼她爱她好了。反正他们这群人，个个到了被逼婚的年纪，早晚都要结婚了。如果娶了这丫头的话，好像……好像也不错。

但蒋正璇一开口便是让他当作什么也没发生过。显然，她很在乎那个叶英章，在乎的程度超出他的想象。

聂重之甚至肯定了一件事情：蒋正璇绝对不会将这件事告诉任何人的，也就意味着他也永远不必对蒋正楠解释。按理说，他也应该觉得如释重负的，毕竟这件事情至此也应该算是告一段落了。

可此时此刻的聂重之却觉得自己奇怪死了。他心头烦躁得要命，竟有种莫名其妙的不甘心。他只要一想起蒋正璇方才说的那句"聂大哥，我们可不可以当作那晚的事情没有发生过"，他心里就窝火得要命，恨不得找人好好练一下拳脚，泄一下火。

他这是怎么了？！

聂重之猛地发动了车子，油门一踩，往人少车少的六环路上飙去。

— PART 03 —

第三章

陷阱

叶英章单位里忙起来，十天半个月不联系蒋正璇那是很正常的事。这次由于小挂件引发的冷战，加上蒋正璇因为内疚，也未主动打电话给他，因此两人之间足足有近一个月没通电话。

这日，叶英章倒是打了电话过来：“璇璇，晚上有没有空？我定个位置，晚上一起去吃饭吧。”冷静过后，叶英章也觉得自己那天似乎反应过头了。毕竟璇璇根本不知道那小挂坠里头的故事，确实是在不知情的情况下随手扔了的。

这样的表示也算是叶英章给她认错了。蒋正璇默然了数秒，轻轻地“嗯”了一声。

叶英章挂了电话，对面的副队长吴天纬便道：“叶队，可不能只顾着工作，把嫂子给冷落了。这个案子忙了这么久，今天啊，你一定要好好表现表现。”

队里的小年轻，不是光棍，就是在脱离光棍的路上。一听吴队的话，便纷纷道：“可不是，吴队这一说，我倒想起来了，嫂子好久没给我们送点心来了。”“你必须得跟嫂子赔礼道歉，否则以后我们蛋糕饼干奶茶的福利就没有了。为了队里同志们的幸福，你必须得把嫂子哄乐了。”

又七嘴八舌地给出五花八门的建议：“带嫂子去逛街买衣服。女人一逛街，心情就像开花，不乐也乐。”“请嫂子吃饭，看电影。”“要不请几天假带嫂子出去旅游吧。”

“我觉得还是吃饭好，找个气氛浪漫一点的、灯光昏暗一点的地方，送上一大捧的玫瑰，然后深情款款地对她说一句‘我爱你’……”队里唯一的女汉子纪晓青最后一个发了言。她见众人露出意味深长的目光，便头一抬，不忿地道：“看什么看，我是没男朋友怎么了，可电视剧里不都这么演的吗？俗话说，没有常识就多看电视。你们懂不懂？”

众人露出促狭的笑，纷纷道：“对，对，叶队，这主意好，这主意好。”“对，就按女汉子的主意办。好歹她是我们队里唯一一个女的。”

叶英章便是在这种被怂恿的情况下定了望湖路的意大利餐厅。

蒋正璇从车里下来的时候也错愕了半晌。叶英章定位子的话，选的都是快餐类型的餐厅，特点都是速战速决那种，她向来也习惯了。没想到今天叶英章会定情调这么好的餐厅，颇有点出乎意料。

三面临水的餐厅，通透的落地玻璃墙外，风低低地掠过白雾弥漫的湖面，荡起了无数的涟漪。偌大的空间却不过寥寥数桌，中间精心点缀了各种高大的绿色植物，巧妙地为每一桌客人隔出了私密空间。

空气里流淌着清新简单的旋律，似韶光在沙漏间一点一滴地溜走，簌簌的一点响。桌上两个高低错落的欧式烛台里，烛火闪烁，发出幽幽的光亮，叶英章的脸便隐约在这一团明明灭灭之中，蒋正璇的目光停留在那熟悉的轮廓上，一眼便移了开去。

人到底是不能做亏心事的。如今的她与叶大哥这么面对面坐着都觉得做了贼似的气短心虚，不敢直视。

记得叶英章刚调到洛海，前来他们家拜访那天，天空一片清蓝。那个时候的她，初进大学，日子过得云淡风轻，舒适相宜。

由于是星期天，蒋正璇很晚才起床，从楼梯下来，远远便瞧见家里有客人来访。母亲陆歌卿陪坐在客厅里，还有一个背对着她端坐着的制服男子。

从她的视线，只瞧见他乌黑的头发和宽宽的肩膀。母亲陆歌卿见了她，微笑着招手："璇璇，快过来，看看还认不认得以前大院里的叶家哥哥？"

那一瞬，叶英章含笑着起身，缓缓地转过头来。蒋正璇瞧见了英气逼人的一张脸，似混混沌沌空间里的一束光线，突兀亮堂，不染一丝尘埃。

那一眼，情窦初开，从此再不能忘怀。从那时起，叶英章便成了她清澈的少女年华里最暧昧明艳的一抹色彩。

然而如今……面对着叶英章，脑中却倒带般地不断闪过与聂重之交缠的那些不堪画面。

是她玷污了这段纯洁的感情。叶大哥知道了会怎么样？如果叶大哥知道的话，他肯定不会再和她在一起了。

蒋正璇就在这种焦虑不安的状态下结束了这顿饭。临走时也没注意周围，一个服务生双手端着红酒从绿色植物丛中转了出来，蒋正璇也没瞧见，直直地撞了上去。那服务生显然训练有素，双手赶忙举至头顶，动作敏捷地后退一步，避开了这场碰撞。

蒋正璇则收势太猛，打了个趔趄，整个人便撞向了植物丛。幸好身旁的叶英章平日训练有素，眼明手快，扶稳了她："小心。"

那服务生赶忙欠身道歉："小姐，不好意思，不好意思。是我没有注意。"不远处的餐厅经理已经瞧见了这头发生的事，朝他们的方位走过来，欠身相询："这位小姐，您没事吧？"

蒋正璇知道这场变故是因为自己心不在焉，生怕引起不必要的误会连累他人，赶忙扯出一个微笑："没事，是我自己不小心，不好意思。"

出了餐厅，叶英章探手摸了摸她的额头，疑惑皱眉："璇璇，你今天的脸色很不好。是不是哪里不舒服？"

叶英章的手心热热的，像是火炉里的热炭，烫得蒋正璇越发地惊慌失措。她心虚地垂下眼帘："没……我没事。"叶英章淡淡微笑："好，没事就好。不早了，我送你回家吧。"

她怎么会把自己置于这种难堪境地！如今竟然还毫无廉耻地站在叶大哥身边，若无其事地享受叶大哥对她的各种好。

蒋正璇啊蒋正璇，世界上还有比你更无耻不知羞的人吗？！

因为这个无解的心结，蒋正璇这段时间整个人明显消瘦了下来。旁人不知其中缘故，还对陆歌卿啧啧称赞："你们家璇璇出落得越来越水灵了。"连梁家表姨来看望蒋正楠的时候，见了她，也夸赞道："璇璇最近瘦了，不过更好看了。"最后总免不了对陆歌卿扼腕叹息："为什么我们两家有血缘关系了。否则我啊一定把你家璇璇抢去做媳妇。"

数个星期后，蒋正璇和聂重之的再次相遇，还是在医院，不过那日叶英章也在。蒋正璇见了聂重之推门进来，神色明显一僵，又不好当作没看见，只好闪躲着视线打了声招呼："聂大哥。"

聂重之第一眼便瞧出了蒋正璇神色间明显的慌乱，知道她怕在叶英章面前露出马脚。聂重之心里说不出是什么滋味，他跟叶英章颔首点头算是打过了招呼。两人在蒋家场合偶尔碰到，仅仅算是认识而已，彼此并不熟稔。

蒋正楠的脸色淡淡的，见了聂重之，似笑非笑地开口：“聂，最近你良心发现啊，三天两头过来？可别说你爱上我了，我可是直男，不是Gay。”

聂重之闻言大笑，没好气地揶揄他：“得了，就你这人高马大的样子，有几个人能抱你。真是弯的也没几个人能吃得消的，你就死了想往弯路上发展的这条心吧。”

蒋正楠摇头叹息：“那应该不会是你公司要倒了吧？堂堂一个CEO居然闲成这个样子。”聂重之痞痞地笑道：“滚你的蛋！你丫倒了，我还没倒呢。狼心狗肺的家伙，从明天开始再也不来看你了，让你一个人在这里活受罪，活活憋死你！”

坐在一旁的叶英章也知道两人在斗嘴耍乐，不觉微笑了出来。他打心眼里生出几分羡慕，这样的兄弟感情不是说遇到就能遇到的，也不是一朝一夕能养成的。

聂重之还在跟蒋正楠你来我往斗嘴之际，叶英章的手机响了起来，便说了句“不好意思”，起身去外头接电话。很快便折返进来，面带歉意地对蒋正楠道：“蒋哥，真是不好意思，单位有急事，领导让我这就回去。”

蒋正楠客气地笑笑：“跟蒋哥还有什么可客气的，你们单位的事，都是大事，快去吧！”叶英章应了一声，又对蒋正璇交代了一声：“那我先回单位了。”蒋正璇关切叮咛：“路上小心开车。”

瞧两人恩爱不已，恨不得在众人面前拥抱亲吻的模样，显然蒋正璇之前的买醉只不过两人之间闹闹脾气耍耍花枪而已，如今早已经恢复如初了。聂重之觉得自己应该为璇璇开心的，可他事实上却觉得这样的亲昵画面扎得他眼睛生疼。

蒋正璇将叶英章送至门口，转身一抬头，便见聂重之的眼光怔怔地落在自己身上，虽然很快移开，可里头除了有些让人看不懂的探察，似还有一些别的、她说不上来的东西。蒋正璇只觉得那种目光让她有些莫名地害怕。

蒋正璇自那件事情后，见聂重之总是一百个难受。此时的她亦恨不得可以隐身，可是又不能表现得异常，让大哥发现。于是，蒋正璇主动勤快地帮大哥的花儿换水，又拧了毛巾帮大哥擦脸擦手按摩腿部。

蒋正楠不知道她百般的心思，见她这般乖巧懂事，体贴自己，心里宽慰，笑道："璇璇，别忙乎了，有的是护工和保姆，再不济还有护士呢。你乖乖坐下来，陪大哥就好了。"

聂重之见蒋正璇坐立不安的模样，知道她嫌自己碍眼，便道："既然有璇璇在，我就先回去了。我看你呢，一时半会儿死不了，我过几天再来。"

蒋正楠没好气地瞪他："滚！滚！滚！狗嘴吐不出象牙。"两人素来玩笑惯了，聂重之拍了拍蒋正楠的肩膀，含笑转身："我这就滚，这就滚！有多远滚多远！急什么呢！"

房门随着聂重之的离开，"啪"的一声轻轻合上，蒋正璇这才暗暗松了口气。

蒋正璇从病房出来的时候，天色已经极晚了。

有辆车从停车位发动，缓缓地驶近了她，有人按下了车窗："上车，我送你回去。"

这分明是聂重之的声音。他不是已经回去了吗？蒋正璇愕然转头，结结实实地愣住了。

真的是聂重之！他怎么会还在这里？

虽然暮色渐黑，可是这样面对面的距离聂重之还是清楚地瞧见了她踌躇不定的神色，明显不大情愿上车。聂重之正色道：“上车，我有事要跟你谈。”

蒋正璇见他脸色严肃郑重，不像是说笑，只好拉开车门。

聂重之的车子一路往外环开去，显然是在绕远路。蒋正璇也不知他想谈的是何事，见他沉着脸一直不语地盯着前方，便垂下睫毛，轻声问道：“聂大哥，什么事？”

聂重之这时才侧头瞧了她一眼，缓声道：“你吃过药没有？”蒙头蒙脑的一句话，蒋正璇根本不知道什么意思。

见她懵懂不解的反应，聂重之心里叹了口气，她是第一次，哪里懂这些。于是，假咳了一声，清了清喉咙：“事后避孕药！”

这几个字一出口，蒋正璇便骇然地倒抽了一口气，猛地转过头望着他，脸上的血色几乎在一瞬间褪去。她那几天一直处于震惊中，压根儿就没有想到过这个。现在被他这么点破，便如一盆冰水当头浇下，人都冻成了冰棍。

怎么办啊？她没有吃。那是不是会怀孕？蒋正璇此刻的头脑中完完全全一片空白。

聂重之对这个可能性，自己也完全无把握。见她心惊胆战的模样，心中怜惜不已，他的视线落在她的腹部，放低了声音宽慰她：“你不必这么担心，应该不会这么巧的。”

蒋正璇一直不说话。她其实已经怕死了，手脚都在发颤。看电视连续剧的时候，最多的就是这种可笑狗血桥段，有些夫妻在一起几十年都不能怀孕，且检查不出任何不孕原因；偶尔一夜情的两个人，却往往可以一次中奖。俗话说艺术创作往往来源于现实生活，那么她会不会那么倒霉，一次就中奖了呢？

万一怀孕了怎么办？万一怀孕了，事情就被摊在赤裸裸的阳光下，再无所遁形了。那个时候，她要怎么面对叶大哥。

这个念头方涌起，蒋正璇就遍体生寒。她不敢仔细深想，只好默默祈祷：千万别怀孕，千万不能怀孕。

聂重之见她一张小脸白得犹如透明，知道她在担心害怕，一时间心口处说不出什么滋味，只是很想很想把她抱在怀里轻轻地哄。他向她伸出了手，只伸到一半便停住了。他的指尖甚至已经碰触到了她柔软的几根发丝，他却不敢再往下半分了。

他一直维持着这个动作，缓声道："璇璇，都是我的错。你别担心，如果你真的怀孕了，让我来负责，好不好？"他的声音不重，可是说得斩钉截铁，字字清晰。

蒋正璇惊魂不定地瞧着他，她已经无暇仔细去理解他话里的意思了。他负什么责，她才不要他负责呢。蒋正璇只觉得自己已经蒙了，脑中唯一的念头便是：神啊，求求你，求求你，千万不要让我怀孕。

蒋正璇失魂落魄地回到自己卧室，把发颤的自己像蚕蛹一样地包裹在被子里："不，不会的，不可能会这么倒霉的。"

如果有万一呢？蒋正璇恨不得就这样生生闷死自己算了！

蒋正璇日夜悬心，茶饭不香。她特地上网查了安全期，来来回回地算了几千次几万次，觉得应该是在安全期内的。又偷偷去买了各种验早孕的验孕棒，据说只要怀孕了，几天就可以测试出来。测了这个测了那个，跟白老鼠似的。虽然每次显示的结果是好的，可她还是每日提心吊胆，如惊弓之鸟一般。

她觉得自己快疯了。

在蒋正璇的日夜祷告之下，一月一次的客人如期而至了。她第一次无比热烈诚恳地欢迎它的到来。那种阴阴冷冷缠绵悱恻的疼缠绕着她的时候，她竟有种喜极而泣的欢愉。

这件无法启齿的事情终于结束了。蒋正璇相信，她会把它忘掉的。她相信这只是自己做了场噩梦而已。

不久后，另一个好消息从医院传了过来。专家医生在一次详细检查后告知蒋母等家属，蒋正楠可以出院，但是必须每天回医院做一个小时的针灸和两个小时理疗复健。

蒋家上下自然是高兴极了。一来是蒋正楠脑中的血块退得很快，经过这半年的治疗，双腿大有起色，可以在旁人搀扶帮忙下走几步了。二来，中国人过年讲究喜气圆满，家里有个病人留在医院过年总觉得晦气，不吉利。

可以说，蒋正楠的出院令蒋家的这个深冬欢天喜地的一片热闹。

这天，叶英章难得空闲，便带了鲜花礼物过来探望已出院的蒋正楠。蒋家客厅因此也比往常更热闹了几分。

大家正在吃茶用点心，远远地透过客厅的落地玻璃，瞧见有一辆车子行驶了进来。聂重之风尘仆仆下车。

蒋正楠颇为惊讶，对着进来的聂重之脱口而出：“你这厮怎么来了？你不是在加勒比海度假吗？”聂重之穿了一件军装风格的黑色大衣，肩畔金属扣似带了外头阳光，铮铮发亮。他脱下大衣，随意地交给了兰姨，含笑的目光淡淡地掠过在座众人：“有点事情要处理，所以提前回来了。知道你出院了，这不，刚下了飞机就直接赶过来了。”

聂重之转头对陆歌卿半真半假地道：“卿姨，我今天其实是特地过来蹭饭的。你不给我饭吃我就赖着不走了。”陆歌卿知道他在逗趣，笑吟吟地接口：“卿姨这里随时都欢迎你来蹭饭。卿姨啊，就怕你不来。”

聂重之喜滋滋地卖口乖：“谢谢卿姨，就知道卿姨不舍得我饿肚子。”陆歌卿给他倒了杯红茶，亲热地递到他手里：“喝口茶润润喉。”

进来时的第一眼，聂重之便已经把蒋正璇的容颜映在眼底，仔仔细细的，没一分遗漏。她那么放松自然地坐在叶英章身边，闲适舒坦，盈盈浅笑间，眉眼弯弯。可因为瞥见了他，她整个人便骤然紧缩了起来。

这是一种本能的防备。这丫头不只不想见他，甚至还在防备他。聂重之没来由地一阵心凉失落。

聂重之端了茶杯和茶碟，不动声色地在蒋正璇边上的单人沙发上坐了下来，修长的腿不着痕迹地伸到了蒋正璇脚边。不出所料，蒋正璇的身子骤然又一震。

蒋正璇本坐在叶英章身边，端着骨瓷碟子，正在吃柠檬布丁。自聂重之在客厅里出现后，蒋正璇便觉得手上这碟酸甜可口、软滑诱人的布丁宛如骨头一般卡在喉头，怎么咽也咽不下去。

这段时间里，两人没有再见过面，她只给聂重之发过一个短信，寥寥数字：“没事了！”这样子的短信就跟加密密码似的，这个世界上也就聂重之能看得懂。短信发出后，便如泥牛入海杳无音讯。

蒋正璇正努力学着去忘记那件事情，只要没事就好了，她无所谓聂重之看没看到、回不回她，她发他短信的唯一目的，只是不想再一次面对面地与他讨论这个而已。

她总以为这样子终归是了结了，事情总算是没有留下任何尾巴地画上了句号。她也为此暗暗庆幸。

可是，聂重之这么大咧咧地往她身边一坐，她便觉得惊慌了起来。那些过往片段似洪水猛兽般在眼前奔腾咆哮。

聂重之不动声色地坐着，修长的手指缓缓地拨动着茶杯，浅浅地饮了一口，才抬头与叶英章含笑着打了声招呼：“难得叶先生今天也在。”叶英章颔首：“聂哥，你好。”

聂重之打量着蒋正楠毛毯下覆盖着的双腿，道：“蒋，怎么样了？医生怎么说？”

陆歌卿喜笑颜开地替蒋正楠回答：“医生说了，按正楠现在的康复速度，只要坚持复健，过几个月应该就可以恢复如常了。”

聂重之精神一振，欢喜之情溢于言表：“真是好消息。蒋，我等着你去骑马打球。”蒋正楠闻言而笑：“切，这些你哪里是我的对手，到时候非把你打得落花流水跪地叫哥不可。”聂重之说：“好，我等着。到时候你输了我可不客气。”

说罢，他的视线不动声色地扫过蒋正璇，落在她的碟子上，含着淡淡笑意问道：“璇璇，怎么了？这布丁不合你的口味吗？”

蒋正璇正被四周聂重之特有的气息弄得心烦意乱，此时听到他的话，她下意识地避开他的视线：“是啊。”她又补了一句解释，“今天的柠檬布丁有点酸过了头。”

蒋正璇抬眼便瞧见聂重之眼里那抹含意不明的笑。空气里的氧气似瞬间被蒸发掉了，蒋正璇有点发怵，把手里的碟子递给了叶英章，起身道：“叶大哥，你帮我把布丁吃掉。我回一下房间。”

蒋正璇上楼前，才欠着身得体微笑，对聂重之客套地说了一句：“聂大哥，你多坐会儿。”她心里其实很想很想他快点告辞、快点离开，有多远走多远，巴不得聂重之从此不要在她面前出现。

这句“聂大哥”比电脑录制好的女声还公式化，聂重之怎么可能听不出来呢。他不紧不慢地应了一声，视线从叶英章手里的布丁移到了她身上。

见蒋正璇这么亲昵又自然地让叶英章吃她吃剩的布丁，聂重之只觉得眼睛生疼，心里涩气直冒。片刻，那种涩意渐渐地被一种奇怪的愤怒不甘所替代。此刻的他，恨不得把那碟布丁抢过来。

自己这是怎么了？中邪了不成？

聂重之掩饰般地饮了口茶，可那口茶似倒了一大瓶醋一般，酸得他牙根都发软。手忽然一顿，聂重之猛然意识到：他这是在吃醋了。

他在吃叶英章的醋！

那种求不得、得不到的浓重醋意几乎让他发狂了。

聂重之在那一天，终于第一次真正意识到了自己一直以来的反常是为什么。

陆歌卿自然不知道里头的这么多事情，见聂重之表情淡淡，以为他是乘坐长途飞机累着了，便笑吟吟地提议："重之，坐了这么久的飞机，肯定乏了。你要不先去楼上客房洗个澡再下来吃饭？反正卿姨家里没这么多规矩。"

聂重之欣然应允，起身在陆歌卿额头上吻了吻："就知道卿姨对我最好了，那我就不客气了。"陆歌卿被聂重之哄得眉开眼笑，摆着手道："快去吧。"

蒋正楠在一旁龇牙咧嘴："你这小子，每次就知道哄我妈，把我挤对得像外头抱来似的了。"聂重之哈哈一笑，经过他时，拍了拍蒋正楠的肩头："你本来就是外头抱来的好不好？！你不会今天才知道吧。"遂大大方方地上楼。

蒋正楠在他身后没好气地补了一句："你丫别磨蹭，动作快点。等你开饭，璇璇没吃早餐呢。"

陆歌卿则执了茶壶，给叶英章添了点红茶，笑着招呼道："英章，你先吃块点心垫垫胃。别见笑，正楠跟重之一直没大没小的，我都习惯了。"

叶英章微微一笑："其实我很羡慕蒋哥跟聂哥之间的感情。"

此时，楼上的走廊里静得一点声音也没有，聂重之在经过蒋正璇房间的时候，脚步下意识地停了下来。这丫头就是不想见他才躲到楼上的，她以为他不知道。

聂重之缓缓地伸出了右手，在即将触及门把之际，怔怔地停住了。他在做什么？难道他要闯进璇璇的房间？他疯了不成！脑中似有个声音在咆哮怒喝，聂重之整个人清醒了过来，垂下手，后退了一步。

说来也巧，蒋正璇在卧室里算了算时间，楼下应该要开饭了，于是准备下楼。刚打开自己卧室门，冷不防就看到了门口处面色诡异的聂重之。蒋正璇一惊，第一反应是想把门关上，可聂重之右手一抬就搁在了门上，阻止了她接下来的动作。

两人面对面站着，似一场无声对峙。

就片刻光景，蒋正璇败下了阵来。她垂了眼，嚅嚅地叫了他一声："聂大哥。"

她的表情就像老鼠见到了猫似的。聂重之看了就莫名光火，想起方才楼下叶英章手里的布丁，简直是新愁添旧恨，一时间恼怒不已。

蒋正璇是短发微卷的发型，两侧的头发各编了一个小辫子，用水晶发夹别着，有些波西米亚的风味，清清爽爽间杂了一丝小女儿的娇媚。

聂重之看到了她蓬松发丝上的水晶头饰歪得有些厉害，他抬手就想帮她整理。可他才伸手，蒋正璇却如触电一般，猛地后退了一大步。

她的这个动作似针一般刺痛了胸口，聂重之整个人忽然冷静了下来，他淡淡开口："为什么要躲着我？"蒋正璇心里突了突，避重就轻："我哪有？"聂重之的目光牢牢地锁着她，毫不留情地戳破她的谎言："你有。"

蒋正璇只觉得他目光所扫之处，汗毛根根倒竖。她虚弱地微笑：“聂大哥，我没有躲着你。我们该下楼吃饭了。”

聂重之意味深长地看了她一眼，侧身让出了位子。蒋正璇不觉表情一松，抬步出门。她却不知道自己这一细微表情早已经被聂重之捕捉进了眼底。

两人擦肩而过之际，聂重之却一把拽住她的手臂。蒋正璇吓了一跳，瞪着杏眼惊恐地瞧着他，结结巴巴：“聂大哥，你干什么？”

眼里毫不遮掩的惊惧防备让聂重之心头极度不舒服。她对着叶英章就巧笑倩兮，温柔可人，对着他就跟对着吃人的野兽一般，怕得要死，戒备周严，待上一秒钟好好说上一句话也不愿意。

他怎么她了？他向来把他当成自己的妹妹，这些年来本来一直好好的。要不是她那晚对他又亲又摸，缠着他这样，缠着他那样……

想到那天她的吻，聂重之的视线不由自主地落在她因惊恐而微启的粉唇上，一时便无法移开视线。蔷薇花瓣般的红嫩欲滴，聂重之忽然有种想咬她的冲动。

他脱口而出：“我不想干什么，我现在只想亲你。”蒋正璇脸色刹那间褪成一片雪白，眸子下意识地往楼梯所在的方向扫了扫，可是她又怕动静传到楼下，只好压低了声音，难以置信地瞪着他：“聂大哥，你疯了？你放开我。”

她越是这般反应强烈，聂重之越是恼恨。一股无法控制的怒火在电光石火间盈满整个胸膛，他再也绷不住了，咬牙切齿地道：“是，我就疯了，我就想亲你。你怎么办？”蒋正璇瞠目结舌地望着他，震骇不已，挣扎着想抽出自己的手臂：“你放手，你放手。”

聂重之不动声色地道：“你让我亲一下，我就不把那件事情说出去。”他居然用那件事情威胁她。蒋正璇简直难以置信他在说些什么，瞪着他，整个人完完全全地不知所措。

若是换了楼下的叶英章，估计她早已经像那晚一样扑过来了。这个念头令聂重之烦躁得快要发狂了，他没给她多少的考虑时间，沉声道：“我数到一、二、三。你亲我或者我下楼跟叶英章谈谈。你自己看着办。”

蒋正璇苍白地僵硬在了那里，无法动弹。聂重之轻轻地启口：“一、二……”他数得很缓慢，一边数一边观察蒋正璇的反应。“二”字的话音刚落，只见她深吸了口气，双手捏握成拳，被迫地一点点凑了过来。她闭着眼睛，无可奈何地在他脸颊上轻轻碰了碰，或许只有一秒，甚至比一秒更短的时间，她便离开了。

虽然才短短一瞬，可那柔软温热的触感，妙不可言。

可蒋正璇离开后的第一反应便是抬手去擦唇，似是触碰了极肮脏之物。她不甘愿聂重之是知道的，可这般的动作和表情却深深地刺伤了聂重之，他心里头的火越燃越旺了起来。

反正是做了无赖了，索性就无赖到底。聂重之自嘲地勾了勾嘴角，沉声道：“不算，要这里。”他指了指自己的唇。她如果不是这个表情，他早放过她了。

蒋正璇大大的杏眼里写满了恼怒拒绝。聂重之瞥了她一眼，似笑非笑地道：“你不愿意也没关系，那我这就下去了。”顿了顿，他云淡风轻地补了一句，“找叶英章好好聊聊。”

蒋正璇恨恨地瞧着他，可是偏偏无计可施，于是只好闭着眼认命一般地又凑了过去。心里一再宽慰自己：就当亲小猫小狗。对，就当亲小狗。

她的唇触碰到了他的，蜻蜓点水一般，倏然移开。

聂重之怔怔地瞧着她消失在拐角处的背影，指尖抚摸着她方才触碰的位置。那个晚上，她把他当作了叶英章，又亲又吻百般缠人。

这个念头令他的火浇了汽油般地大了起来，聂重之狠狠地转身，在墙上砸了一拳。

蒋正璇从那时起，开始对聂重之怕了。聂重之洗好澡下楼，便施施然地在她和叶大哥的餐桌对面坐下。吃饭的时候，目光总是不着痕迹在她脸上身上打转，脸上则挂着令人讨厌的含意不清的笑意，悠闲自在地听他们说话。

那一顿饭的工夫里，蒋正璇生平第一次深刻彻底了解了何谓“如坐针毡”“度秒如年”。

幸好，不久后，聂重之接了一个电话，然后告辞了。蒋正璇这才彻底松了口气。

此后，蒋正璇躲着聂重之简直比老鼠躲着猫还厉害。如果聂重之来家里陪大哥，她就装病不下楼。一来二去，也逃过了几次与聂重之碰面的机会。

那个时候她还未真正了解聂重之的个性。她以为自己可以躲过的。

后来才知道那不过是她一厢情愿的想法。

这一日，蒋正璇在家午睡。迷迷糊糊中觉得有人推了门进来，伫立在床边，她在睡梦中无端端地觉得汗毛倒竖，猛地睁开眼，眼前是聂重之近在咫尺的脸。

蒋正璇吓得张口发出“啊”的尖叫声，可是下一秒，他的唇落了下来，堵住了她所有的声响。

一开始只是堵着她的唇，可是还没等蒋正璇反应过来，聂重之的舌已经深深地探了进来，触碰着她的舌尖……与记忆中一样的甜美……聂重之一时意乱情迷……

蒋正璇大惊失色，慌乱地推着他的肩。她像条被钓出水面的鱼，在猛然挣扎跃动间咬住了他的唇。聂重之吃痛，放开了她，脸色更暗了数分："你咬我？"

蒋正璇嫌恶地用手背擦着自己的唇，怒道："出去，你再不出去，我就喊人了。"可聂重之的反应却是在她床边的美人榻上坐了下来，眯起眼睛，磨牙冷笑："喊吧！快喊！你这一喊，你爸妈，你大哥，包括你的叶大哥都会知道所有我们之间发生的事情。所以……"他不怀好意地顿了顿，唇角勾出一抹极有把握的揶揄笑容，"我赌你不会喊！"

方才的那一个堵着她的唇不过是一时之举，怕她将人引来而已。可真的碰触到了那一处柔软，他便控制不住了。

他掺着笑意的声音十分低沉，亦十分可恶。可是，他确实抓住了她的软肋。蒋正璇含恨不已，然而她的的确确不敢喊。最后只好起身，指着门低声喝道："出去。"

他忽然古古怪怪地说了一句："你昨天又和叶英章去约会了，是不是？"

蒋正璇一怔，而后她脱口而出："这跟你有关吗？"

聂重之不说话，半晌后他默默起身，在她的床头搁下了一张卡，缓缓道："这几天我搬了新居，这是入门磁卡，密码是你的生日……你有空过来看看……"

蒋正璇猛地手一挡把卡片扫在地板上，涨红着脸厌恶无比："我不会去的。你出去，出去。"

这样的进屋卡，他这辈子给过的人只有她一个，连他父亲聂耕礼也没份儿。聂重之真的想她有空可以去他住的地方转转。他虽然习惯了总是一个人，可很多时候，他在空空荡荡的屋子里，会觉得很冷清、很孤单寂寞。

她脸上是丝毫不加掩饰的嫌恶。聂重之脸上的笑容渐渐地隐了下去，暗淡的眼底渗进了一丝痛意。

聂重之慢慢地俯下身，捡起了那张薄薄的卡片，用很轻的语气，一字一顿地道："好，很好。你不去，我就去找叶英章。"

他就会用这个来威胁她！他就会用这个来威胁她！蒋正璇瞪着他，双目几欲喷火："你……"你了半天，抓起身边的枕头就朝他狠狠砸去，"你给我滚出去，我说了我不会去的。滚，给我滚。"

聂重之知道这妮子真的是怒了，也不避开，任松软的枕头砸中自己。聂重之瞧着她因发怒而红润的小脸，失神了数秒，忽地冷笑道："好，我知道了，你不去。我打完个电话就走。"

他有这么好心，这么容易放过自己？！蒋正璇心里头还在狐疑。只见聂重之从口袋里取出了手机，开始按数字，边按边问她："叶英章的号码是不是139××××××××？"

这确确实实是叶大哥的号码。蒋正璇吃了一惊，跳了过去抢聂重之的手机，又急又怕，方寸大乱："你想要干什么？把手机给我。"聂重之抬高手腕，不让她碰到："我给叶英章打个电话而已。"蒋正璇踮着脚，死命地扯着他的手臂："你打他电话干吗？"

聂重之嘴角笑意浅浅，一副假惺惺的表情："没什么，打个电话跟他随便聊聊而已。"蒋正璇全身冰凉，急怒攻心："不准打！不准你打！你听到没有？！"

聂重之此刻却好整以暇地瞧着她，慢条斯理地微笑起来："我打的是叶英章的电话，关你什么事？再说了，你凭什么不准我打电话，你又不是我的什么人？！你要管就去管你的叶大哥，让他不要接我的电话。可你一说吧，估计你叶大哥就会刨根问底了……所以，我赌你不会！”

他捏着她的把柄，笃定地已经吃定她了！蒋正璇恨得牙痒痒：“聂重之，你到底想要怎么样？”

聂重之此刻却只是云淡风轻地笑：“我不想怎么样，我只是想打个电话跟叶英章谈谈那晚的事情而已。”蒋正璇急得跺脚：“不许打，你要是敢打，我，我……”蒋正璇“我”了半天，想说句威胁的话，可是偏偏怎么也想不出拿什么可以威胁聂重之。

聂重之轻轻地问道：“你说，我打了你会怎么样？”蒋正璇无计可施，恨恨地道：“你要是敢打，我以后再也不会理你了。”闻言，聂重之露出了一副啼笑皆非的样子。很快，他收敛了脸上所有的表情，几近自嘲地道：“反正你现在也不理我。连到我新家去看看都不愿意。就算我打了，结果也不会更坏了。”

蒋正璇被逼得实在是无路可走，一闭眼，极勉强无奈地道：“把卡给我，我去。我去你新家，还不行吗？”聂重之盯着她，忽然森冷地笑起来：“璇璇，这个世界并非你想怎么样就怎么样的。我现在就是想打这通电话，听听你叶大哥的声音。”说完，聂重之便按下了通话键。

这个恶魔！蒋正璇眼睁睁地看着聂重之手里的电话拨了出去，电话里传来彩铃声，每一个跳动的音符都仿佛是一根绳索，一点一点地勒紧了她的脖子，令她呼吸困难，几近窒息。她双手攀着聂重之的手臂，拼命抢着电话。

正争夺间，电话通了，叶英章熟悉的声音通过电流缓缓地传了过来：“喂，你好！我是叶英章，哪位？”

蒋正璇整个人一下子如铁般僵硬住了。聂重之不动声色地瞧了蒋正璇一眼，缓缓地将手机移到耳边。蒋正璇全身哆嗦得几乎要痉挛了，脑中已经无法思考了，唯一的念头便是不能让聂重之说话，死也不能让聂重之说话。于是，蒋正璇不顾一切地用嘴堵住了聂重之的嘴。只要他不开口，此刻什么都好。

她的唇细腻如水，哪怕是毫无技巧地又舔又吮，也甜美得不可思议。聂重之不由自主地迎上了她的吻，他的嘴微张，她柔软的丁香小舌便缠了上来，紧紧地与他纠缠在一起。

聂重之从来没有这么细致用心地吻过一个人，极尽的辗转，极尽的缠绵，极尽的温柔，极尽的漫长。他不知道自己吻了多久，也不知道电话那头的叶英章什么时候挂的电话，更不知道自己手里的手机什么时候坠落。他只知道一再地加深加重加长那个甘美的吻，在彼此几乎无法呼吸的时候，他略略松开一些空隙，然后再度吻下去，吻下去……

如果可以，就这般一直吻下去……直到地老天荒，海枯石烂！

最后的最后，是他轻轻地放开了她，蒋正璇神色慵懒，意识迷茫。聂重之怜惜地又在她额头发间落下数个轻吻。一时间，两人都似被笼罩在旖旎暧昧的迷幻中。

一阵电话铃声打破了彼此间的静默，蒋正璇如梦中惊醒，回过了神的第一瞬间，第一反应便是重重地一把推开了聂重之。

聂重之心中一阵发凉，萦绕在心头的甜意在一瞬间消散无踪。他缓缓地垂下手臂，俯身捡起了地板上的电话。手机屏幕闪闪烁烁，跳跃着他方才播出的号码。

聂重之面色沉凝，缓声道：“叶英章回拨过来了。”话音一落，便看到蒋正璇的身子猛然紧缩，她抬眸望着他，眼里掩不住的惊惶害怕。

聂重之又问了一句：“这是接呢还是不接？”蒋正璇猛地上前，

抽走了手机，按下了关机键。

聂重之默不作声地从头到尾瞧着她的动作，隔了许久才开口道："把事情摊了开来，告诉你叶大哥，不过是弄个两败俱伤。我是个商人，无利不起早，也不想做这种吃力不讨好的事情。要不，我们来做一个交易？"

蒋正璇防备地抬眸看向了他。她的脸依旧红粉菲菲的，似与他一样还沉浸在方才的吻里头，语气却极度冰凉疲倦："聂重之，你到底想怎么样？你索性直说吧。"

如今她都厌恶地直呼他的名字，叫他聂重之了。那一晚，她缠着他，叫他"好聂大哥"，叫得那么软软嫩嫩，那个瞬间，哪怕她想要天上的月亮，他都会想尽办法为她摘得的。

太阳穴处似被人重重地揍了一拳，突突地抽搐发疼，聂重之一动不动地站了片刻，等那种涨痛缓了一些后，他才徐徐地走近她，脸上的笑容很浅，几乎是一闪而过："比如，我为保守这个秘密，永远也不告诉叶英章。但你这边可以给我什么？像方才那样的甜头也太少了吧？"

这只黄鼠狼，给鸡拜年，自然不可能安什么好心！

蒋正璇双手握拳："你想要什么？"聂重之缓缓地低下头，在她耳边说了一句话。

蒋正璇的身子霍然一震，而后她的脸一分分地涨红了起来，冰冷的声音中饱含着怒意："你为什么不去找你的女朋友？"

聂重之的视线微微闪动，似笑非笑地靠近了她："我又没女朋友，而且保守的是你的秘密……要的自然是你给的……"

这个无耻至极的无赖！

聂重之牢牢地锁着她，他试探性地用唇浅浅地触碰了她耳畔的肌肤，呼吸薄薄地喷在蒋正璇的耳边。蒋正璇厌恶地想推开他，可是方才那一通电话已经吓坏了她。蒋正璇实在不敢得罪他，无奈之下，只能委曲求全地恨恨咬牙，默不作声。

她愿意为叶英章做的事情原来这般多！聂重之全身透凉。他的唇一点一点地往下……聂重之自己也说不出此刻的感受，他是希望蒋正璇叫他停止呢，还是希望她不叫呢？他自己也分辨不出来，只知道随便哪一样都会叫他难受到极点。

不，无论她怎么样，他都不会停止了。因为一旦停止了，就表示永远地失去她了。

聂重之在那一天下了一个重重的决心！

后来，蒋正璇到底还是去了他的新屋。输入自己生日的八位数后，便听到“叮”一声清脆的解锁声。

聂重之正好整以暇地在大露台等着她的到来。他一听见开门声响，手里拿了两杯香槟，从露台处含笑着转了出来：“来了。”

聂重之白衬衫浅驼色的休闲裤，轻轻松松的一副打扮。蒋正璇顿住脚步，一时没有上前。聂重之斜靠在门框处，一边浅浅地酌着微凉的香槟，握着酒杯的另一只手向她做出了一个递酒杯的动作，漫不经心地微笑：“过来。”

他笃定地等着，知道她会乖乖听话。

果然，半晌后，蒋正璇缓缓抬步，慢腾腾地朝他走来。露台上布满了青葱粉绿的各种花草，中间是大大的U形沙发，白色亚麻松软垫子，配上浅咖深咖的同材质抱枕，一眼望去就觉得让人无比放松。

聂重之在她耳边问道：“你喜不喜欢这样的风格？如果不喜欢的话，你可以随便换。”

换他的头，她有这个时间宁愿多去梁姨的基金会做义工，哪怕是免费扫大街也比在这里舒服。蒋正璇侧过头，戒备地避开他："你让我来干吗？"

聂重之也不以为意，指着某处："看见没，那里就是你家。"视线所及，只看到白墙黑瓦的屋子和一片绿色庭院。蒋正璇淡淡道："你就是让我来看这个的？好吧，我已经看到了，那我是不是可以走了？"

聂重之这时也绷不住了，把手里的香槟酒杯"啪"一声搁在茶几上："你走走试试！"蒋正璇抬头瞪着他，没吱声。

一时间，整个露台安静至极，只余风声轻轻地从耳边掠过。

蒋正璇咬着下唇，全身戒备。聂重之的视线落在她因咬着而鲜红欲滴的唇上，再咬下去……再咬下去都快要出血了……他恶狠狠地道："不许咬嘴巴。"蒋正璇别过头："要你管！"虽然这么说，但她还是听话地松开了贝齿。

蒋正璇就这么一个听话的小动作，聂重之察觉到自己的火气慢慢地息了下去。

聂重之在沙发上坐了下来，斜睨了她一眼："你准备这样子站一个下午？过来坐。"蒋正璇怕再僵下去，聂重之不知道会出什么招。可他打叶英章电话的画面记忆犹新。于是走到离他最远的角落，取了一个白色的亚麻抱枕，戒备十足地坐下来。

见她乖巧听话，聂重之嘴角露出淡淡的一丝笑意。取过了托盘里搁着的水晶酒杯，倒了杯香槟，递给了她。

蒋正璇嫌恶："我不喝，我现在什么酒也不喝。"那件事情的后遗症太恐怖了，以致她现在见酒就发怵，哪怕是香槟，她也不敢沾。

若是蒋正璇只说一句不喝的话，聂重之的火气估计又要上来了。可她说她现在什么酒也不碰，倒似解释一般。聂重之也知这句不是敷衍，心底舒坦了些，便也不勉强她。遂脾气甚好地起身去屋内取了瓶矿泉水，拧开了盖子，倒在杯子里，搁到她面前："那就喝水吧。"

蒋正璇视线落在远处，侧着头也不搭理他。聂重之不以为意在她边上坐了下来，端着酒杯，抿了数口香槟，冰凉的液体顺喉而下，在这流光鲜媚的天气中，又有她在旁，舒服得直欲叫人叹息。

聂重之许久不说话，视线落在她抱着靠枕的手上，十指纤纤，玉石一般粉嫩剔透。想起那晚，她藤蔓一般地缠绕着他的脖子……

聂重之缓缓地伸手，轻轻地握住，蒋正璇一甩，想用力抽出，只听聂重之的声音响起："别动，这是我们第一次这样好好地坐在一起。"又是那种低低沉沉的嗓音，像带了磁性一般地诱人。蒋正璇见他行为怪异，怕一个不小心又招惹到了他，索性也就任他握着了。

两人就这样不言不语。聂重之的食指一点点地在她手心滑动，像是蜜蜂采蜜一般地轻触，痒痒麻麻的。那种感觉一点点蔓延开来，隐隐似到了心头。

好半晌，聂重之才开口，用一种从未有过的认真语气，低低地道："你说说看，我有哪里比不上叶英章？"

他的声音又低又柔，竟似呢喃叹息一般。加上他问的这句话，也古怪得紧。蒋正璇只觉心里怪怪的，有种说不出的味道。

聂重之长长地叹了口气："你自己都说不上来，是不是？我左看右看的，觉得你那叶英章也不过如此，瞧不出哪里有半点好。你倒说说看，他有什么比我好的？"

他哪里比不上叶英章了。论家世，且不说他位高权重的那位伯父，单他们聂家，就在洛海城盘根错节，根基深厚。叶家虽然不错，可也是叶英章爷爷那一辈的事了，现在哪里能跟他们聂家相提并论。论身家，他是电商新贵，抛叶英章多少条街也不知道，就算论长相，他也不比叶英章差半分。可是她为什么就不能正眼瞧他一下，对他好一点呢？

蒋正璇哪容得聂重之这么说叶英章，她心头本就窝着口气，一听之后，便涌了上来，猛地抽出了自己的手，狮子护卫领地般地反驳他："叶大哥他什么都好，什么都比你好。"这句话脱口而出的一瞬间真真是畅快无比的。可说出口的下一秒，她就后悔了。

仿佛是一把绣花针狠狠扎进心脏的刺痛，方才气氛暧昧温柔的幻境瞬间消失无踪，聂重之的脸色渐渐冷了下来，连笑都不再伪装了。

整个露台，平静得让人发毛。

好半晌，聂重之慢慢地凑近，在她耳边露出尖刻轻佻的笑容："既然他这么好，你那晚缠我的时候，为什么说叶大哥你吻我，你为什么一直不吻我呢？"

蒋正璇边上就是沙发扶手，见他如此靠近，无路可去，避无可避。她又受不住聂重之的这些话，霍地转头，拿黑白分明的眼睛瞪着他，却找不到任何可以顶回去的话，热辣着脸气怔了半天，发觉自己完全无计可施，便赌气似的狠狠推开他起身："那是我的事，与你无关。你让开，我要回家。"

聂重之反应极快，反手一扣，便握住了她的手。他是黑带九段，跟他玩花样，不是玩死自己。蒋正璇虽然清楚这个道理，但恼极了，哪里还去管这个。于是，她毫不客气地狠狠地踢了他："你走开，别碰我，放开我。"

聂重之见她的反应，竟一点也不恼，心里反而畅快得很，微笑道："你踢我，你跟我生气，说明他真的没像我这样吻过你。"

虽然着恼，蒋正璇却知道聂重之说到了中心点上，叶英章确实没有这样子吻过自己。叶大哥的吻从来都是落在额头，轻轻柔柔地一碰，像蝴蝶轻触花朵，十分地小心翼翼。哪会像他那样，每次吻她，似乎都想吃了她一般。

蒋正璇对于聂重之实在是无法招架，只好恨恨地侧过脸，不说话。

蒋正璇这样的反应，聂重之得逞似的笑了出来，一点点地贴近她的脸。蒋正璇仰头避开他，恨得咬牙切齿："聂重之，你放开我。你想要怎样？我们今天说个清楚。"

聂重之修长的手指在她脸颊处轻轻地刮过，他的唇渐渐凑近，语音模糊，偏偏满是暧昧："璇璇，你是个聪明人，知道我要什么的。"

聂重之也不知道自己怎么了，自从两人发生关系后，他最初的时候觉得内疚至极，恨不得揍自己一顿，怎么会染指这个小丫头。他甚至觉得自己再无脸面对蒋正楠了。然而随着时间的推移，他发现自己越来越不对劲了。他总是在不经意间想念蒋正璇这个小丫头，想念她的一切，那种想念竟不由自己。

本来这些他还是能够控制的，但是偏偏让他遇见了好几次蒋正璇跟叶英章站一起的画面，每每见到，心里便如同万蚁啃噬般地难受，越看越碍眼，越瞧越恼火。

他觉得自己快疯了。怎么可能这么地想念这个小丫头呢？于是，他尝试了一些方法，比如打拳运动，比如找人一起各种聚会 Happy，找人一起去度假。反正只要他想玩，有的是乐子。

不行，怎么也不行！他尝试了好多好多种。某些时候他是可以忘记的，但事后却更疯狂地想她。

他忘不掉！

很多事情越过了界，便再也回不到从前了。当真是如此的！

他再也回不到以前了！

这个小丫头，这个洋娃娃，这个小公主，明明是自己看着一点一点长大，然而这个刚刚长大的小丫头却要嫁给另外一个人了。

不，不行，这是不行的！他光想想就觉得心口要窒息了！

聂重之亦知道自己的想法疯了。可是他无法自控，他想继续疯下去。

一种惧意猛地袭来。蒋正璇在这阳光灿烂里，只觉得全身发冷。聂重之的视线定定地锁着她，嘴角轻勾：“璇璇，是你先惹我的。你忘记了吗？是你到我的酒吧，是你喝醉了，然后缠着我的……我们之间已经永远也清楚不起来了。”

这是事实。蒋正璇反驳不了。

那以后，蒋正璇发现她似一只蝴蝶跌入了聂重之编织的网中，任凭她怎么挣扎摆动，她都无法躲开聂重之。

— PART 04 —

第四章

梦醒

蒋正楠的复健很成功，到了第二年夏天的时候，双腿已经行走自如了，只是还得不断地服用一些药物以及配合治疗，定期复检。

聂重之亦有很多功劳，他几乎天天来蒋宅，不厌其烦地陪他去医院复健，陪他说话解闷消磨时光。偶尔也会叫上一群人到蒋宅打打牌聚聚会。蒋正楠的生活除了不能去公司上班，只能在家里批阅文件外，其余的似乎并无什么改变。

母亲陆歌卿经了这件事，真真是把聂重之当成了半个儿子。在众人面前不止一次地说过："重之这么重情重义的孩子，我真是欢喜得不得了。所谓患难见真情，朋友之间啊，只有真正遇了坎、经了事，才知道是不是真朋友。"

每当此时，蒋正璇总是默不作声地眼帘低垂。聂重之的醉翁之意唯有她了解得最清楚。

这一年的深秋，向来和风细雨的洛海城发生了一次新中国成立以来最大的黄金抢劫案子。经过洛海市公安局的大力部署，由叶英章为主力的专案小组在两个星期后顺利告破黄金抢劫案，叶英章也因此荣获了局里的特等功。

总算得空了的叶英章便约了蒋正璇吃饭。

叶英章因破了大案子，兴致不错，一反往常地跟她讲了很多破案经过："作案的那人还是个大学生，平时喜欢看《福尔摩斯》之类的侦探书，具有很强的反侦查经验。他本人是在三元市的一家企业工作，谨慎起见，特地选了离三元颇远的洛海。实施抢劫前，特地来洛海侦查过几次，查探了珠宝店内部的人员情况、保安情况……"

蒋正璇拨着餐盘里的柠檬熏鸡肉，浅浅微笑："然后呢？"

叶英章："他从三元坐大巴来洛海后，先后乘坐了三轮车、出租车、公交车、摩的等交通工具，且每次换乘都会改装。然后在八点多用枪支进入珠宝店进行抢劫……他也算我们局里碰到的最具有反侦查能力的犯罪分子。"

蒋正璇从前只盼着可以和叶英章天天相处，叶英章若是滔滔不绝地跟她说案子，哪怕再血腥残忍，她也会做一个最佳聆听者，只觉得有能与他相处的光景便是好的。

可是如今与叶英章这样面对面坐着吃饭，听他兴高采烈地说话，蒋正璇竟然察觉不到半点往日的甜蜜喜悦，她有的只是做了亏心事的害怕、惊慌。无时无刻不处在紧张惊恐中。惊怕着他随时会从自己身上瞧出异样，惊怕着他会发现她与聂重之的事情。

璀璨灯光下，叶英章的轮廓分明，神采飞扬。蒋正璇似被他身后耀眼的灯光蜇疼了眼，不敢多看。

她和叶大哥，到底是怎么了？怎么会到现在的地步？

蒋正璇满心的不安与内疚，甚至觉得自己快要疯了。她怎么可以这般无耻不堪，一边与聂重之发生关系，一边却与喜欢的叶大哥谈着恋爱。

她隐隐约约觉得，她和叶大哥似乎要完了。或许，早在她跟聂重之有牵扯的时候就已经完了。

下一秒，她又坚定地摇摇头，不，不会的。叶大哥是她明媚年华里恋上的第一个人，一定也会是最后的那个人。她一定会嫁给叶大哥的！一定会！

他们这一桌的位置在角落，边上是一些包厢，倒也颇清静。

蒋正璇没什么食欲，吃了一小块熏鸡肉便搁下刀叉。一抬头，看见了几个人朝他们的方位走来，为首的是一个雍容贵妇，经典黑白的外套搭配黑色宽腿裤，脖子上亦是经典的珍珠链子，举手投足间气度逼人。

那贵妇与她打了照面，便止住了脚步。蒋正璇旋即起身，礼仪得体地微笑："万阿姨好。"蒋聂两家同为洛海世家，彼此间并不陌生。

万淑萍笑："璇璇，万阿姨好久没见你了。小两口一起吃饭呢？"叶英章也站了起来，欠身打了招呼："你好。"

蒋正璇羞涩一笑："是啊。"万淑萍言笑晏晏："那万阿姨就不打扰你们了。你们小两口慢慢用餐。"蒋正璇欠身微笑，目送着万淑萍等人进了包厢。

万淑萍身后亦是一位身光颈靓的中年妇人，手上拉着一个长发美女，眉目间娇美可人，仿佛夏日里那一抹开得最盛的蔷薇，叫人泼辣辣地惊艳。

蒋正璇正准备入座，视线却猛地扫到了不远处的某个身影。就这么一眼，这个高大熟悉的身影便让她的笑容如花般凋谢在了嘴角。不可能吧？是她眼花了吧？

定睛再细看，餐厅经理领着一个熟悉高挺男子朝她的方位走来——不是聂重之又是谁！

一时间，似有千万只蜜蜂在蒋正璇面前铺天盖地地乱舞，耳边俱是“嗡嗡嗡嗡”的一片声音。聂重之怎么会出现在这里？他想要怎么样？慌乱、惊惧如潮水海啸般，瞬间涌上了蒋正璇的心头。

聂重之显然也看到了她，顿时放慢了脚步，走了过来。他气定神闲地微笑：“叶先生，好久不见了。想不到今天可以在这里遇到你和璇璇。我是不是太没眼力见儿了，打扰到你们的甜蜜约会了？”

聂重之云淡风轻地微笑，仿若真的只是遇见了一个朋友而已。可蒋正璇又怕又气愤地紧张，她觉得自己便如同那只进了如来佛祖五指山的猴子，死活全凭他高兴。

叶英章回道：“聂哥说笑了，怎么会打扰呢。聂哥，要不要一起坐下来吃点东西？”

聂重之瞧了一眼眉目低垂的蒋正璇，笑笑：“不了，我今天有约了。”环顾了一下四周，似笑非笑地对他们道，“你们肯定是不知道，这家可是洛海出了名的相亲餐厅。我今天是来相亲的。”

相亲！蒋正璇脑中闪过与万淑萍一起的那位一眼难忘的长发美女。聂重之应该就是和她相亲。这样漂亮的女子，聂重之应该会一见钟情吧。

蒋正璇不知不觉地松了口气。不过她忘记了应该要收敛表情暗暗松气的，那样明显的放松，聂重之一眼便知，亏得他涵养好，城府深，按捺得住，面上不露分毫，可心里却如火山喷发，早已岩浆四冒了。

聂重之不动声色地扫了扫蒋正璇，礼貌地欠了欠身：“不打扰你们了，我要进去了。”说罢，他便转身而去。

甫一转身，聂重之的脸色倏然阴戾了下来，似笼上了一层浓白严霜。听见他相亲，她就高兴得这般喜形于色。看她的样子，要不是当着他的面，估计就要买鞭炮庆祝了。她就巴不得可以早点摆脱他，是吧？聂重之恨得冷冷磨牙，无声无息地从齿缝间迸出了三个字：“蒋正璇。”

蒋正璇刚把紧握的拳头松开，只见才走了两步的聂重之似想到了什么，脚步停顿了下来，背对着他们，随口问道：“对了，叶先生，今天是几号？”

闻言，蒋正璇嘴角刚欲上扬的笑容猛然一滞，这才发现自己高兴得太早了。

叶英章答：“今天十一号。”聂重之这时才侧头对他们一笑，心情显然很不错：“哦，原来今天是十一号啊。叶先生，祝你们用餐愉快。”

每个带“一”的日期，都是蒋正璇最痛恨的日子。因为她必须去聂重之的公寓。

这么一来，蒋正璇再也吃不下任何的食物。她唯一能做的，仅仅是低垂着头，极力保持如常。

幸而，叶英章并没瞧出什么异样。

吃过饭，叶英章征询她的意见：“想看电影还是去喝杯咖啡？”

蒋正璇被聂重之这么一惊吓，龙肉都吃不下了，咖啡自然也不想喝，她唯一想做的就是尽快离开餐厅。于是就不假思索地选择了看电影。

两人便去了附近的电影城。叶英章排队买票，蒋正璇则坐在一旁等候。甫一坐下，包里的手机就响了起来。蒋正璇心里一沉，从包里摸出来一瞧，屏幕上闪烁着的号码果然便是聂重之的。她第一反应便是想掐掉，再直接关机。但她对聂重之实在是怕了，万一她关机，聂重之指不定就一个电话打给了叶英章。于是只好走到偏僻角落，接起了电话。

聂重之在电话里不轻不重地道："怎么样？跟亲爱的叶大哥吃好了爱心晚餐，是不是心情美得像花开？不过我想提醒你一下，再过三个多小时就是十二号了。"

聂重之的声音明明含着淡淡笑意，可一进蒋正璇耳中却似像碎冰，冷凝一片。

蒋正璇压低了声音："好怎么样？不好又怎么样？另外，我知道是十一号，不用你来提醒。"

聂重之在电话那头冷冷一笑："不怎么样！我只想知道你现在在哪里？"

明明是她跟叶大哥在谈恋爱，可聂重之那理直气壮的口气，弄得她与叶大哥好似偷偷摸摸地在偷情，在做见不得人的事情一般。蒋正璇的口气也极度不佳："你管我在哪里！我会在十二号之前过去的。"他又不是她的谁！

聂重之被她一堵，居然也不发火，顿了半天才轻声说了一句："我确实是管不着你的。"说完就挂断了电话。

居然就这么简单地挂了，简直是不可思议。太阳打西边出来也不会让蒋正璇这么惊讶。蒋正璇入场后，一直把手机捏握在手里，翻来覆去地瞧，犹觉得难以置信。按他的性子，绝对不可能会这么轻易放过她的呀！

难不成是线路出了问题？或者是他电话恰好没电了？又或者是他的相亲很成功，两人一见钟情了，所以就大发慈悲放过她了。

隐隐约约觉得都有可能性！然后就算是这么想，可蒋正璇的心里总是七上八下的，忐忑不安。

影院放映的是一部快下映的美国 3D 大片，是叶英章素来最爱看的动作片。其实女孩子们大多都是爱看那种你侬我侬的浪漫爱情片，蒋正璇也不例外。

记得两人第一次看电影的时候，叶英章买票前征询了她的意见："璇璇，你喜不喜欢看美国动作大片？听说这部××××很好看，网络上的口碑很好。"

那个时候的她心里想着，只要有他在身旁，哪怕是最害怕的恐怖片她也愿意尝试，更不要说动作片。从此以后叶英章便理所当然地认为她也爱看这一类的片子，再没有征询过她的意见。

由于快下映了，影院并不满座，蒋正璇边上就有好几个空位。电影开始不久，有人挨着她的位置坐了下来。黑暗中，影片剧情展开，深夜里怪物对人类追逐袭击的惊险场景，跌宕起伏扣人心弦。

大家都戴着3D眼镜看得津津有味。黑暗中的蒋正璇也不知道自己怎么了，一直有一种很不舒服的感觉，总觉得后背毛毛的，全身冷幽幽的，说不出地怪异不安。像似……像似有人在暗中偷窥着她的一举一动……

蒋正璇揉了揉有点僵硬的脖子，换了个舒服的姿势，把自己整个人缩进了软椅里头。她把手自然而然地搁在右边的把手上。就在那个瞬间，边上的那人突然一把握住了她的手。肌肤相触的电光石火间，蒋正璇的神经末梢敏感得差点惊声尖叫，这手……十指修长，温度炙热，那感觉……分明是……分明是她熟悉的。

蒋正璇忽然毛骨悚然了起来。她一点一点地拧过僵硬如铁的脖子，对上的是聂重之冰凉如水的复杂眼神。

他的五指紧紧地扣着她的手指，力道大得惊人，仿佛就是要抓疼她让她叫痛似的。聂重之的嘴唇缓缓地一开一合，无声无息地吐着三个字："蒋正璇！"

世界末日，僵尸来临也没那么恐怖！蒋正璇的心脏一时停止了跳动。

聂重之根本就是个变态！百分之百的疯子！

蒋正璇全身冷汗直飙，惊恐万分地偷瞧了叶英章一眼，幸而他正聚精会神地注视着电影屏幕，沉浸在剧情之中，丝毫没察觉她这里的异样。

蒋正璇稍稍松了口气，手轻轻地挣扎，想要抽出自己的手。但她才一动，聂重之更使力地握紧。她怎么也无法从他的铁夹一般的掌心中挣扎出去……透过3D的镜片，蒋正璇看到了他眼里闪动着的火苗，似乎随时都可能会燃成大火。

蒋正璇甚至感觉到自己的每一颗牙齿都在发抖，她再不敢乱动分毫，甚至连额头密密麻麻冒出来的冷汗都不敢擦拭。

她真真的是怕了，也真真正正地对聂重之开始服软了。

整整小半部戏，聂重之就是握着她的手，怎么也不肯放。蒋正璇则是神经紧绷，不知出了多少身冷汗，心跳急促得绷成了一条弦，似随时会绷裂开来。她只好求他，她一再地发信息给他："聂重之，你想怎么样？我们回去再谈好不好？"

"看完电影，我马上去你公寓。"

"我以后什么都听你的，好不好？你快走。"

……

聂重之也知道见好就收，收到短信后，慢条斯理地回了几个字："这都是你说的，记住了。"他抓住她的手搁到唇边轻吻了一下，便趁着影院中的一片暗色离去了。

从此之后，蒋正璇见了聂重之，便如同老鼠见到猫，老老实实，服服帖帖。

她只觉得自己似一个走钢索的人，小心翼翼地维持着平衡。每一秒、每一步，她觉得自己随时会摔下去，坠入悬崖，跌个粉身碎骨。

就在蒋正璇觉得整个人快要疯掉的时候，她遇到了重新回到洛海、重新回到大哥蒋正楠身边的好友许连臻。

她问连臻为什么突然走了又为什么回来。连臻苦涩一笑，没有告诉她答案。

连臻的微笑苦涩浅约，这些年似乎过得并不愉快。大哥蒋正楠身边的美女来来去去，去去来来，走马灯似的换来换去，如果她是连臻，她也会快乐不起来。

不过，连臻回来了，她至少也有了一个伴。

蒋正璇不止一次地尝试着想把自己和聂重之的事情告诉连臻。可是，几次话到嘴边都吞了回去，她发现自己说不出口。这样无耻到极点的事情，让她怎么说！

蒋正璇深深深深地痛恨自己！

日复一日，在洛海阳光最光灿明媚的时候，叶英章的母亲专程从五福市过来拜访陆歌卿。陆歌卿对叶母的来意自然心知肚明。若不是因为正楠的那一场车祸，璇璇和叶英章早已经结婚，指不定都已经有孩子了。如今儿子蒋正楠早已经痊愈，看来叶母此番专程前来必定是为了两个小儿女的婚事。

叶母拉着蒋正璇的手，笑吟吟地道："这不，我几个月没见英章了，所以特地上来打扰他们小两口，小住几日，就怕他们嫌我烦。"

陆歌卿亲自从兰姨的手里取了茶壶，倒了一杯茶，递给叶母："瞧你说的什么话。他们小两口我是不知道，不过我可是日日盼着你过来，最好在洛海住下，你来我往的，也好解解闷。"

叶母含笑着饮了口茶："在洛海住下这事，可不是我能做主的。"

陆歌卿笑：“又不是没有机会。”叶母笑：“也是。”两人都点到即止，没有多说。

叶母取了份礼物递给蒋正璇：“璇璇，打开来看看喜不喜欢？”

蒋正璇见母亲含笑不语，一副默许的模样，便双手捧着放下后，依言打了开来。黑色的丝绒上搁了一块通身碧绿的翡翠挂件，水汪汪莹润润的无一丝瑕疵。

陆歌卿瞧了一眼，已开口道：“可不许把孩子给宠坏了，哪里用得着这么贵重的礼物。”

叶母爱怜地打量着蒋正璇，笑吟吟地转头对陆歌卿道：“你是知道的，我当年怀英章的时候啊，心里可一直盼着想要个女儿，可没你那么好的福气。不过如今啊，有了璇璇这个媳妇，也总算是如愿了。这物件摆在我那保险箱里，不过是摆着，早晚都是要给璇璇的。”

说到这里，又打趣道：“你啊，是不知道我的小心思。如今这年头，外面的那些首饰物件哪里有老一辈留下的成色。其实我呢，是能省则省，外头的我就不破费了。直接从自己的首饰里拿了一个来搪塞。反正就这么一个儿子，省下的还不都是他们的。”

陆歌卿知道她在说笑，哪里真会省这礼物的钱，便含笑对蒋正璇道：“还不快谢谢叶姨。成色这么好的翡翠，可遇不可求。如今就算手上有再多的钱，也得先遇见了再说。”

蒋正璇忙再次道谢。叶母拉着她的手，迭声道：“不谢，不谢。一家人，谢了就见外了。”

叶母又问起了蒋正楠的情况，陆歌卿回道：“总算是行走如常了。去年这时候啊，我提心吊胆的，没有一晚是睡好的。”由于都是自己人，陆歌卿也敞开了心扉，“那时就怕正楠这腿以后走不了……他都还没结婚生子呢！夜里有时候睡着也掉眼泪……现在啊，我总算是放下了心。”

叶母顺着陆歌卿的话说了下去：“天下父母的心都是一样的！你放心，你们家正楠啊，一看就是个有福的。对了，说起结婚，我啊，这次来，就是想把英章和璇璇的日子跟你定下来。我们英章啊，也实在是老大不小了，跟你一样，我也天天盼着他结婚生子。就是不知道你们和璇璇的意思？”

果不其然。陆歌卿心里早做了准备，此时便含笑道：“我自然是没意见。主要还是要看英章和璇璇这两个孩子的意思。”

叶母笑：“这个我明白，要怎么办自然听他们年轻人的。不过我们还是挑两个宜嫁娶的日子定下来再说，到时候他们小两口要中式就中式，要西式就西式，随他们喜欢。你觉着怎么样？”陆歌卿觉着也可行：“好，好，我没意见。”

叶母征询道：“璇璇，你说呢？”

蒋正璇低头道：“叶姨，我什么都好。”她真的要跟叶大哥结婚了吗？或许是以往过于心心念念了，如今真的在眼前了，蒋正璇倒有种不确定的感觉。更恐怖的是，那个瞬间聂重之的脸竟然在脑中不停闪过……她莫非是中邪了不成？！

叶母瞅着她笑得合不拢嘴：“好好好。等过些日子，就该改口叫我妈妈了。”说得蒋正璇低下头去。

这般和睦融融的画面，不多久便被进来的聂重之和蒋正楠打断了。

陆歌卿笑着抬头：“呀，你们回来了。来，快过来坐。”蒋正楠微笑着跟叶母打招呼：“叶姨，你好。”

叶母见他行走间已无任何异常，便喜形于色地道：“正楠，见你一切都好，叶姨就真的放心了。”蒋正楠：“谢谢叶姨挂念。”

陆歌卿又把聂重之介绍给了叶母：“这个是正楠的好兄弟，御南私立高中时候的同学，十几年了。叫聂重之，是聂耕礼家的长子。”

叶母一听聂耕礼家的，不由得侧目相向：“哎呀，不会就是聂家那个公司在美国上市的孩子吧？”

陆歌卿与有荣焉地连连点头：“正是，正是这个。”转头对聂重之道，“这是叶英章的妈妈，你跟着正楠他们唤叶姨吧。”

聂重之甚是客气，欠了欠身，亲自取了茶壶帮叶母添茶水：“叶姨，请喝茶。”叶母微笑着再度侧目：“这么礼貌的孩子，我一见就欢喜。结婚没有？”

陆歌卿笑吟吟地接口：“还没，比正楠小上一岁，你平日里帮着给他们都留意留意。都老大不小了，可都悠闲着呢，也不瞧瞧很多人家的孩子都会打酱油了！唉，真是皇帝不急急死我们这群太监！”叶母笑：“那还不容易。等英章跟璇璇结婚那天，双方的亲戚朋友都出席，到时候啊，多的是女孩子让他们慢慢挑。我们五福那里的山水养人，姑娘们个个都长得水灵清秀……”

蒋正楠的嘴角本是含着淡淡的一丝笑意，闻言却似想起了什么一般，整个人便怔住了。

聂重之却在一瞬间绷紧了身体，仿佛一张拉满弦的弓。他的目光倏地往蒋正璇脸上扫了扫，又很快收回了视线，整个人恢复到了若无其事的样子，淡淡含笑地问道：“卿姨，英章跟璇璇的婚期确定下来了吗？恭喜恭喜。”

蒋正璇自然感受到了聂重之炽热的视线，她假装凝视着茶几上面的点心，丝毫不敢与他的目光碰触。

陆歌卿当他自家人，亦不瞒他：“大概圈定了几个好日子。这不，还在挑，正想不好是今年十月或是年底。”说到这个，叶母就笑：“按我的意思，不如就十月，那时候秋高气爽的，不冷不热，天气好。反正酒店酒席都是现成的，要怎么安排筹备，也都来得及。你是知道我的，想璇璇这个媳妇想得都快疯魔了。”

十月距离现在不过三四个月。陆歌卿到底是舍不得，又不好放在面上，只好含含糊糊地道：“要不，让英章跟璇璇再商量一下。这是他们小两口的吉日，还是让他们亲自选的好。而我呢，也把这几个日子跟兆国说一声，听听他的意思。”叶母点头：“成成成，反正我在洛海得待好几天，这事情啊，我们再慢慢商量，从长计议。”

聂重之默不作声地坐着听了半天，不动声色地微笑：“卿姨，叶伯母，你们慢慢聊。我还有事，先回去了。”

蒋正璇看着聂重之欠了欠身后，告辞离去。高大挺拔的背影，慢慢地消失在两扇门之外。

她再傻也知道聂重之是不会轻易放手的。

果不其然，数分钟后她便收到了一条信息：“我在游艇等你。”

他到底怎样才会放过她呢？

蒋正璇到游艇下出租车的时候，已经是深夜了，手机提示声又是一声轻响。她滑开屏幕，看到了几个字：“你到底准备什么时候过来！！！”一长串的感叹号，显示了聂重之已经极度不耐烦了。

游艇上灯火影影绰绰，聂重之执着酒杯，神色不明地斜倚在甲板上，远远地瞧着她：“你真的准备跟叶英章结婚了？”

他的表情和语气都古古怪怪的。蒋正璇默不作声地别开眼去。

这样的没回答等于就是回答了！一时间，整个甲板上再无声息，周遭安静得只剩下彼此忽缓忽急的呼吸之声。

聂重之静默的眼神因她的动作一下子变得如刀锋般锐利，将手中的酒杯顺手往甲板上狠狠一砸。“啪”一声便打了个粉碎，红色液体与晶莹碎片混成一团。

聂重之咬着牙，只觉全身上下都似浸在醋坛子里一般，酸意弥漫，他吼道：“我不准你跟他结婚。我不准。蒋正璇，你听到没有？！”

蒋正璇的视线定在黑洞洞的远处：“不，我会嫁给叶大哥，我要嫁给叶大哥。”

她再不会跟他这样下去了！她要结婚了！

聂重之一步一步上前走向她：“蒋正璇，我不同意。你跟我之间不清不楚的，你怎么去嫁给他。再说了，你觉得他爱你吗？”

他显然喝了不少酒，气息扑来，满是浓烈酒味。蒋正璇被他这么一熏，只觉得几乎自己都要醉了。她后退了两步：“他怎么不爱我了？”

聂重之怔怔地瞧着她后退的动作，心头骤然一抽搐。他静静地等着这种疼痛过去，而后一笑，一字一字，冷如碎玉：“他爱你？他若是爱你，怎么会一直不碰你？他又不是 Gay。他是一个活生生的大男人！蒋正璇，你清醒清醒吧！”

蒋正璇愤然抬头：“你胡说！你胡说！叶大哥怎么不爱我了？你现在是不是想告诉我叶大哥爱的是别人，你还有凭有据，是不是？你别枉费心机了。你这样的挑拨离间是不会得逞的。无论你说什么叶大哥的坏话，我都是不会相信你的！聂重之，我告诉你，不管你说什么，我都会嫁给叶大哥的。我这辈子最想做的事情，就是嫁给叶大哥。”

闻言，聂重之眼眸骤然锐利，转瞬又消隐了下去，幽深的眼带着很奇怪的哀伤情绪，望着她，竟不再说话。

如果可以，聂重之真想生生掐死她算了！可是他没有，他只是轻轻地问道：“叶英章，真的有这么好吗？你真的就这么爱他？”

到了这个地步，蒋正璇也只有强硬到底：“是啊。我就这么爱他！”

是啊，她就这么爱叶英章！自己不是一直都知道的吗？可他却依然不肯相信。还这般傻傻地问出口！白痴大约都比自己聪明几分！

聂重之缓缓冷笑，口不择言："可惜啊，就算你再爱他，今晚你还不是得要跟我在一起。"

他不管好歹一把拖住她，猛地吻了下来，强硬地与她耳鬓厮磨起来。

他身上的酒味呛人，蒋正璇极力挣扎着想要避开他的碰触："聂重之，你放开我，我们到此为止！放开我……放开我。"

聂重之仿佛痛觉失调一般，毫无反应，任她拳打脚踢地撒泼。

两人激烈地纠缠在了一起，聂重之堵着她的唇为所欲为，蒋正璇抵他不过……聂重之又熟知她身上的所有弱点，无恶不作……蒋正璇"啊"一声压抑地呜咽，偏过脸狠狠地咬着他的肩头，身子却如羽毛般地酥软了下去……

最后，四周似乎连海风都慢慢平静了下来……

聂重之把睡梦中的蒋正璇牢牢地禁锢在自己怀中，在她耳边低低地道："你每次凶起来的时候状似泼妇，一点也没有平时可爱乖巧的样子……可是，可是……就算你那个样子，我还是那么那么地喜欢……"

那"喜欢"两个字说得极低极低，犹如呓语。筋疲力尽已经进入昏昏欲睡状态的蒋正璇错愣在了原地，一时间她以为自己的耳朵出问题了。

"你每次一不开心就喜欢狠狠地打我，狠狠地踢我……璇璇，我也是肉做的。你从来不知道我也会疼的吗？"他的嗓音沉沉哑哑的，似乎疲倦到了极点，"璇璇，你知道吗？我也会很疼，我也会累，我的心也会痛的。"

蒋正璇有一种古怪到了极点的感觉，但到底古怪什么，她自己也说不清楚。

聂重之不知怎么了，口气不可思议地软了下来："璇璇，你别嫁给他，嫁给我，好不好？我会比他对你好一千倍，一万倍。"

蒋正璇再度倒抽了口气。这厮铁定是醉糊涂了！

聂重之的头一点点地俯了下来，覆盖在她的唇上。他再度吻了她！起初只是轻轻柔柔地碰触过她的唇，然后一点点地加深加浓，辗转吸吮，像蜜蜂缠绵地附着花朵，片刻也不想分离。

这样温柔蹁跹，这样珍重万千，仿佛她是他在这世间唯一的珍宝。

蒋正璇只觉得脸上发烧了一样，脑子里像被他灌满了酒，晕晕沉沉的……在旋涡般的昏昏沉沉中，她觉得自己好像并不讨厌这样的吻，她甚至忘记了叶大哥，忘记她要结婚了，她忘记了一切……

很久以后，在伸手不见五指的黑色里头，蒋正璇渐渐放松了下来，呼吸均匀，不知不觉地睡着了。

聂重之伸出手，用指尖在黑暗中一点点地抚摸着她脸上的轮廓。她的眉毛，细细长长的，刚刚好。她的鼻子，不高不低，刚刚好。她的脸蛋，不大不小，刚刚好。她的嘴巴，小小巧巧的，刚刚好。她的耳垂，肉肉软软的，刚刚好。

她的一切，都很好很好。

好到这世上再找不到另外一个她了！

聂重之缓缓地靠近她，在她脸上亲了又亲，只觉得怎么也亲不够。睡梦中的蒋正璇似有觉察到困扰，挥蚊子一般地抬手，"啪"地打在他的脸上。

不重也不疼，聂重之拉着她的手轻轻地抚摸着自己的脸。半晌，他长长地叹了口气，贴着她的耳朵，喃喃着道："璇璇，别嫁给叶英章，好不好？璇璇，把给他的爱分我一点点，好不好？哪怕只要一点点，我……我就怎么样都甘愿……

“好不好？”

他乞求着，说得那般地轻，那般地低，整个人已然低到了尘埃里。如同世间所有深陷在爱恋里的人那般，把自己的一颗真心赤裸裸地捧在手上递到心爱之人面前，那么虔诚、那么深情地想博得心上人的一顾。与此同时，却又那么小心翼翼，仿佛害怕被心爱的人所辜负、所伤害。

可身边的人已经睡熟了，无知无觉。

所以回答他的，不过是一片静默的空气而已。

聂重之在黑暗中凝望了许久，内心挣扎着妥协了下来，声音叹息般地低微：“璇璇，你就算对我不好也没关系，可你不要跟叶英章结婚好不好？好不好？好不好？”

船舱卧室里一片黑暗，仿佛凝结成了固体，什么声息也没有。只有他那一声“好不好”如轻烟般在室内淡淡飘荡。

蒋正璇第二天醒来的时候，阳光已经泛滥地铺张了开来，暖色的空气流动出温婉明媚的色彩。只觉身下的床有轻微的摇晃感，她惺忪地睁眼，感觉到自己所处的空间很是奇怪，狭小窘迫。白白的四周，似金属……片刻后，蒋正璇意识到她在游艇上。

所有意识倏然回笼。她昨天在游艇上陪他度过了一夜。

聂重之在甲板一头垂钓。穿了白衬衫白裤子，极简单清爽。听见了她的响动，含笑着转头：“醒了？饿了没？我做了黄瓜三明治。”他扬了扬手里头的钓竿，“还是你想吃烤鱼？”

蓝天白云下，他的笑竟似比阳光还耀眼几分。

蒋正璇静静地走向他，挨着他身边坐下来。这是从未有过的自动自觉的亲近，聂重之的心蓦地重重一跳，整个人因她这个简单的动作便无限欢喜了起来。

蒋正璇把头埋在膝盖处，一直没有说话。聂重之小心翼翼地伸手揽住了她的肩膀，他在等她挣脱，可是等了许久，居然没有。她就这样安静地在他身边，聂重之慢慢地开口，那般地慎重："璇璇，我们离开洛海，好不好？你喜欢去哪里，我就陪你去哪里。去欧洲，去阿尔卑斯山边的小村庄或者古堡长住，山顶上有千年不化的积雪，山脚下绿草如茵，家家户户的院子里都开满了鲜花，美得像个童话世界。或者去爱琴海，蓝白色的世界，清新得可以忘掉所有烦恼。或者任何加勒比海岸的小岛，去新西兰……我们离开这里，过属于我们两个人的世界，好不好？"

他的话音喜悦欢欣得像个孩子，蒋正璇又涌起了那种说不清的古怪感觉，她望着碎金点点的碧蓝海面，轻而缓地道："聂大哥，我真的要结婚了。以往的事情，就这样过去了，好不好？只要你愿意，洛海城里任何一个漂亮的女孩子都愿意陪你环游世界的。"

聂重之原本满含柔情地瞅着她，听了她的话，却又像是没有听见一般，坐着发愣。慢慢地，他的目光渐渐转凉。他什么话都说不出来，因为整个人似被铺天盖地的冰水当头淋下，他落汤鸡般地站在冰雪风暴里，眼睁睁地看着自己结成块，而后又坠地成渣。他心里在狂喊："不，我不要她们。我只要你陪我！我只要你！"

蒋正璇不管他搭理不搭理，自顾自地往下说："聂大哥，我真的觉得好累好累。你不要再逼我了，好不好？每次跟你在一起，我就觉得对不起叶大哥……我觉得自己已经人格分裂了，觉得自己已经疯了。我趁今天跟你说个清楚，以后你不要再打我电话，不要再来找我了，好不好，我求求你，就当我求求你了。你放我一条生路吧。"

放她一条生路，那谁来放他的呢？

眼睛里的光如火焰般熄灭了下来，一股说不出的辛辣酸楚瞬间冲上了鼻尖，聂重之却缓缓地笑：“从此以后，你跟叶英章过着童话般的幸福生活？”从此以后，留下他一个人？

他这样一搭话，蒋正璇便彻底沉默了下来，埋在膝盖处的眼睛缓缓闭上，身体保持着这个姿势一动不动。默然了半天，蒋正璇抬头：“其实我并不欠你什么，我欠的是叶大哥。我已经考虑很久很久了，我不会再跟你这样下去。你爱打叶大哥电话就打吧，他迟早是要知道的。我已经不想再瞒他了……我觉得我是这个世界上最不要脸的女人，怎么可以这么骗叶大哥。”

蒋正璇摊开了一直紧握在手心里的手机：“你打吧，我再不会拦你了。”

蒋正璇知道这个电话一拨出，她和叶英章之间也完了。当然，这样的结果，似乎也不错。她不知道为何自己会有如此的想法，只知这一刻的自己已经疲累到了极点。哪怕把所有的一切摊开来，她也无所谓。

她只想要一个了结，与叶英章之间的了结也好，与聂重之之间的了结也好。她再也不要这样子下去了。

她的声音又轻又倦息，然而，每一个字都清晰坚定！

聂重之的视线一动不动地瞧着她，又落在了她白嫩手心里的手机上。他知道她方才说的每一个字都是她的真心话。

他再也威胁不了她了！她要离开他了，真的要离开他了！

聂重之霍地起身，一抬腿，“砰砰”几声把酒杯冰桶之类的全部踹到了水里。聂重之在自己意志力还能控制前，转身就往舱内去：“我不准你嫁给他。我说了我不准，你听到没有？！”

才走了几步，耳边传来“扑通”好大一个声响。聂重之背脊发冷，猛地转身，甲板上已不见蒋正璇的人影了。

她跳海了。她居然跳下海了！聂重之猛地一个飞身跃了下去，在水中搂住了她，搂着她浮出了水面，又惊又怒地吼道："你是不是疯了？你是不是疯了？"

脸上、唇畔俱是咸咸的海水，蒋正璇定定地瞧着他："是，我疯了，我被你逼疯了。聂重之，你到底放不放过我？我要结婚！我要结婚！我要结婚！我要结婚！我要结婚！"

聂重之的声音无比沉重，仿佛每一个字都被灌了铅一般："你真的这么爱他，这么想嫁给他？哪怕是死，也要嫁给他！"

蒋正璇缓缓闭眼："是，我就是要嫁给叶大哥。"

叶英章如今于她，仿佛情窦初开时一个不可触及的美梦。她用尽了力气，只想要抓住那个梦。

斩钉截铁，字字清晰，毫无一丝转圜的余地。蒋正璇的每一个字都像一把锤子一样，敲在聂重之鲜血淋漓的心头。

她宁愿跳海也要离开自己。无论如何都要离开自己，哪怕是用这种决绝的方式。聂重之心如死灰地明白了过来，她真的对自己没感情。哪怕两人之间曾经亲密过无数次，可是在她的心底，他连叶英章的一根头发也比不上。

一颗无望的心，在这一片深蓝的波浪汹涌里，一星一点地死去。

或许，他这一次真的应该放手了！

那天后，蒋正璇便把聂重之的电话设置为了拒接，把他的微信拉黑。真的豁出去了之后，她发现，一切没有她想的那么恐怖。

一开始，她真做好了鱼死网破的准备。可是一个星期，两个星期，三个星期，她发现聂重之并没有找叶大哥，也没有把事情摊开来。

她渐渐地放下了心。

虽然请了专业的公关公司，但她还是像每一个待嫁新娘一样，每天为了各种事情忙碌，最终的婚纱选择，最终的场地选择，酒水，嘉宾赠礼，小到一个缎带蝴蝶结的颜色，等等，都得由她决定。除此之外，还有婚房软装事宜。她每天为了婚房的软装与设计师奔波在洛海大大小小的家居城。

偶尔与好友许连臻吃饭相聚，话题都离不开婚礼。

蒋正璇从未这般地忙碌劳累过，每天倦极而眠，没时间胡思乱想。

好在，所有的一切在相关专业人士的协助下有条不紊地进行。

她再也没有见过聂重之，直到那一天，她跟连臻在舒曼的店里试婚纱。

她换上了一款马甲款的蕾丝婚纱，抹胸的款式将她所有的线条美好地勾勒了出来。蒋正璇凝望着镜子里那个陌生的自己，总觉得恍然，似乎里头的那个人是自己，又仿佛不是。

她在美人榻上坐了下来，茫然地问自己：真的要结婚了吗？真的要跟叶大哥结婚了吗？

仿佛太过美好了，又太过轻易了，她时常有种不真实之感。

在这个时刻，她很突然地想到了聂重之。想到了那日在游艇上他的脸，他的拥抱，他的吻，他的话。她疯了，她肯定是疯了！怎么想到他呢！

可是，她黯然地双手捂脸。她无法欺骗自己，在这样的时刻，她居然想起了聂重之。

门在她身后，轻轻地推开，又缓缓地合上。大约是连臻接电话回来了吧。

有人取了搁置在一旁的针织衫，温柔地替她披上。蒋正璇方想说一句“谢谢”，忽然觉得不对了起来，她抬头，猛然看见了一个熟悉的高大身影。

似有毒蛇在咬她的脚，蒋正璇“腾”地从美人榻上跳了起来：“你怎么在这里？”

聂重之脸上深邃立体的五官看不出任何的情绪，他只是静静地凝视着她：“璇璇，别跟他结婚，好不好？”

他从未用这样的语气跟她说过话。此刻的他非常非常奇怪，他的声音、他的表情与他所有的一切，都有种叫人捉摸不透的感觉。蒋正璇后退一步：“不。”

聂重之仿佛失聪了一般，他又缓缓慢慢地重复了一遍：“璇璇，你别跟他结婚，好不好？”他眼底深处流淌而出的东西，像是哀伤，令她心里莫名地发紧。蒋正璇不知道自己怎么了，她竟觉得自己有种想答应他的冲动。

不，她怎么可能答应他呢！她又不是脑袋坏掉了。蒋正璇摇着头往后退。退啊退的，她一直退到了墙壁处。再无路可去了！

“聂大哥，我要结婚了。我要跟叶大哥结婚了。”

聂重之一动不动地站在原地，缓缓地闭上眼。只一瞬，他又睁眼，忽地露出了一个让人胆战心惊的笑容：“我当然知道。”他的眼睛是丹凤眼，每每微笑的时候，总是有点上挑，哪怕是漫不经心的微笑，也总叫人呼吸发紧。

蒋正璇仓皇地别过头：“我要换衣服，请你出去。”

聂重之上前，他的眼睛已经全然暗了下来：“你真的还准备跟别人结婚？你真的把我当吃素的吗？”

蒋正璇苍白着脸喝道：“聂重之！你到底想怎么样？你要是想找叶大哥摊牌的话，你就去，早点去。”她指着门，别过头，“走，你走！你出去，出去……我再也不想看到你了。走！”

可是聂重之却一直没走。他一直怔怔地站着，看着眼前这个比画还美丽的人。眼前闪过的却是两人初见时的那一幕，有个小公主抱着维尼小熊，赤着雪足，怯生生地推开房门……

可现在这个小公主要结婚了，跟另外一个人结婚了。

他却什么都无能为力。哪怕知道再纠缠亦是一个结局，可聂重之终究还是不甘心。他轻轻地开口，仿佛之前的一切不曾发生过一般，那般地轻柔：“璇璇，求求你，求你别跟他结婚，好不好？”

只是，再没有人回答他。

蒋正璇背对着他，再没有转过身来。

时间、空间都仿佛凝固成了水晶。许久之后，门再度轻轻地合上。

“啪嗒”一声的关门声后，蒋正璇整个人忽然软了下来，她慢慢地蹲了下来。

聂重之，他到底是放过她了，还是没有放过她呢？

此后，聂重之再没有出现，也再没有跟她联系。而蒋正璇，则依旧终日忙碌。蒋正璇在松了一口气的同时却有一种隐隐的落寞，她不断地问自己：“他为什么要求她别跟叶大哥结婚？”

可是无论问自己多少遍，她总是得不出结论，不知道为什么。

她亦不知道自己为何会一直想起。只知道他那天哀凉的语气，叫人心底犹如蚂蚁啃噬，怎么也挥不去。

叶英章的工作越来越忙，蒋正璇平时想见一面都难，叶母知道这个情况，特地打了几次电话来安慰她这个“准儿媳”：“璇璇，你可千万别怪英章。他跟你叶叔年轻的时候一个样，都只顾着工作。男人都是这样的，以事业为重。叶姨知道你的辛苦，自己也别太累，当心累坏了自己身子。”

蒋正璇自然不能不识大体："叶姨，我明白的，我会注意身体的。谢谢叶姨。"

这一天，蒋正璇便让司机徐伯送她到叶英章的宿舍整理收拾物品。

叶英章的宿舍其实还算干净，屋子里散发着他特有的淡淡味道。这个味道跟聂重之的不一样。聂重之身上总是干净清爽的皂香味道，像四月的阳光那般洁净芬芳。

蒋正璇猛地反应过来。怎么会又无缘无故地就想起了聂重之。

她觉得自己真的快疯了！最近总是会无缘无故地想起他！

蒋正璇捂着脸，神志茫然地在叶英章的床沿上坐下休息。这段时间她老是迷迷顿顿的，心里空落落的，隐隐难受。她这是怎么了？

或许是她太累了，所以才会如此的。是啊，她最近太累了，山一般的疲累一直重重地压着她。

良久后，她抬头看见床头柜上的相框，便随手取了过来。

照片里，她和叶英章手拉着手，在沙滩上拖曳出了长长的影子……虽然两人没有正脸，可是照片里的气氛浪漫得像是电影镜头。这还是那一年跟大哥连臻他们在小岛度假时拍摄的。

眼前蓦地闪过了聂重之的脸，想起了他说的话："璇璇，我们离开洛海，好不好？你喜欢去哪里，我就陪你去哪里。去欧洲，去阿尔卑斯山边的小村庄或者古堡长住，山顶上有千年不化的积雪，山脚下绿草如茵，家家户户的院子里都开满了鲜花，美得像个童话世界。或者去爱琴海，蓝白色的世界，清新得可以忘掉所有烦恼。或者任何加勒比海岸的小岛，去新西兰……我们离开这里，过属于我们两个人的世界，好不好？"

那个瞬间，蒋正璇也不知道自己怎么了，心忽然酸酸地一抽。她又疯了不成，她怎么会好端端的就想起了那些话呢。怔然间，手不知怎么一松，只听“咔嚓”一声清脆的玻璃龟裂声传来，相框的镜面在地上开出了一片透明的玻璃花。

唉，她最近无论做什么事情都恍恍惚惚的，像丢了魂魄似的，好好的拿个镜框都会打碎。蒋正璇自怨自艾地弯下腰去捡，忽然，她整个人怔住了……那后面居然藏了另一张照片。蒋正璇探出手指，小心翼翼地取了出来。

眼前是一张叶英章和另一个女孩的合照，叶英章的手亲昵地搭在那女孩子肩膀上……照片的底色有些陈旧，两人的装扮、长相也显示了这张照片已经照了多年。

仅仅是扫了一眼，她就认出了照片上的那个女孩。是许连臻！竟然是许连臻！

蒋正璇一直知道叶英章谈过恋爱，但叶英章从来不提，她自然也就装作不知道。她一度也很明显地感觉到叶英章的心里似乎一直有个人存在，也曾经在母亲面前闷闷不乐地说起过，可母亲陆歌卿却淡淡地对她道：“谁没有一点自己的故事，过去了的就是过去了。”

是啊，现在这个社会，谁没有一次两次的恋爱呢。

可为何照片里的这个人居然是许连臻呢！

许连臻是大哥蒋正楠的女友，也是她蒋正璇最好的闺密，与她分享了无数欢欣喜悦。

不，不可能是连臻！怎么可能是连臻呢！

耳畔“铮”的一声响，身体里似有什么东西断裂了开来。整个人的血液像是从脚底汩汩流光。蒋正璇抖着唇，手脚冰冷地跌坐在了地上。

整个世界天旋地转，蒋正璇只觉自己衣着单薄地站在一片冰天雪地中，茫然四顾，周围白蒙蒙的一片，毫无人迹，亦望不见尽头。

若不是误打误撞地打破了相框，有可能她永远不会知道叶英章隐藏了这些年的这个秘密。

不，不可能会是许连臻。她不会这样子骗她的！肯定是弄错了。连臻陪她逛街购物吃饭喝咖啡试婚纱，只要有时间，总是会陪着她。她甚至还一度答应做她的伴娘。

她一而再，再而三地盯着照片确认，却怎么也无法抹杀这个活生生的事实。蒋正璇终于在心痛如绞中明白了过来，照片中的这个人，的的确确是许连臻。从照片来看，已经是好几年前的事情了。很显然两人以前就是一对情侣。但是他们为什么要装作陌生人呢？！他们到底隐瞒了她和大哥什么呢？

蒋正璇抓起了照片，箭一般地冲出了叶英章的宿舍。她要去找许连臻问个清楚明白！

一路上，过往的一切如同电影镜头般一帧帧地在她眼前闪过……蒋正璇就算是个傻子，她也开始渐渐恍然，许连臻对她的好，或许一直以来就只是欺骗而已。

蒋正璇一直把许连臻当成自己最好的朋友。大哥蒋正楠发生车祸后，许连臻便消失不见了，怎么也联系不到，她担心她出意外，比谁都紧张。她问了大哥，问了贺君，甚至让叶大哥动用公安系统的网络，想要找到她的下落。然后用尽了一切方法，却怎么也找不到她！

许连臻似一个影子，无声无息地消失，又无声无息地出现在她的面前。

几个月前，她在大哥蒋正楠的办公室再次看到她的时候，她比谁都欣喜高兴。甚至，她曾经傻傻地想过，大哥娶连臻就好了，那连臻就可以跟她做一辈子的好姐妹了。如果到时候，爸妈不同意，她就帮连臻撒娇说好话，甚至可以假装绝食。爸妈最紧张她了，到时候肯定会慢慢妥协的。虽然连臻的家境普通，可她心地善良、性子好，母亲只要跟她相处了，肯定会喜欢上连臻的。她把一切都想得那么地单纯美好！

现在想来，她蒋正璇傻得彻头彻尾，惨不忍睹啊！那一刻，蒋正璇一个人在出租车里哈哈大笑，大约笑得太毛骨悚然了，连前头的出租车师傅都忍不住侧目瞧了她几眼。

最后她找到了许连臻，把照片扔给了她，质问她为什么。许连臻的眼神逃避着她，一迭声地跟她说了“对不起”。

不，她不要什么“对不起”。她要“对不起”有什么用，她宁愿许连臻斩钉截铁地告诉她：“璇璇，你弄错了，这个照片上的人不是我，她只是长得像我而已。”甚至，宁愿许连臻破口大骂她：“蒋正璇，你眼睛有毛病啊，这个人的眼睛鼻子嘴巴，哪点像我了！”

但是没有，许连臻一而再，再而三地跟她说：“璇璇，对不起，对不起。”

那么说明，她和叶英章以前真的是一对恋人，甚至，再遇后也是存在过什么的。只不过是她蒋正璇傻，是她白痴而已，到此刻才发现！

在那一天，她终于知道了，叶大哥从来没有爱过她，哪怕是一点点也没有。

她问叶英章：“你到底有没有爱过我？”叶英章望着她，心虚地移开了目光。他最后只跟她说了一句：“璇璇，对不起。”

那一天，她得到了许许多多“对不起”，每个人都跟她说“对不起”。可是她要那么多“对不起”有什么用啊！

多讽刺啊！又被聂重之这个王八蛋说中了！

在那一天，她同时失去了友情与爱情！

她没有办法责怪叶大哥，因为她同样做了对不起他的事情。可是她忍受不了最好朋友的欺骗。

从小到大，从未有人这么欺骗过她。哪怕是她最最最讨厌的聂重之，也从来没有！

大哥蒋正楠一路哄着她。回到家，她合眼睡去，脑中晕晕的一片空白虚幻。整个世界对她来说似乎也是一片空白而已。蒋正楠陪了她许久，以为她睡熟了，便轻轻地带上门离去。蒋正璇茫然地在卧室里听到大哥车子发动而去的声音。可是不多时，卧室门开了又轻轻关上，有人进了自己卧室。蒋正璇以为是兰姨，不以为意。

床褥一沉，来人在她床边坐了下来。空气里有若有似无的肥皂清香，蒋正璇在头疼欲裂中反应过来，这个人是聂重之。

他怎么会在这个时候出现？！筋疲力尽的她连说句话的力气似乎也没有了。

聂重之一声不吭地坐在她身旁，默默地陪着她。他的目光对着她的时候一直是如此的，锐利得像把刀，让人无所遁形，哪怕是蒋正璇装睡，亦能感受到他那炽热的视线。到最后，她实在无法再装睡下去。

蒋正璇捂着脸从被子里爬起来，她虚弱不堪地道："聂重之，你出去好不好？我今天实在不想看到你。你放过我吧，哪怕仅仅就是今天！求你了。"

聂重之凝视着她，他轻轻地抱住了她，一言不发地将她拥在怀里，手轻轻地在她背脊处来回抚摸，温柔得像在哄一个孩子。

原本以为已经流光的泪水在那个瞬间又涌了出来。蒋正璇把所有的不甘和委屈都化作了力气，没轻没重地打在他身上："聂重之，我恨死你们了。我恨死你们了！我讨厌你们！你走！你走！"

什么都被他说中了。叶大哥从来就没有爱过自己！从头到尾都是自己一厢情愿！

聂重之爱怜的眼睛里慢慢地揉进了寂寞悲伤："璇璇，对不起，都是我的不对！"

"我恨死你们了。你们每个人都欺负我、骗我。

"你走，你走，我再也不要看到你们了。你走开，你走开。"

"好，我马上走，马上。不哭了，不许再哭了。

"好了，好了……不哭了……不哭了……"

蒋正璇只觉得自己快要疯了，被所有的这一切给逼疯了。她沉浸在自己的情绪里，不管不顾不听，一边呜呜咽咽地哭一边抽打他。

聂重之一径抱着她，任她捶打，在她耳边喃喃地说着一些话，叫她宝贝，叫她心肝，哄着她，让她不要伤心、不要难过。

那一场哭闹让她低落的情绪渐渐平静："我不想待在家里。我想出去……"聂重之说了个"好"字，便开车带她四处乱转。

一路上，蒋正璇恹恹地将头抵在车窗上，看着深夜的大街小巷各种的冷清在面前倏忽而来，倏忽而去……她的胃也像是感染了她的情绪，不舒服到了极点。

在洛海大桥的时候，蒋正璇沙哑地开了口："在这里停车好不好？我想在桥上走走。"

夜凉如水，聂重之把身上的外套脱下，笼在她身上。他的外套上都是他强烈的男性味道，蒋正璇忽然涌起一阵恶心反胃，她捂着腹部，一边平复那股反胃，一边伸手想把外套扯下。

聂重之轻声道："别动。"他俯下身，修长的手指摸索着把扣子一颗一颗地扣起来。扣好了最后一颗，聂重之五指成梳，替她拢了拢头发："好了，走吧。"

胃里的恶心似乎被强压了下去。蒋正璇只觉得头昏脑涨，整个人在云端，深一脚浅一脚地踩在柔软的云团之上，若不是聂重之扶着她的手臂，她早就软倒了。

两人一前一后上了大桥，走走停停，最后在桥中央停了下来。凌晨时分的洛海大桥，车辆都没有，更别说人影了，四下夜静更阑。

蒋正璇盯着桥下水面半天，沙哑地开口："我想喝水。"聂重之深深地瞧了她一眼，转身去车子里取。可走了几步，仿佛不放心，道："很晚了，回车里再喝吧？"

蒋正璇默然了片刻，摇了摇头："算了，我不喝了。"聂重之似乎叹了口气，无可奈何地叮嘱了一句："那你在这里等我，我去车子里取，马上回来。"

事实上蒋正璇也不知道那个时候自己是怎么了，怎么会想从桥上跳下去，只知道当时自己的整个脑子晕晕乎乎的一片空白。桥下镜子一样的水面，灯光处白蒙蒙的，茫然然的，再远处却是一片的黑黑蓝蓝，似巨大深幽的宝石一般。她那一瞬间就像是被这无边的深幽吸引了似的，手脚攀上了栏杆，然后脚便跨了出去，手一松，闭上眼什么都不去管了。

坠入水前的那一刻，只知道天地间都是聂重之撕心裂肺的破碎声音："璇璇，璇璇……不要！璇璇……"

而她茫茫然的，从未有过地解脱放松，脑中只是一个念头：真好，所有的这一切再也与她没关系了。再然后，她坠入了一团冰冷之中，失去了一切意识。

— PART 05 —

第五章

风起

洛海国际机场。

机舱里盘旋着空姐低柔舒缓的声音：“各位乘客大家好，我们的本次航班即将抵达洛海国际机场上空。请大家收起折叠板，关闭各种电子仪器，系好您的保险带，做好降落准备。我代表全体机组人员感谢您搭乘本次航班。祝您接下来的旅途愉快。”

蒋正璇靠在窗口，失神地瞧着窗外。当年她带着满身伤痕从这里逃离，一切都是历历在目。隔了足足四年，她终于回到了洛海。

边上的乘客唤了唤她：“小姐，你的保险带？”蒋正璇这才回过神来，见那人指着她的保险带，遂朝那人笑了笑表示感谢，然后系上带子。

一路上茫茫然的，直到双脚踏在自家的草坪上，才有种回到了家的真实感觉。

兰姨一听见汽车驶入的声音，便已经从里头迎了出来，见了蒋正璇，激动得喜极而泣：“小姐，你总算是回来了！”

四年了，整整四年多了。乍见兰姨，乍见那段岁月中的人，仿若隔世。

蒋正璇上前，一把抱住了她：“兰姨，你好吗？”

兰姨握着蒋正璇的手，一迭声道：“好好好，托小姐的福，兰姨什么都好，兰姨只是想你。”兰姨一双眼瞅着蒋正璇上上下下打量，心疼地念叨，“怎么瘦了这么多，这小脸上只剩两只大眼睛了？唉，你从小就娇生惯养，那些个汉堡、比萨的，你怎么吃得惯啊？还好，你回来了，兰姨啊，以后天天给你煲汤炖甜品，保证把你养得白白胖胖的。”

又碎碎念叨：“以后可别去那种国家了，老是发生校园枪击，兰姨每次看到那些新闻就心惊肉跳地担心你，更不用说夫人了。”

蒋正璇含笑点头，问道：“我妈呢？”提起夫人陆歌卿，兰姨一脸的愁容：“夫人这段时间吃不下、睡不着。刚吃了谢医生配的药，正在楼上休息。幸好少爷叮嘱我们不能告诉她你今儿回来，不然她肯定要去机场接你。”

兰姨指挥下面的人将行李搬上楼：“小姐，飞机上没什么好吃的，想来你一定饿了。你上去洗个澡，休息一下。兰姨去厨房给你弄个小点心。”

蒋正璇谢过了兰姨，便上了楼。本想让母亲好好休息的，可终究是太过想念母亲，在房门外驻足片刻，还是蹑手蹑脚地推开门，走进母亲的卧室。

乍一见睡梦中都眉头紧蹙的母亲陆歌卿，蒋正璇不由得心酸惊惧。她母亲陆歌卿向来风华雍容，可是如今合眼轻睡的妇人，苍白憔悴，竟似被严霜打过的茄子，与去年相见时一比，竟一下子老了十多岁。

蒋正璇记忆中的母亲陆歌卿，一头乌黑鬈发，典雅大方的及膝裙，脖子上挂着粒粒圆润的珍珠链子。小时候一放学，优雅端庄的母亲总是会笑吟吟地在幼儿园门口接她。

幼儿园里的孩子们都是不懂事的小不点，向来童言无忌。每个小朋友都会羡慕她有这么一个温柔漂亮的妈妈："蒋正璇，你妈妈好漂亮哦。""蒋正璇，我好喜欢你妈妈。""我也是，我也最喜欢蒋正璇的妈妈。她好温柔。"

甚至有个小朋友，蒋正璇至今还记得他的名字，叫王夏天。某一天，竟然拿最心爱的玩具过来对她说："蒋正璇，我把我最喜欢的玩具汽车给你，你能不能把你妈妈换给我？"那个王夏天的妈妈老是板着脸凶凶的，小小的蒋正璇好几次看到她在学校门口打王夏天的屁股。

蒋正璇当然不肯啊，那个时候还真以为妈妈可以像幼儿园的座位一样换来换去，于是当即在幼儿园里哇哇大哭："不换，不换，我才不要换你妈妈，我不换！"

那一次哭得可谓天地昏暗，宇宙变色。幼儿园老师哄也不行，骗也不行，束手无策之下只好通知母亲陆歌卿来接她。母亲一听老师讲了原委，笑着刮她的小鼻子："小傻瓜，妈妈永远是你的，别人永远换不走的。"

永远是她的，那意思是那个坏王夏天永远换不走她的妈妈。蒋正璇好开心，于是挂着两行长长的眼泪，含着鼻涕，眉眼弯弯地笑了。

可是，现在……手一点点地轻触到母亲温软的肌肤，泪水缓缓漫延过眼角，簌簌地滑落了下来。母亲把所有美好的时光、美好的年华都给了她和哥哥，为他们操碎了不知道多少的心。以前的她从来不知道惜福。她总以为母亲会一直在她身后，含笑地注视着她，给她所有的温暖与力量，让她永不惧怕地向前行。

其实一个人可以肆意潇洒，过自己想过的生活，无非是因为有了父母家人的坚实后盾。

她从来都不知道母亲有一天也会老去的。皱纹会慢慢地爬满她曾经光洁的皮肤，乌黑的头发会渐渐地失去光泽，慢慢变灰、变白。

她在美国的这几年，母亲陆歌卿每年都会过去陪她小住一段时日。今年年初，本来全家早就订好了飞机票，准备了要去参加她的毕业典礼。父亲蒋兆国突然被带走调查，母亲陆歌卿受不住打击，便心脏病发，一下子病倒在床了。大哥蒋正楠也不好过，她在铺天盖地的网络新闻里看到消息，说大哥已经被禁止出国了。那个时候她没想到钱会诗向大哥提出分手。

母亲陆歌卿一生顺遂，到了含饴弄孙、享享清福的年纪，家中竟然一下子出了这么大的事情。内外交困之下，怎么能不心急如焚，所以便一病不起。

蒋正璇凝望了母亲陆歌卿许久，由于吃了药的缘故，睡得颇沉。卧室里有种熟悉的香甜味道，安宁静怡，妥帖安心，那是妈妈的味道。仿佛回到了小时候……蒋正璇只觉得眼皮渐重，似乎所有的疲累都在瞬间袭来，她慢慢地合上了眼。

陆歌卿醒来见到的便是女儿近在咫尺的美丽睡颜。陆歌卿以为是梦，半晌才迟疑地伸过手，想轻触女儿白嫩的脸。才伸手，想着这样会吵醒她的，便停顿在了半空中。凝视了女儿半晌，陆歌卿拭了拭湿润的眼角，拉过了薄被，轻柔地替她盖好。

这么小小的一点动静还是把蒋正璇给弄醒了。蒋正璇“噌”地睁开眼，她看到了面前的母亲，神情一下子放松了下来，舒心地懒懒一笑：“妈妈，你醒了？我好困。”

蒋正璇这么家常的一句话，却令陆歌卿眼眶一酸，她抚上了蒋正璇的脸：“我的璇璇……”

怀蒋正璇那时候，陆歌卿想要一个女儿想得都疯了，好在老天宠她，想什么给什么。蒋正璇出生后，她宠得跟眼珠子似的，凡事都亲力亲为的。

每天一早便是去蒋正璇的公主房间唤醒她起床，三百六十五天没一天会漏掉。可爱的小璇璇每次都会茫茫然然睁眼，皱眉嘟嘴：“妈，我还好困。”

如今瞧着她睡眼惺忪的模样，一切似回到往日。

蒋正璇一把搂住了母亲陆歌卿的脖子，脸牢牢地贴在母亲胸口：“妈妈，我好想好想你呀。”

陆歌卿含泪而笑：“傻孩子，妈妈也想你。”陆歌卿三十多岁才生下这个女儿，在当年的洛海，那可算是绝对的高龄产妇了。从怀孕到生产的过程中，三天一小检查，五天一大检查，为了保胎，天天卧床休息。真真是为这孩子吃足了苦头。

她和蒋兆国中年得女，自然是如珠如宝一样地对待。璇璇从小长得粉嫩可爱不说，还非常懂事有礼貌。无论到哪里，得到的都是数不清的赞美声。甚至到了一般孩子的叛逆期，璇璇也依旧乖巧听话。那个时候，丈夫蒋兆国对她温存体贴，儿子蒋正楠全面接手了她父亲陆鸿业留下的产业，并逐年上个台阶，陆歌卿真真是万事如意。她每每端详自己的宝贝女儿，便也一直觉得女儿的一生必然会如她那样顺遂。

却从未料到女儿蒋正璇的感情会这么曲折坎坷。或许，人生吧，就是这样子的，上帝给你一些东西，也必定会收回一些东西。没有人可以永远顺坦，就如她，无忧无虑了几十年，临老却面临如此的多事之秋。

不过就算什么都没有，她还有一对孝顺的儿女，还有一直以来相濡以沫的兆国。比起很多人，她陆歌卿这辈子也算是很幸福的。

母女两人就这么相拥着，无声地感受彼此的温暖。

陆歌卿抚摸女儿纤细的背，心疼万分："你怎么这么瘦！在纽约你每天到底有没有按时吃饭呀？"蒋正璇笑："妈，现在这年头哪个女的会嫌自己瘦啊，巴不得自己瘦点再瘦点呢，更何况我一点也不瘦。你摸摸我这里。"

陆歌卿见女儿指着要她摸的位置，不禁失笑："女人谁会嫌自己这里肉多啊？很多人整形都要去整这里呢。真是个傻丫头。"蒋正璇做着鬼脸逗她开心："妈，这就是青菜萝卜各有所爱啊。"

陆歌卿又抚了抚女儿的脸，实在还是心疼，叹息道："你看你，脸上的肉都没有了，还说自己没瘦呢！妈记得，以前你的脸圆圆的，摸起来软软滑滑的，像小汤团似的。"蒋正璇浅笑吟吟："妈，以前那是婴儿肥。现在大了，当然就没了。"

陆歌卿凝望着她："在妈妈心里，倒是一直希望你是小时候的模样，胖嘟嘟的，流着口水，每天笑嘻嘻地挥着又白又嫩，跟莲藕似的小胳膊，蹬着小腿。"

母亲这年纪，也该抱孙子了。大哥蒋正楠如今……而她亦是叫母亲担忧不已。蒋正璇顿时心头抽痛。

母女两人款款细语，一直到兰姨端着热气腾腾的馄饨上来。

陆歌卿说："看吧，还是你兰姨疼你。她这几年啊，都已经不下厨房了，现在为了你，算是重出江湖了。"含笑着对兰姨道，"给我也来一小碗。看看你的厨艺啊，是不是还宝刀未老？"

兰姨知道夫人陆歌卿最近因蒋先生的事情，食欲全无，现在听她主动说要吃馄饨，知道是璇璇回来了，夫人开心。于是笑着连连点头："好好好。"

陆歌卿因为高兴，一连吃了四个鲜虾馄饨才搁下筷子，笑吟吟地瞧着蒋正璇道："看你吃得狼吞虎咽的，就知道兰姨的手艺啊，没退步。"蒋正璇连连点头："我这些年啊，在外头什么也不想，想的就是兰姨亲手包的馄饨。"

兰姨被蒋正璇逗得合不拢嘴，喜滋滋地笑："小姐要是喜欢，兰姨就天天给小姐包馄饨。"

兰姨下楼后，蒋正璇才拉了母亲的手，详细询问了最近家里发生的事情。

陆歌卿长叹了口气："璇璇，你刚搭了那么久的飞机回来，先回房好好休息一下。明天妈妈再跟你好好说。"

蒋正璇握着母亲的手，眼神坚定："不，妈妈，我现在就想知道，我是这个家庭的一分子，家里的事，就算我无法帮忙，我也应该分担的。妈妈，我已经长大了，不再是小孩子了。妈妈，以后的每一天，如果开心，我就跟你一起开心；如果发愁，我们母女俩就一起发愁。好不好？"

陆歌卿本是静静地瞧着女儿，此时听到这么几句话，蓦地只觉心酥软得像被融化掉了一般，眼里的泪水便毫无征兆地滚落下来。

陆歌卿直到此刻，终于知道女儿已经不再是四年前那个被她捧在手心里的女儿了。这几年的经历、在外的生活，已经令她真正成长，成熟懂事了。

这是件很好的事情，却也是一件不怎么好的事情。

如果可以，世上的每一个母亲，都希望自己的儿女可以一辈子单纯到底。这样的话，至少说明一生顺遂无忧。

但孩子们的这一生，如果命中注定该是他们去经历的，必须由他们一一去经历。笑的、哭的、爱的、恨的，谁也无法代替。

眼前的这个女儿真的长大了，大到已经想要保护她，为她遮风挡雨了。

蒋正璇从小到大，从未见过母亲在她面前流眼泪，更不用说这样子的落泪，心里一惊，急道：“妈，你怎么哭了？”陆歌卿噙泪微笑，欣慰地摸着她的长发：“傻孩子，妈妈这是高兴。你放心，你爸不会有事的。”

蒋正璇听得出母亲陆歌卿在宽慰她，若真有这么简单，母亲也不会为此急出一场病来。既然母亲不想她担心，那么她就“不担心”好了。蒋正璇嘴角扬出微笑的弧度：“那就好，爸爸没事就好。那我就放心了。”

陆歌卿顿了顿，又神色黯然地说起了蒋正楠的事：“至于你大哥的事情，想来你也已经知道了。钱家怕被我们拖下水，所以你爸被调查的事情一出来，他们就急急忙忙地提出解除婚约。还在圈子里四处宣称说什么两人性格本就不合，早就想分手之类的话。虽不是什么谎话，但总叫人心寒……所谓的患难见真情，可见那钱家是只能共富贵，不能同患难的人。既然这样，再加上你哥……你哥一点想挽回的意思也没有，所以我倒觉得这样子分开也不是什么坏事！”

陆歌卿说到这里，不由得长叹了口气：“璇璇，这就是所谓的跟红顶白，一沉百踩！社会就是这个样子的。”

蒋正璇忆起钱会诗对她一直颇为友好和顺的态度，一时不免感慨，沉默了半晌，方问道：“那大哥的意思呢？”陆歌卿：“我也问了你大哥，他只说了句该怎么样就怎么样，让我不要操心，安心养病，家里还有他在呢。”

蒋正璇宽慰母亲道：“大哥这几年来看过我很多次。每次看到他，我都觉得他过得似乎并不快乐。妈妈，我到了现在才明白，人的一生是有命运的。是你的就是你的，不是你的，怎么也不会是你的。妈妈你就别操心了，让大哥自己决定吧。”

蒋正璇看到过大哥真正开心欢愉的样子。那是在跟许连臻在一起的时候，他的目光中总含着淡淡的宠溺，总是在不经意追随许连臻移动。常常因为许连臻一个动作就会不自觉地嘴角上扬，眼中星光闪烁，眉角眼梢喜悦满足，每每像是个得到了糖果礼物的孩子。

那样子，应该就是爱吧！大哥他是爱许连臻的！

在纽约的孤单时光里，蒋正璇经常会想起许连臻。她与许连臻之间，多么复杂的关系啊，比八点档的电视剧还狗血。但这么狗血的事情就是活生生地发生在了她身上。

最后的结局便是没有结局，许连臻离开了她大哥，离开了洛海，从此无人知道她的行踪。而她蒋正璇一个人远渡重洋，在无人认识的国度寂寞成长。

最初的光景，她是真的恨许连臻！她一直把许连臻当成自己最亲的闺密，毫不吝啬地与她分享自己所有的欢欣喜怒。然而，到头来才发现，她竟然才是自己未婚夫心心念念恋着的那个人！

世上再没有比这个更荒谬、更难以容忍的事情了！

可在纽约长长的日子里，她居然会经常想起许连臻。想起两个人一起被绑架时，她曾经不顾一切地想救她。想起她曾经陪她逛街、购物、喝咖啡、吃甜点。

想起所有所有发生过的点滴。

大约是因为她一个人在纽约太孤单寂寞了吧！所以会胡思乱想！

蒋正璇常常会这么告诉自己。

陆歌卿拍了拍女儿的手，喟叹道："是啊。到了如今，我总算是知道了什么是儿孙自有儿孙福。妈妈以后再也不会要求你们什么了，只要你们开心就好。人啊，转眼就一辈子了，开心最要紧，妈妈不能代替你们去生活的。以前妈就是没想通这一点，所以啊……唉！"

生命中一切的喜与怒，哀与乐，得与失，都需要自己去一一经历。没有谁可以代替！

陆歌卿偶尔也会想起那个总是轻言轻语的娴静女子——许连臻。她不是傻子。从当年正楠出了车祸后的表现来看，她就知道正楠爱那个女子。要不是深爱，后来怎么会千方百计又把她找来。要不是那女孩子跟叶英章牵扯得那么深，又坐过牢，她或许当初也不会……

正楠最后是跟身家清白、门当户对的钱会诗在一起了，可他每次看钱会诗的眼睛，永远是平淡温和的，仿佛只是在看一个旁人，一点欢欣喜悦的情动也没有。陆歌卿是过来人，怎么会不明白，儿子蒋正楠无论是因为什么和钱会诗在一起，都不会是因为他爱她。

某次与钱会诗的聚会，陆歌卿看到了她带出来的那条泰迪犬——许连臻一直养着的那条泰迪狗，名字叫小白。正楠居然将会诗瞒在鼓里，光明正大地把这只狗一直养在身边。他难道是疯魔了不成！

第二日，陆歌卿特地为了那条叫小白的泰迪犬进了儿子的办公室。蒋正楠听后一言不发，默然许久，从椅子上站了起来，背对着她，轻轻说了一句："妈，我就剩下这一条小白而已。"正楠从没有用这么低沉哀伤的口气跟她说过话，陆歌卿一下子怔在了那里，原来想兴师问罪的念头似被一桶冰水当头浇下。她这个儿子从前是不可一世地意气飞扬，如今却消沉至此。旁人不知，却只以为他更成熟稳重了。

正楠背着光站着，背影寂寥又悲怆，她第一次意识到正楠对许连臻的感情或许比自己以为的要深得多。陆歌卿忽然不知道自己可以说什么。在那一刻，陆歌卿甚至有点后悔自己当初让许连臻离开的决定。她数度暗暗地问自己：真的做对了吗？

从那时起，陆歌卿再没有过问过儿子和钱会诗之间的事。哪怕是后来一度蒋正楠想与钱会诗分手，钱会诗特地约她出去喝下午茶，她也只淡淡地说："会诗，你知道的，我呢，是一直很喜欢你的。只是你们年轻人之间的事情，我们长辈不好随便插手。这样吧，阿姨我在正楠面前呢，就当作不知道这件事。过几天，把你们叫回家吃顿饭，你找个机会跟正楠好好谈谈。"

蒋正璇明白母亲为什么没有再说下去，这些年来许连臻、叶英章、聂重之这几个名字，一直是她们之间的禁忌，彼此都刻意地回避。

蒋正璇问道："妈妈，这些年都没有连臻的消息吗？"陆歌卿蓦地抬头瞧着女儿。蒋正璇垂下眼，低声问，"大哥喜欢的那个女孩子，许连臻，她……她一点消息也没有吗？"

陆歌卿摇头："我不清楚。"而后叹了口气，"就算你哥再把她找回来，我也不会再去管了。你哥爱怎样就怎样。再说了，都这些年了，她如今这个岁数也应该已经结婚生子了，哪里还会再跟你哥纠缠啊。"

母亲的话不无道理。时间将一切铺垫成了过去！都过去了。

只是，蒋正璇一直疑惑的事情是，许连臻跟大哥纠缠了几年，在这几年中，难道对她大哥蒋正楠一点点喜欢也没有吗？回想以前，许连臻一颦一笑，对大哥显然并非一点情义也没有。或许是中间杂缠的人和事，实在太多太多了，比如她，比如叶英章……

蒋正璇顿了许久，方轻轻地问道："那叶大哥呢？"陆歌卿端着瓷杯的手顿了顿，缓缓地将杯子搁在瓷碟上，道："你走了以后，叶英章主动要求调回了五福，现在已经是五福公安局的副局长了，工作上算是年轻有为。不过到现在还是没有结婚。你爸出事后，你叶伯母也有心，特地打过两次电话给我，宽慰我许久……又说起家里之事，唉……都是一本难念的经。你叶叔跟叶英章两人到如今还是不开口的。你叶伯母夹在中间，左右为难，她呢，一心只盼着叶英章早点结婚，给她生个孙子。"

有人爱又有人伤害，这大约就是人生吧。当年那段纠葛中的几个人，都各自伤心、伤神、伤身。

回到家的第一个晚上，躺在自己熟悉的床上，蒋正璇辗转难眠。在跟母亲的细谈中，她和母亲各自回避了关于聂重之的事情。陆歌卿不提，是因为怕提及女儿不想提的往事。蒋正璇不提，是因为不想母亲担心。

蒋聂两家都是洛海世家，自爷爷的那辈就有了交情。在洛海御南私立高中，聂重之跟大哥蒋正楠两人一见如故，十分投缘。此后，聂重之三天两头地往蒋家跑，母亲陆歌卿看着他一路长大到了如今，待之也犹如自己的半个儿子。

当年在她怀孕的事情暴露后，陆歌卿对聂重之是又气又恨又恼的，但后来见聂重之任打任骂的，再三求娶，姿态摆得如此之低，倒也心诚。再则考虑到男女之间的事情也不是一是一，二是二那般可以轻易说清楚的。陆歌卿一时也不知道如何是好，思虑再三，反而劝女儿：“璇璇，你好好考虑一下，就算是为了肚子里的孩子？”

陆歌卿是过来人，她见聂重之的模样，显然并不是因为肚子里的孩子才这般对璇璇的。瞧着倒像是情根深种，不能自已。平心而论，陆歌卿倒也不是不满意叶英章，他们蒋家与叶家自然是知根知底的，只是叶英章……叶英章对璇璇，不能说没有感情，只是吧，陆歌卿一直觉得璇璇太过于爱叶英章，太过于在乎、迁就他了。

爱情就是这么一回事，谁先爱上谁、谁付出的多，谁就是输家。璇璇在跟叶英章的感情里，明显就是输家。璇璇收敛了自己的各种小脾气，小心翼翼，委曲求全。陆歌卿这个做妈的看在眼里，心里自然不是个滋味。她陆歌卿的女婿可以什么都没有，但是最起码要疼璇璇、爱璇璇，无论什么事情都要把璇璇放在第一位。

叶英章显然不是。而反观聂重之，倒是一副活脱脱被璇璇吃定了的模样。

作为母亲的陆歌卿，当然是希望璇璇嫁一个人，嫁一个爱她而多过她爱他的。这样子的生活，璇璇才会更为幸福吧。所以她才会开口一劝。

而大哥蒋正楠则一直沉默，他只对她说了一句："璇璇，你的人生由你自己决定。无论什么决定，大哥都永远支持你。"那段时间大哥为了她，跟聂重之断了交。

但她怎么可能会答应聂重之。她恨他都来不及。她这辈子最想做的事情就是做叶大哥的新娘。可那个时候，所有事情都赤裸裸地摊在了刺目的阳光下，无所遁形。所以，再没有可能了！

那个时候的她第一次清醒地意识到，这辈子都再没有任何可能了。她再不可能嫁给叶大哥了。

这些年，蒋正璇每次一看婴幼儿产品的广告，就会条件反射般地立刻换台。在纽约街头，看到辣爸辣妈单手抱着幼儿，英俊有型地过马路，或在花园里甜蜜玩耍等场面的时候，她都会逃避似的别开脸，快步而过。

曾经的她，总以为摆脱了聂重之，她就解脱了，彻彻底底地解脱了。所以她疯了般地想离开，离开洛海，离开那一团的杂乱无章。可是，她错了，这几年，就算她离开了，她也从未彻底解脱。

哪怕她再三刻意地遗忘，但她总还是会在不经意间想起聂重之，想起那个失去了的孩子，比想起叶英章更多。

她不懂，自己这到底是怎么了？

第三天下午，大哥蒋正楠风尘仆仆地赶了回来，给了蒋正璇一个大大的拥抱。蒋正楠跟从前一样，宠爱地揉着她的头发：“我们的小璇璇总算学成归来了。回来就好，回来就好，好好陪陪妈。”

大哥的怀抱一直像高大的山峰，为她一路遮风挡雨。蒋正璇紧紧地搂着他：“大哥。”

蒋正楠：“璇璇，大哥恭喜你毕业。对以后，你有什么想法？”

蒋正璇笑：“大哥，如果我告诉你，我用英文 Teresa. 蒋的名义已经应聘了 K.W 集团设计部的设计师工作，而且已经顺利录取了的话，你会为我高兴吗？”

K.W 集团，Z 省最具实力的时装集团，在全国都鼎鼎有名。K.W 集团的老总池靖年，蒋正楠自然也是认识的。

蒋正楠自然是不想璇璇出去工作。他哪里舍得自己一直宝贝着的妹妹卑躬屈膝去看别人的脸色，辛辛苦苦一个月拿到的一点工资还不够她买两件衣服。可转念一想到璇璇完全是凭借着自己的努力，轻松地得到这样一份很多人梦寐以求的工作，蒋正楠还是十分高兴欣慰的。

再说了，璇璇也不小了，让她出去工作，体验一下社会上的人情世故也不坏。届时她不愿意工作了的话，就不要做了，就当是让她玩玩吧。想到此，蒋正楠顿时眉头舒展，微笑道：“那当然，这是一件很棒的事情！等等……我去开一瓶酒庆祝一下。”蒋正璇本来还在担心大哥不同意，没想到他居然一口赞成，不免觉得又惊又喜。

蒋正楠倒了一小杯，递给了蒋正璇：“什么时候开始上班？”蒋正璇：“公司希望我可以尽快，越早越好。”

酒杯与酒杯轻轻相触，发出“叮”的清脆悦耳之声：“璇璇，大哥真的很为你骄傲。”说罢，蒋正楠一口饮尽了杯中之酒。

蒋正璇浅浅地饮了一口，搁下杯子，正色地望着蒋正楠：“大哥，爸的事情现在到底是怎样的情况？你可以瞒着妈，可你不能瞒我。”

蒋正楠倒酒的手一顿，再抬头时，嘴角已经挂了淡淡微笑：“你一个女孩子，每天只要为吃什么、穿什么烦恼就好了。放心吧，我们蒋家还有大哥在，这些事情就留给大哥去发愁吧。”

蒋正璇知道家里所有的人都宠她、疼她，不想让她担心。她再问也问不出什么来。

两人沉默了片刻，蒋正璇缓声道：“大哥，那我可以问你其他的事吗？”蒋正楠一笑：“其他什么事？”

蒋正璇反倒踌躇了起来，她轻咬下唇：“你知道聂……他现在的情况吗？”

只一个“聂”字，蒋正楠就已经知道妹子要问的那个人是谁了。蒋正楠仰头喝光一杯酒，方道：“据我所知，他卖掉了名下所有的私人资产，在公司破产清算完成后就消失了。这几个月，除了聂家，我们都在找他，楚甚至还请了私家侦探。可是到目前为止，一点消息也没有。”

聂重之失踪了！聂重之心高气傲，接受不了破产的事实，她早已经料到了。可是，她没有料到，聂重之会玩失踪。

他不会做什么傻事吧？！念头方涌起，蒋正璇就打了一个冷战，她重重地摇头告诉自己：不，不会的。绝对不会发生那种事的。

蒋正璇胡思乱想，一时心乱如麻，不由自己，如同从新闻里得知他破产的那晚一样。

她不知道自己是怎么了，为什么会这样？可她就是会不由自己地做出如此反应。

隔了好半晌，蒋正璇轻轻地问：“大哥，那你跟会诗姐？”蒋正楠闻言，眼神一沉，定定地瞧着酒杯中缓缓注入的绯红色液体。他静静地说：“其实一切都是我的错。爱情是不能用一个人去代替另一个人的。订婚或者婚约都不是逃避一切的解决之道，它们只会将所有的事情弄得更复杂而已。所以无论为什么，都不要一时冲动，拿自己的婚姻开玩笑。就像你曾经说过的，如果要结婚，一定要找一个自己很爱很爱的人。

“大哥后来想通了，就跟她提出了分手，也愿意补偿她。但是她和他们家族不肯，便一直拖着。爸的事情一发生，倒是帮我解决了和她之间的问题……

“对大哥来说，也算是小小的因祸得福。”

洛海，K.W 时装集团设计部

K.W 女装设计部总监宁熙带着一身 OL 装扮的蒋正璇来到女装设计部大办公室。

宁熙轻拍双手，示意大家静静：“今天有一位新的美女设计师加入我们的团队。来，让我们一起来欢迎 Teresa. 蒋，她刚刚从纽约时装学院毕业。希望在接下来的日子里，大家能够精诚合作，共同为公司设计出更多、更精彩的作品。”

设计部的同事们纷纷鼓掌表示欢迎，目光或打量或评估或审视抑或好奇地一一扫向蒋正璇。蒋正璇落落大方地接受众人的打量，颔首微笑：“谢谢大家，我是 Teresa。非常荣幸能加入 K.W 这么优秀的团队，以后请大家多多指教。”

宁熙随后带蒋正璇来到转角处的一间办公室：“以后，这里就是你的了。公司没有特殊规定，你可以按你自己的喜好随意布置。”

办公室空间不大，因转角的缘故，有两面大大的窗户，视线明亮通透。室内布置了一张很大的办公桌，很适合工作时候摆满各种纸张。另外只简单地配备了一个文件架子和一把旋转椅。蒋正璇第一眼就喜欢上了那套家具，很漂亮的原木组合，连纹理深浅都那么恰到好处。雪白的墙壁角落里有清新养眼的绿色植物。

蒋正璇有种很好的感觉，她会喜欢在这里工作的。

宁熙道："我的助理等下会给你送这一季的一些资料过来，你先熟悉熟悉。这一季冬装的设计还有最后一波，你可以了解一下这一季的设计资料和销售部门的最新数据反馈。希望你尽快适应。如果可以的话，我很希望可以在这最后一波里看到你的精彩设计。"

蒋正璇点头："好的，谢谢宁总监。"

宁熙离去后，他下面的助理小米很快把资料送了过来。蒋正璇第一时间打开资料夹开始阅读资料，熟悉工作范围，她希望自己可以尽快适应这里。

K.W 集团自 1980 年成立至今，旗下有男女数十个不同品牌。发展至今，已经成为全国最有名的时尚集团之一。

她所在女装设计部负责的是集团最高端的 Queen 女装品牌。Queen 女装旗下有两个系列，分别是针对 30 岁至 50 岁的优雅成熟女性 Queen.Lady 和针对 18 岁到 30 岁的年轻明媚女性 Queen.Girl。

宁熙让助理送过来的资料里，都是针对高端成熟女性的 Queen.Lady，显然宁熙总监对她以后的工作方向已经有所安排。

蒋正璇虽然是第一次工作，但经过在纽约几年的学习和独立生活的锻炼，她很快地融入了 Queen 系列所在的设计部门。

她甚至很享受忙碌的工作带来的疲累以及满足。生活非常规律，每天回到家，陪母亲陆歌卿吃过饭，说一会儿话，然后上楼洗澡，临睡前再翻翻公司资料，若是有灵感，便及时将设计稿画下来。

有时候会疲累得沾枕就入眠，第二天被闹钟吵醒，匆匆梳洗。母亲陆歌卿起得早，所以都会陪她吃过早餐，目送她开车去上班。自父亲蒋兆国出事后，母亲心脏病发作，身体状况一直不佳。家庭医生说，因为她的回来，让母亲的生活有了重心，病情得到了控制，日渐好转。

曾经风光无限的洛海蒋家，如今颇有人走茶凉，夕阳西下的颓败味道了。

蒋正璇唯一觉得庆幸的是工作中的同事们都不知晓她的真实身份。当然，她蒋正璇的中文全名被大家知道后，有人在她面前语焉不详地试探过："Teresa，你的名字怎么跟本城蒋家的蒋正楠这么像，你们是？"

蒋正璇只是双手一摊，回以无奈的微笑："唉，同姓不同命啊！说实话，我都好想跟蒋家有关系……You know……就不用这样辛苦工作了！"简简单单的几句话堵住了所有的疑问。虽然蒋正璇进公司时间不长，但吃苦耐劳、勤恳努力大家都看在眼里，跟办公室里的每个人一样"挣的是卖白菜的钱，操的是卖白粉的心"。

烂船都尚有三斤铁，更何况本城的蒋家。哪怕是最近蒋家有些时运不济，但 Teresa 如果跟蒋家搭一星半点关系的话，确实不必每天起早贪黑地赚这点"饿不死又撑不饱"的辛苦钱。

从此以后，办公室里的人再也没有人往那方面想过。

在 Queen.Lady 最后一波的交稿中，蒋正璇日夜不眠，加班加点地提交了八个设计稿。在宁熙总监和几个副总监过目后，以及经过第二天紧张的会议讨论，最后被砍了三个设计，留下了五个。

会议后，宁熙亲自叩响了她办公室的门："Teresa，Well done。我很喜欢你的设计，希望你接下来继续保持。"

宁熙临走的时候特地说了几句："但是 Teresa，很多时候设计得好并不表示卖得好。跟高级定制路线不同，在我们这样面向大众的时装集团里，一个好的服装设计师在保持自己设计品位的同时，也必须懂得怎么接地气。有机会的话，我会安排你去我们 Queen.Lady 品牌销售业绩最好的几个城市的商场考察一下。”

蒋正璇在下班的时候才知道新设计师提交八个设计稿，只砍了三个这样子的情况，非常少见。很多老设计师提交再多都可能会被宁熙全部砍光。宁熙虽然笑眯眯的，看上去人畜无害，但在实际工作中心狠手辣要求之高堪称 K.W 设计师们的“第一杀手”。

能被这样的人认可与肯定，蒋正璇第一次从工作中得到了难以描述的满足。

不过再和谐的团队中都是有竞争的。公司很多老设计师对宁熙的这个决定明显不服气，甲放出了话说：“毛主席说了实践是检验真理的唯一标准，好不好，进了卖场才知道。”乙便接口了：“是驴子是马，出来遛两圈就知道了。”丁：“对，卖得好，才是真的好。”

此类的风言风语，蒋正璇过耳便忘记了。她只是因为喜欢所以才从事这项工作的，并不指望着升职加薪。她只要看到自己设计的衣服生产出来，挂在精美的时装店里，最后美美地穿在每一个喜欢它的女子身上，就觉得足够了。

不久后，蒋正璇设计的五个作品，其中一款在销售中成了爆款，让很多原本对她能力有些质疑的人顿时哑口无言了起来。现在的社会，无论什么公司、什么单位，怎么进去是一回事情，但是进去了之后，都是得靠实力吃饭的。只要你有能力，连老板都会敬你三分，更何况旁人呢！

而办公室里的其他人经过一段时间的观察，发觉哪怕她工作出色，也还是同以往一样安安静静地做好分内之事，并不会趾高气扬，不可一世，工作外更是低调得像不存在似的，显然是个没野心的，于是一个个的便对她渐渐友好了起来。

几个月下来，宁熙更是毫不掩饰对蒋正璇的欣赏，尊重她设计的同时，帮她安排了一系列的出差。陆歌卿虽然担心蒋正璇的工作过于辛苦，怕她吃不消，但看到女儿日益神采飞扬的脸，便什么也不多说，选择了支持她的工作。只在暗地里吩咐兰姨："兰姐，你帮璇璇多炖点补品。"

在如此的忙碌中，蒋正璇根本没时间想很多事、很多人，比如……比如聂重之，比如许连臻，比如叶英章，等等。

— PART 06 —

第六章

重伤

这一天，蒋正璇到了在Z省出差的最后一个城市宁城。这是一座很发达的海滨城市，人民生活富裕，消费力惊人。

Queen品牌下面的两个系列的牌子在这里都有直营店，而且每个月的销售额在集团内都名列前茅。蒋正璇照例在两个直营店待上一天，做了几个调查，详细了解店内各个款式的销售情况以及顾客的反馈信息。

在宁城，她有三天的时间，相当地宽裕。第二天她安排去当地最高档的女装品牌商场逛一下，了解当地一些品牌的设计。第三天上午的飞机回洛海。

在直营店忙碌了一天，关上电脑的时候已经是晚上六点多了。于是，蒋正璇打了出租车，直奔下榻酒店。

出租车在宁城里七拐八拐地到了商务酒店门口停了下来。照例是登记进房间，第一时间洗了澡。然后换上自己最喜欢的平底鞋，一个人沿着酒店周围的街道慢悠悠地闲逛，欣赏当地风景，寻找些当地的美食。

狭长街道上街灯盏盏，如花般地依次绽放。昏昏黄黄的灯光照亮了路边的几家咖啡小店。

有一家叫“旧爱”的咖啡店映入了蒋正璇的眼帘。这家店的门口有青葱碧绿的植物，还有透出来的绒绒光线。廊下有一木桌上，铺着大红田园格子布，粗犷别致的陶瓷壶里插着一大束盛放的鲜花。一眼便给人一种很温暖的感觉。

蒋正璇自己也不知道是小店吸引了她，还是那个“旧爱”的店名触动了她。她不知不觉地穿过马路，走上前去，轻轻推开了咖啡店的门。

清脆的风铃随着她的推门动作响起“叮叮叮”的优美旋律。有个美貌女子含笑着从吧台处站了起来：“欢迎光临。”

蒋正璇回以礼貌性的微笑，找了一个靠窗的位置坐了下来。

那女子端了一杯温热的柠檬水过来，双手递上了点单册。蒋正璇接过，说了句谢谢。她并不打开，只问道：“有什么推荐的主食和甜品？”

那女子柔声道：“西餐有特制的番茄意大利面、小牛排，中餐有牛腩套餐，甜点今天有提拉米苏、黑森林和鸡蛋布丁，都是本店最有特色的食物。”

蒋正璇点了点头：“就帮我来一份特制的意大利面吧，甜点我要鸡蛋布丁。对了，另外再来一份拿铁。”“好的，请稍等。”

很快，便有另一位女服务生端上了咖啡和鸡蛋布丁，微笑道：“请慢用！意大利面很快上来。我们店主的意大利面可是本店一绝，你很识货哦！”

咖啡香醇，布丁甜味适中略带奶香，两者综合在口中，苦中带甜，甜中微涩，口感非常不错。这是一家很用心的店，从第一口食物就可以感觉出来。

店里的桌椅都很普通，但店主在每一个细节处都精心搭配了各种温馨的软装，无论是干花与花瓶，抱枕与靠枕，铁艺瓷器相框摆设点缀，无不恰到好处。

蒋正璇抱着抱枕，懒懒地靠在松软的沙发上。店里的音乐甜美轻缓地在四周静静流动，像是一只温柔的手一点点地拂去人们心头的疲惫。

美貌店主过来收拾的时候，蒋正璇毫不吝啬自己的赞美："谢谢，味道很棒。"店主莞尔一笑，嘴角的弧度迷人。

两人闲聊了数句，门口处有人推门进来。那女子带着抱歉的笑意离开："我先去招呼，你多坐一会儿。"

蒋正璇端起咖啡，伴着清甜跳跃的音符，浅浅地品尝。

中途，宁熙来了电话："Teresa，怎么样？一切顺利吗？"蒋正璇汇报了一下工作情况："很顺利，后天一早的飞机回洛海。"

宁熙在电话那头似笑非笑地问："需要柴可夫斯基吗？"蒋正璇错愕一秒，含笑道："宁总监你贵人事忙，怎么好意思麻烦你！"宁熙不以为意，爽爽朗朗地笑道："那下次吧。我想面包会有的，机会也会有的。"

宁熙其实很出色，设计部里的女孩子们每天打扮得各自精彩，只希望可以吸引他的目光。或许是蒋正璇从小到大见惯了男色，比如她大哥蒋正楠，她大哥的一些朋友楚随风、祝安平、路周易，甚至是聂重之和叶英章，或英俊潇洒或风流倜傥或温文尔雅抑或器宇轩昂或高大威武，每个人拉出来都可以成为偶像剧的男主。所以对于宁熙，蒋正璇仅止于欣赏而已，就如同欣赏一棵树、一朵花，抑或者一片云。

或许是当年的那些爱恋纠葛耗尽了她所有的力气，再加上在国外文化习惯各方面的差异，这几年的蒋正璇心如止水。这样没什么不好，安然静好，除了爱情，她拥有了很多女孩子梦寐以求的东西。再多要求的话，老天都会觉得她太过分了。在人生里，十全十美不过是个梦想而已，等同童话故事的最后一句结束语。

蒋正璇欣赏着窗外路灯下的风景。夜色弥漫，街道昏暗，三三两两的路人悠悠地经过。宁城是个很适合居住生活的城市。

蒋正璇很突然地涌起了想喝一杯酒的念头，正准备收回视线，抬手叫服务生。此时，有个熟悉的身形很突然地闯进了她的视线范围。蒋正璇呼吸一窒，脑中霎时一片空白。

有过很多次，当她看见跟聂重之类似高大的身影，心脏会剧烈跳动，自身完全无法控制。

那个背影很像很像聂重之。但，不可能是他！他怎么可能出现在这里呢！

大哥说公司破产后他便消失了，从此音信全无，似从人间蒸发了一样。

他不可能会出现在宁城啊！

蒋正璇凝神屏息，视线凝固般地跟随着那个身影。那人渐渐远去，即将从她的视野范围内消失。蒋正璇猛地回过神来，从包里抽出钱搁在桌上，急匆匆地拎起包和大衣便往外冲："不好意思，我有事，钱搁在桌上了。"

不见了！怎么不见了？蒋正璇沿着那个人消失的方向，一直追到了十字路口，左顾右盼，才总算在右手边的小路上看到那个人正越走越远的背影。蒋正璇追了上去，隔了不远不近的距离，亦步亦趋地紧跟着他的脚步。

那人走进了一家 24 小时营业的便利店。半晌后，那个人提了两大袋东西走了出来。因背着光，她瞧不清他的脸。

此时，那人转了身，朝她的方向走来。蒋正璇赶忙躲在了树后。那人一点点地接近，昏暗的路灯下，蒋正璇终于看清了那个人的五官。

一瞬间，蒋正璇脑中“轰”一声作响，似有大串大串的鞭炮在其中噼里啪啦地炸了开来。蒋正璇惊在了树后，似中了定身咒语，再无法移动分毫。

真的是他，真的是聂重之！

可是，这个人怎么可能会是聂重之呢！要知道聂重之素来挑剔，跟他大哥蒋正楠一样，一年四季，每季衣服都是高级定制的，又有专业设计师负责搭配。所以平日里的衣着打扮，有款有型，不亚于任何一个出席活动随时见报的男明星。

眼前经过的这个人，穿了一件皱成一团的驼色风衣，头发长长的已经到肩头了。经过的那一瞬间，她闻到了浓烈到让人闻之欲吐的酒味。她注意到他手里提着的两个大袋子，沉沉坠坠的模样，明显都是酒。

瞧着眼前经过的聂重之，蒋正璇不知道自己怎么了，只觉得心脏的位置明显地狠狠一抽。

很快，聂重之离她又是很长一段的距离，蒋正璇回过神，快步跟了上去。最后，她看着聂重之进入了不远处的一栋破败旧楼。不过片刻，顶楼一户人家的灯光瞬间而亮。

蒋正璇在楼下站了许久。这段时间里，她握着手机，再三犹豫到底要不要通知大哥她在宁城遇到聂重之了。

蒋正璇最后决定先上去看看再说。

楼道里的灯坏了，所以暗得很，蒋正璇只好摸着墙壁一步一台阶地上楼。聂重之所在的房子，有昏黄的光从微开着的缝隙里透了出来。

蒋正璇站在外头，从她隐在一边的角度，还是可以看见一些屋内的情况。

只一眼，蒋正璇整个人就震住了。视线所及之处已经被各种各样的垃圾吞没了，只能从沙发和小方桌等家具看得出来那里原来应该是个小厅。由于角度的关系，蒋正璇无法看见聂重之的身影。

聂重之居然住这样的屋子，他居然可以住得进去。

他以往的家里，无论是他的那个庄园、别墅，还是市中心高层的顶层公寓，还是后来为了刻意接近她，在她家附近买的那一层公寓，都有专业人士打理，无不干净漂亮得随时可以登上家居杂志封面。

他这是在自暴自弃，惩罚自己！

蒋正璇瞠目结舌之余，忽觉心里针扎般地开始难受了起来。

过往她曾无数次地诅咒过他，可是仅仅是希望他从她的生命中离开，两人再无交集而已。可她从未想过他会变成如今的样子。

此时，聂重之从一个房间出来，进入了蒋正璇的视线。蒋正璇一惊，怕被他发现，整个人条件反射般地往后缩了缩。在里头的聂重之根本没有留意外面，他只是忙着处理沙发上的垃圾杂物，将其用手扔或用脚踹的方式转移到地上。片刻，沙发被他七扫八扫地腾出了点位置。

他拎了袋子，取出了啤酒，“啪”的一声打开。然后整个人就在沙发上一屁股坐了下去，如一团软泥似的瘫躺在上头，大口大口地往嘴里灌。很快，他就喝光了一罐啤酒，随后扬手一甩，铝罐“啪”的一声被他砸到了墙上，然后弹落到了地上。他也不起身，探手向袋子所在的位置胡乱抓了几下，摸到了啤酒后，再“啪”的一声打开，又“咕咚咕咚”地喝了起来。不过几分钟，一罐啤酒又见底了。他便又随手一扔，赶紧再摸第三罐。

由于是顶楼，并没有人经过。蒋正璇就这么愣愣地一直站在门外，看他喝了一罐又一罐。喝完了啤酒，又开始往嘴里灌白酒——良久后，屋里的聂重之渐渐地静了下来，大约是醉倒了。

蒋正璇仿佛站成了一座石像。她怔怔地瞧着深沉的夜色，好半天才回过神，原来已经是深夜时分了。她应该回酒店了。蒋正璇试图移动脚步，可才一动，便似无数的针尖在扎。她才意识到她保持这个姿势太久了，她的脚麻了。

抬眼再看屋内，只见他正迷糊地侧过身子蜷缩在沙发上，一只皮鞋“啪嗒”一声掉落在了地上，脚上的棉袜已破，露出了灰乎乎的脚趾。

这样子的聂重之，蒋正璇从未见过！

第一次见到聂重之，是在一个燠热难耐的暑假，蒸笼似的天气里，屋外蝉声如沸。

蒋正璇午睡醒来，抱着维尼小熊赤足穿过了走廊，推开了大哥蒋正楠的卧室门。大哥不在，偌大的房间里却有个陌生的大男孩坐在书桌前玩电脑游戏。

聂重之抬头看见了她，微愣之后，便恍然一笑：“你是璇璇吧！”蒋正璇揉着惺忪睡眼，因看到了陌生脸庞，下意识地退后了一步。她环顾四周，怯生生地问：“我哥呢？”

聂重之：“你哥去楼下拿吃的了。”他暂停了电脑游戏，起身走向了她，含笑着放轻放软了声音：“小璇璇，你好，我叫聂重之，是你哥哥的同学。”

聂重之不过是个高中生，但已身形修长，衬着剑一般的浓眉，直挺的鼻梁，十分精神醒目。他是典型的丹凤眼，笑的时候眼角上扬，好看得很。蒋正璇和他面对面站着，顿时觉得四周的空气似乎被压缩过一般，连呼吸都有些困难。

聂重之道：“你哥马上就来了，你要不要跟我一起玩会儿电脑游戏？”蒋正璇抱着维尼小熊摇了摇头。

片刻，蒋正楠端了很多食物出现在两人面前。他见到蒋正璇，诧异道：“璇璇，你怎么不睡午觉？”蒋正璇嘟着嘴，软软地道：“我睡不着啦。”

蒋正楠宠爱十足地拧了拧她柔嫩的小脸蛋，笑眯眯地道：“睡不着就别睡了！想不想吃冰激凌？”蒋正璇眼睛一亮：“想。”

蒋正楠对聂重之道：“聂，你下去帮璇璇拿一个冰激凌。”聂重之对她笑笑，依言下楼。

蒋正楠弯腰从柜子里拖出了一个大大的户外双肩包，朝蒋正璇眨了眨眼，用手指做了一个嘘的动作：“别跟妈说。这是我们三个人之间的秘密哦。”一拉开拉链，蒋正璇傻眼了，包里居然满满的都是罐装啤酒。而她显然在不知不觉中成了一名共犯。

聂重之很快就回来，递给她一个冰激凌蛋筒。蒋正璇接过的那一瞬间，她轻触到了他的手指，热热的，跟冰冰的蛋筒形成鲜明的对比。

她抬眼瞧着他，谁知道聂重之黑黑亮亮的目光也正落在她身上，两人目光相触，她见到聂重之温柔地对她微笑，眼角弯弯翘翘的，里头仿佛有星光跳动。蒋正璇心里不知怎么了，只觉得“突”地似被小锤子轻轻敲了一下，她脸上一红，忙垂下眼帘，低声道：“谢谢聂大哥。”

那个下午，她就在大哥的卧室里看漫画，而聂重之与大哥则一边打电脑游戏，一边大口喝啤酒。

那个时候蒋正楠和聂重之两个人都超迷电脑游戏，一路过关杀敌，一天下来可以不食不语不寝。不过当时的蒋正璇还不知道聂重之痴迷电脑，自学程序设计，小小年纪便已经展露了在电脑方面的天赋。

那是她与聂重之的第一次相处。记得他给她拿了一个冰激凌，还居然选中了她最喜欢的粉红草莓口味。也记得那个下午，她分享了他和大哥瞒着大人们偷偷喝啤酒的秘密。

也是从那一年开始，每一年的生日，她都会收到聂重之送的各式小熊礼物。

那个暑假的每一天，聂重之都会到蒋家来报到。蒋正璇也和他渐渐熟稔了起来。

某一日，梁家表姨来看望母亲陆歌卿，两个人在楼下起居室喝茶闲聊。蒋正璇与往日一样前去向梁表姨问好，在推门的时候恰巧听到了母亲跟梁表姨在说话，聊到了聂重之。想起楼上那位干净帅气的聂家哥哥，蒋正璇轻轻地止住了脚步。

陆歌卿道："这么说，聂重之不是万淑萍生的？"梁表姨闲适地饮了一口茶："事情是这样子的……"

梁表姨将事情娓娓道来："听说聂家老二聂耕礼当时跟聂重之他妈妈是大学里的同学，正正经经谈的恋爱。聂家老爷子不同意。据说那个时候万家的万淑萍已经看中聂耕礼了，三天两头往聂家跑，对两位老人嘘寒问暖，侍候得小心周到。聂万两家的老爷子想当初都是从山沟沟里的同一个部队里熬出来的，关系铁着呢。到聂家老二这一辈的时候，两家都想关系再加深一层，联姻之后，在场面上彼此援引依靠。

"接下来的故事，你猜也能猜到了，聂家对聂耕礼和那个女的百般刁难。聂家这边把聂耕礼关起来，而万家那边就去找那个女的劝哄利诱威胁。听说那女的也是个有骨气的，软硬不吃，把万家送去的东西当场砸了出来。还说什么他若无心我便休，说走就走了，从此以后再无音信。聂耕礼倒是硬着头皮扛了几年，后来聂家老爷子发病，他不得已还是妥协了，娶了万淑萍。结果，万淑萍生了儿子后的第三年，那女的出现了，找到了聂耕礼，说自己得了绝症不行了，把儿子托付给了他。

“听说聂耕礼对儿子倒是真心疼爱的。可万淑萍眼里哪容得下这颗大沙子啊，眨一下眼就痛一下。不过老一辈的人都喜欢枝繁叶茂，那个时候聂家老爷子还在，亲子鉴定出来后，一句话，认了这个孙子。任万淑萍再怎么恨，可胳膊也拧不过大腿啊。不得已，她只好把聂重之养在名下。”

陆歌卿听到这里，搁下了瓷杯，幽幽地叹了口气：“唉，这么说来，聂重之这孩子也怪可怜的？”梁表姨“嗤”声道：“那万淑萍的性子你又不是不知道，一颗七窍心，八面玲珑的人。面上自然是做得滴水不漏的，可背地里估计没少给这小子下绊。没娘的小子，就算有吃有喝有花的又怎么了，聂家啊，除了聂耕礼，估计没人是真心待他的。”

蒋正璇这才知道这个聂家哥哥是个没妈妈的孩子。可聂大哥每次笑的时候，清亮的眼睛，眯得弯弯的，那么开朗，那么好看……

母亲陆歌卿自从知道了聂重之的身世，对聂重之与旁人也不同，经常留他住在家里。特别是暑假，两个月中一个半月聂重之是在蒋家度过的。旁人问起，陆歌卿每每笑吟吟道：“聂家这孩子好，我瞧着也很欢喜。我们正楠啊，从没遇到过一个这么投缘的，两个人在一起就跟兄弟一个样，就差没穿同一条裤子了。”

相处得久了，蒋正璇也把聂重之当作了自己的一个哥哥。

那个时候，聂重之虽然少人疼爱，可怎么说也是聂家子弟，万淑萍好面子，心里再恨，也不能让人在背后说她不能容人，所以在吃穿用度这些明眼人一看就明白的地方上倒是从来不吝啬的。可以说自蒋正璇认识聂重之的第一天起，聂重之便跟他大哥一样，都是衣饰考究、干净整洁的。

可是，想不到如今从云端跌落，沦落到如此一个人不人鬼不鬼的样子！

从聂重之那个破屋子回到酒店，蒋正璇的心里便像是被什么东西紧紧缠绕住了一般，怎么也挣脱不开。整整一个夜晚，她在酒店的床上似一条沸油锅里的鱼，翻来覆去又覆去翻来地不停折腾。

最后索性不睡了，她起身站在窗口，看着宁城的天色一点点地渐亮。

她不知道自己是怎么了，以往的她想尽一切办法想要摆脱聂重之，每天恨不得他可以从她的生命中消失。此刻她明明可以装作没看见、没遇到的，但她好像没有办法做到。

如今的他，像是被全世界遗弃了一般。她怎么能看见当作没看见，就此不管呢？算了，再去瞧瞧，然后把他这个问题扔给大哥他们吧。他那群兄弟，随便哪个人，都可以把他照顾得很好。到时候她便也不会这般胡思乱想、心烦意乱了。

想到此，蒋正璇抓了件大衣便出门了。

秋日的清晨，浓雾弥漫，已经颇有萧瑟冷意了。聂重之住的那个小区离她的酒店并不远，蒋正璇按着昨晚的记忆，很快便到了聂重之的楼下。

他不知道醒了没有，万一醒来，她该怎么面对他？蒋正璇踌躇了许久，方下定决心上楼梯。

大门还是她昨晚离去时那微敞模样。这样子的屋子，估计连小偷都退避三舍，更何况正常人呢。所以关不关门，确实也没区别。

蒋正璇如昨晚一般隐在角落里，悄悄探出头打量屋内。

厅里的聂重之依旧直挺挺地躺在沙发上，不知是睡死还是醉死了，半天没动静。

蒋正璇大着胆子一点点地靠近了铁门，才一走进，一股难闻的异味就扑面而来。这夹杂着霉味馊味的奇特味道令蒋正璇几欲打嗝作呕。

这样的屋子，以往就算是出钱，他也不会把脚迈进去的。

蒋正璇试着轻轻推开铁门，只听到细微的一声“咔”，铁门不知碰到了屋里头的什么东西。大约是形同做贼的缘故，蒋正璇被这小小的声音吓得心口一缩，她赶忙蹲下身子，凝神屏气，小心翼翼地抬眼观察屋内状况。

只见沙发上的聂重之依旧毫无反应。蒋正璇松了口气，猫似的弯着腰，踮着脚，跨进了屋子。

沙发上的聂重之蜷着身子，睡得正熟，对她的靠近浑然不察。

消瘦的脸颊，灰白的脸色，油腻的长发，浮肿的眼袋，青青的胡子……眼前这个人，对蒋正璇来说是那么地陌生。他真的是聂重之吗？

蒋正璇记忆里头的那个人，长身玉立，气度不凡，高鼻剑眉，眸子永远黑黑亮亮的，仿佛世界上最闪耀的黑钻石。完完全全不是现在这样子的！

在酒店的时候，她为他方寸大乱，不能自已。可到了这里，看到了他，看着满屋子的杂乱无章，她更加烦乱不堪了，完完全全不知道怎么办了。

他到底是怎么把自己弄成现在这个样子的？

还是打电话给大哥，让他来解决这个难题吧。蒋正璇蹑手蹑脚地准备退出去，才跨了两步，一只脚也不知踩到了什么，发出了清清脆脆的一声“咔嚓”。

她一低头，完了，踩到啤酒罐了！这么大的动静，聂重之只要不是醉死，肯定会察觉到的。再说了，就算他昨晚醉死了，现在也差不多该清醒了。蒋正璇颓然闭眼，恨不得剁掉自己的脚。

沙发上一直静静躺着的聂重之倏然睁眼，似被已经亮堂晃眼的光线刺痛了眼睛，他皱着眉头闭眼。过了几秒，再度睁眼的聂重之整个人似乎傻掉了。他呆了片刻，愣愣地看着蒋正璇，难以置信般地眨着眼，居然又直挺挺地再度睡下。

蒋正璇就这样看着他奇奇怪怪的动作。

趁这机会，正好出去，如果他清醒了，怕是走不了了。屋里的垃圾实在太多，在往门口的过程中，“啪嗒”一声，她不知道又踩到了什么。

这时候的聂重之仿佛才真正清醒了过来，霍然睁眼，整个人鲤鱼打挺般地站了起来。然后，石柱般地伫立着，与她面对面。

在与她对视的一刹那，聂重之眼里有明显的惊喜，可是很快，不过一秒，所有的情绪便已经隐了下去，取而代之的却是一片冰冷之色。他冷冷地瞧着她，毫无温度地吐出一个字：“滚。”

蒋正璇一动不动地凝望着他，恍若未闻。由于距离近，她瞧见他的眼睛里布满血丝，红肿混浊，哪里还有过往的半分影子。

蒋正璇心头百味杂陈，一时竟迈不动脚步。

聂重之随手抓起身边的某物毫不留情地砸了过去：“给我滚。”“啪”的一声重响，一罐啤酒砸在了她脚边：“滚出去。”

蒋正璇还是怔怔地瞧着他，似被定了身一般。

聂重之又抓起一罐啤酒，重重地砸了过去，吼道：“滚，给我滚。滚开，给我滚出去，滚。”他似疯了一样，啤酒罐一个接一个地砸了过去。

蒋正璇依旧纹丝不动地站在原地。他砸过来的物件，都砸在她脚边，精准得连她的衣服都未擦到半点。

蒋正璇一直在赌，赌自己的感觉。她感觉眼前的聂重之会跟在医院里掐她那次一样，就算再恨她，他最后都不舍得真正伤她的。

以他的力度，那个时候若是真想掐死她的话，不过数秒，她早就挂了，哪里还有时间等人找来镇静剂，然后往他身上扎一针呢。只是这么一个浅显的事实，她亦是到纽约后才恍然明白的。

最后一个物件“哐当”一声滚落在了脚边。

蒋正璇心里泛起了强烈的苦涩，那是一种莫名其妙的感觉。她赌对了！他就算再恨她恼她，却从未舍得真正伤害她。

聂重之忽然大步上前，抓着她的肩膀往门口处推：“滚，给我滚出去。”

酒味，浓重的酒味还有他身上的异味，交织在一起。他到底有多久没洗澡了！这段时间他就是这么自暴自弃地过来的吗？！

蒋正璇背后抵着硬硬的门框，怔怔地瞧着他，心就这样无声无息地酸楚了起来，眼睛辣辣的，像是有东西要流出来了。

在聂家，听说他父亲原本因为内疚，起初几年还是蛮疼他的，可他因为母亲的缘故，一直不肯与父亲亲近。到了青春叛逆期，更是与父亲对着干，再加上万淑萍的煽风点火，父子关系渐渐水火不容。

跟所有的世家子弟不同，他在美国所有的课业都是在半工半读下完成的。他在美国的时候，就靠着自己一双手，开始做程序设计。第二年的时候，已经成功设计了一款最新式的播放器，之后，包括微软在内的公司都想把他揽至旗下。学成归国后，他创立 My.Life 这个社交网站，横扫国内。高峰时期网站人数超过五个亿。他没有靠聂家一分一毫，自己白手起家创立了 My.Life 这个神话。

如今，这个神话破灭了。他直接从云端跌落谷底！

多少人眼睁睁地在看他这个活笑话。

原本的话，除大哥等人，还是有很多人围绕着他的。可是现在，真的就剩下他孤零零一个人了。

这个世界上，唯独他真的是孤零零的一个人！

一阵毫无来由的心疼，闪电般地击中了蒋正璇。

蒋正璇缓缓地伸出了手指，一点点地向前，触碰到了他憔悴不堪的脸庞。他那么消瘦，脸色白得像张纸，头发乱蓬蓬的又脏又臭。流浪汉或许都比他好些。

聂重之的神色本是复杂难辨，但她的这个触碰不知道怎么惹到他了。他眼中有了别样的情绪，忽如触电一般，毫不留情地将她的手一把推开："滚，滚开，别碰我。"

聂重之他受伤了，他受了很重的伤。他用这种疯狂来掩饰。

蒋正璇环顾四周，不知怎的一股冲动，她弯腰拿起了墙角边丢着的购物袋，开始捡地上的垃圾。

她才捡起了一个塑料打包盒子，聂重之便冲了过来，一把夺过她手里的袋子，恶狠狠地朝她吼道："谁让你做这种事情的！谁让你做这种事情的！滚开！

"滚，你给我滚出去。

"滚啊！我不要看到你。滚！给我滚出去！滚！

"滚！"

蒋正璇哀伤悲怆地凝望着眼前这个陌生得紧却又熟悉得紧的聂重之。她不知道怎么了，以往她从来不懂他的，但此时此刻的她却奇怪地明白并理解他此刻的反应。

他不想让她看到现在的模样！

聂重之受不了她这样子的眼神，猛地一把抱住了她的身子，将她抵到了墙上，面色狂戾，红着眼，狂乱他道："你不走是不是？你不走是不是？我叫你走你不走，是不是？"

她咬着唇，还是用那种眼神在看着他。

聂重之烦躁得无以复加，他的视线定定地落在她莹润的红唇上。

下一秒，聂重之的唇毫无预警地重重压下，又狠又重地吸吮着她的唇瓣，甚至是咬住她的嘴唇，强迫她张嘴。她吃痛张口，满嘴都是他的酒味、异味。这样子激烈的吻，根本不让人呼吸。过往的记忆潮水般地涌了上来，蒋正璇挣扎着，用手狂打着他。

不知是不是她打中了他的脸，聂重之吃痛清醒了过来，猛地放开了她，瞪着她吼道："走不走，你到底走不走？你再不走试试！"

他想把她吓跑！他不想让她见到他如此狼狈不堪的模样！蒋正璇很奇怪自己为什么会有这个感觉，可是她就是这样觉得！

她怔怔地望着他，眼里的悲伤同情一览无余。她在可怜他！她居然在可怜他！

聂重之被某物重重刺中了心脏，从未有过的难堪让他疯狂得如同一头受了重伤的野兽，疯一般地道："滚，滚出去。你给我滚出去。"

蒋正璇被他重重地一扯，踉跄地撞到墙上，但她还是默默地、隐忍地、一声不吭地看着他。聂重之瞧着她，忽然嘴角一勾，邪邪气气地笑："你还不走是不是，你可怜我是不是？"

聂重之一点一点地靠近了她，手指缓缓地扫过她的脸，那股邪气越发浓烈了起来："你可怜我是不是？那你索性可怜我到底怎么样？"

他这样的笑容她并不陌生，蒋正璇后退了一步。

聂重之的脸猛地压了下来，劈头盖脸地吻了下来。他的手开始熟练无比地揪扯着她的衣服。

他居然想做那种事情！这个王八蛋！亏她还在心疼可怜他！蒋正璇踢着他，怒喝道："聂重之，你放手，你放不放？"她被他的唇齿堵着，漏出的只是暧昧不清的"呜呜呜"之声。这样的时刻，这样的声音，反而魅惑得酥人。

蒋正璇大衣里只穿了一件衬衫和及膝的薄羊绒裙，过往两人亲密过无数次，聂重之很快便成功地扯出了衬衫的下摆，手如同游蛇一般地钻了进去，沿着温软滑腻的肌肤四下游走。

蒋正璇怒极恨极，“呜呜呜”地挣扎，像是被逼疯了的小狮子，手狠狠地揪着他的头发，抓着他的脸，抠着他的耳朵，可是仿佛抓打在墙上一般，眼前的整个人竟毫无痛痒。

他只略略地放开，旋即又重重地压了上来，疯了一般：“我让你可怜我！我让你可怜我！”下一妙，蒋正璇“啊”一声呜咽……他在她耳边低低地道：“蒋正璇，我叫你可怜我，叫你可怜我！”

身子太久没被人这样亲密地分享过，蒋正璇痛得咬住了他的肩颈处，毫不留情地狠狠咬。这些年来，这样子的肢体纠缠，一直只有他而已。

也不知是不是因为她的啃咬，聂重之的动作顿了一顿，渐渐温柔了起来。痛意渐渐退去，又涌上那种描绘不出的感觉，似舒服又似难受到了极点……最后的时刻，聂重之的唇轻轻地落在她的唇上，他的嘴唇动了动，似喃喃出几个字。可是极轻，加上那个瞬间欢愉的万劫不复，蒋正璇意识飘浮，根本没有听清楚到底是什么。

蒋正璇回神的第一瞬间，推着他，扬手便打了过去，冷冷地道：“聂重之，你成功了。”聂重之怔了怔，不躲不避，任她的手重重地落在脸上。她因恨到极处，用了全力，力道自然不小。“啪”的一声肉贴肉的声音，聂重之左脸上泛起了红红的五指痕迹。

蒋正璇飞快地整理好衣物，转身冲出了屋子：“聂重之，从此以后，我不会再可怜你了。我这两天就离开这里回洛海，随便你怎么样！”

聂重之一个人怔怔地待在原地，半晌后，他回了神，大步霍霍地冲出了屋子，一直到了楼下。蒋正璇的身影已经瞧不见，找不到了。

只有夜色漆黑，似一团黑色丝缎，冰冷无声地将他包裹其中，而后渐渐勒紧。聂重之几近窒息。

她走了，真的走了！

这样子以后，她再也不会过来了，再也不会看到他如此狼狈不堪的模样了。

聂重之失魂落魄地回到了屋子，他抱着头在一地凌乱不堪中坐了下来。

哈哈哈，多好，他达到目的了。

在医院那个冰冷的房间里，他第一次知道真正恨一个人是什么滋味。他发誓，这辈子他会用尽一切办法把她忘记。他一定会的！

就算发了誓言，他还是不断不断地想起她，想起那个没有缘分的孩子。他开始学着用各种手段来麻痹自己。那样的话，便不会想一次痛一次。

渐渐地，渐渐地，他开始学会了不再想起。

方才醒过来的第一时间，他看到她的那个瞬间，他以为自己做梦了。

于是，他颓然闭眼。再度传来的踩踏声，令他清醒地意识到，屋内绝对有个人。

真的是她！那个魂牵梦绕，恨之入骨又想念入骨的蒋正璇！

那一刻，欢喜像是海啸，排山倒海地朝他冲来。可才欢喜了一秒，他便意识到了自己现在这个人不像人鬼不像鬼的模样，根本无法见人，更不要说见她了。不，他不要让她看到自己这样子。无论谁看见都可以，就是她不行。

现在他终于如愿地把她赶跑了。

一片静谧之中，聂重之忽然“哈哈哈”大笑了起来，某些物体沿着眼角悄悄滑落。

聂重之拿起了脚边的酒罐，“咕咚咕咚”地往嘴巴里倾倒。醉了就好了，醉了以后，心脏这个位置就不会一抽一抽地疼痛了。

醉了就好!

醉了，就会忘记所有的一切了。

醉了就好!

— PART 07 —

第七章

羁绊

聂重之这个王八蛋！

她实在不应该可怜他。这一切都是她自作自受，好了伤疤忘了疼！

他喝死了也与她无关！从此以后，她再也不会去管他死活了。

再也不管了！

可再遇后她为什么要管他呢？不是一时心软，是因为……是因为那个孩子，是因为她心中长期存在却一直不愿直视面对的内疚。

那个孩子，曾经在她腹中待了将近三个月的孩子。因为她从来没有想过要他，所以从来都没有刻意地呵护过他。

当年进洗手间的时候，她明明瞧见瓷砖上的那一摊水渍，她明知道有危险的，可还是很无所谓地踩了上去……明明那个时候医生已经告诫她了，说她的胎儿症状不稳定……若是其他准妈妈，谁会这样做！

是她。是她亲手杀了那个孩子。

后来，离开那些人、那些事，到纽约后，她总会不经意地想起那个孩子，想起很多的瞬间。想起他拥抱着她，喃喃地对她说：“璇璇，求你别不要他。他是我唯一的骨肉，也是我唯一的亲人。你把他生下来，我会好好对你和孩子的，一辈子对你们好的。”

聂重之名义上父母双全，还有一个异母弟弟，偶尔一家四口出席晚宴、喜宴，很多不知内情的人看到他们，总会觉得聂家父慈子孝，俨然是上流社会的一个模范家庭。聂重之年纪轻轻的就闯出了一片天，单是不靠家族，自己创业并在美国上市这一点就让人咋舌。

世家第二代，一般都依靠着家族的信托基金和根深叶茂的关系混饭吃，有点能耐的可以在世家圈子里混得如鱼得水；能力极强的如蒋正楠、楚随风、路易周等人，则是如鹏展翅，风生水起，那自然更是不可言语。但聂重之这样白手起家，赤手空拳打出一片天地的子嗣，则最是世家们想求而不可得的。

聂重之除了年轻有为、相貌出众之外，偏偏还为人低调，处世周全，无论见了谁，都是谦恭有礼，进退有度。世家长辈们每每提及聂耕礼这个文质彬彬的长子，总免不了夸上一句半句。

蒋正璇曾经听见她哥蒋正楠跟聂重之戏谑：“听说，你是洛海城诸位老头子心目中排名第一的女婿人选？看来啊，那群老头确实是老眼昏花了！就你这模样、这德行，居然还排名第一？”

那天的聂重之大约是喝多了，听着蒋正楠的打趣，只是仰头把酒杯里的酒一饮而尽，好半天才轻轻地道：“你以为我乐意啊？我只是不想让别人说：看吧，聂家这孩子有人生，没人教，到底是个没妈的私生子。蒋，那些人都只是听说了我和我妈的故事，但是他们并不知道我们真正经历了什么。”那一刻，他的声音充满了落寞。

聂重之最后幽幽地道：“蒋，我不是你。”

然后一室寂静。

后来又有一次，她看到他喝酒。她看到聂重之抱着瓶酒，一杯接一杯地饮。她远远地站着，不知发生了何事，不敢走近。

大哥蒋正楠拍着她的肩膀，轻轻地说了一句："随他去吧，今天是他妈妈的忌日。"

灯光下，他脸上有透明晶莹的液体。大约是酒吧！蒋正璇这样想。

实际上，谁能知道这个在纳斯达克上市，众人眼中神话般存在的聂重之却是一个名不副实的孤儿。哪怕是学成回国功成名就之后，来他们家的次数也远远高于回聂家。

一切的纷扰都结束后，蒋正璇一个人漂泊在外。她每每想起那个孩子，想起聂重之的时候，都会涌起一种无法说出、无法厘清的感觉。

她其实应该恨聂重之的，可或许是因为那种内疚的感觉作祟，所以到了后来，她发觉自己似乎并不恨他。

这次再相遇，她除了震惊之外，已经找不出过往恼他、恨他的半点感觉了。甚至他颓废不堪的放纵模样，哪怕他恶狠狠的模样，都只会让她觉得莫名地心疼。

蒋正璇不知道自己是怎么了。为什么会这样子！

她真的不知道自己到底是怎么了，为什么会心疼他？

他又对她做了那样的事情，她理应恨他、厌恶他的。

第二天蒋正璇神思恍惚，根本没有任何工作效率。坐出租车回酒店的路上，经过"旧爱"咖啡店的时候，她示意司机停车。

那个美丽的老板娘依旧浅浅微笑着起身迎接，见是她，眼中一亮："你昨天走得太匆忙了，连零钱都来不及给你。"

蒋正璇微笑："没事，先存着。"蒋正璇还是选了昨日那个靠窗的位置，把自己深埋在那团柔软里。她得好好静静，好好想想。

老板娘很快地将她点的咖啡端了上来，同时送上了一份香蕉蛋糕："蛋糕是我下午现做的新口味，你做一回小白鼠，帮我试试味道，给点建议。”

蒋正璇知道这是老板娘的客套话，实则是免费送她蛋糕，于是含笑道谢。

一个人静静地坐在舒适的咖啡店里，瞧着外头人来车往。蒋正璇忽然觉得一种从未有过的疲累涌了上来。她到底要怎么办？要拿聂重之这个王八蛋怎么办？

这样的聂重之，她不能扔下不管他呀。

因为没有考虑清楚，蒋正璇以至到现在还没有打电话通知大哥蒋正楠。按她过往对聂重之的了解，以他目前的状态，他不会想见到过往生命里的任何一个人的。就算告诉大哥，聂重之在宁城，大哥他们找到他，估计他还是会再度消失。他离开洛海，消失无踪，想躲避的无非就是他们。

蒋正璇骤然想到一事：她现在知道了他的落脚处，聂重之会不会现在已经搬走了。

这一念头一蹿到脑中，蒋正璇顿时再也坐不住了。她拎起包，这次连取钱也顾不得，飞也似的冲出了“旧爱”咖啡店：“老板娘，我明天来付钱。”

蒋正璇一想到聂重之有可能已经再度不见了，不由得心急如焚，下了出租车，也顾不得脚下是七八寸高的鞋跟，一路跑着到了聂重之楼下。

她又不敢稍做休息，生怕错过一秒，他从此便会消失无踪。

蒋正璇弯着腰，毫无形象可言地爬上顶楼，几乎已到了上气不接下气，中间断气的地步了。那扇门竟还保持着昨日半开半闭的状态。

蒋正璇气喘吁吁地抬眼望去，惊讶地发现垃圾居然被清理干净了，甚至拖过地了，可以清楚地看见小厅的地砖颜色是淡淡的米黄色，虽然看上去有些年头了，但到底是现出了底色。

蒋正璇登时惊骇得倒抽了一口冷气，难道自己还是晚来一步，聂重之他已经搬走了。房东来打扫过卫生了，所以才这般干净。

正揣测间，里屋有人走了出来。高大熟悉的身形，让蒋正璇缓缓地从肺叶里嘘了一口气，还好，他还没有搬走。至少，目前还没有！

静观半晌，屋内的聂重之似乎极度焦躁，来回地走动，也不时地望着门口的方位。蒋正璇怕被他察觉，只好小心翼翼地缩在一旁暗暗偷看。

后来，聂重之好像绝望了一般，捂着脸在沙发上坐了下来。也不知道在沙发上窝了多久，聂重之起身，从柜子里找出了几罐酒，又跟昨天一样开始毫无节制地大口大口喝酒。

蒋正璇站在门口阴影处，眼睁睁地看着聂重之喝了一罐又一罐，最后歪在沙发上，再没有动静。许久后，他手里松松握着的罐子缓缓地从掌心滑落，“咣当”一声坠落在了地上，罐子里的酒悄无声息地在地砖上缓缓流淌着……

这一过程中，聂重之并没有醒过来，甚至连动也未动一下。看来又醉死过去了。

蒋正璇内心交战不止，到底要不要管他？

一想起昨日之事，蒋正璇便会咬牙切齿地想：蒋正璇你真是犯贱，还来管这个王八蛋！可真的转身走了两步路，她又颓然闭眼。

最后，蒋正璇到底还是心软了。

蒋正璇缓步上前。她的脚在门口处停顿了片刻，最后深吸了一口气，似下定了决心，抬步跨了进去。

蹙眉而睡的聂重之，居然刮过胡子，洗过澡了，一张脸明显清爽了不少。眉目依旧是记忆里的眉目，可或许是经常皱眉的缘故，眉间已有淡淡的皱痕了。他这些年似乎过得并不如意。

蒋正璇幽幽地叹了口气。这几年，他公司重大决策频频失误。就算是一般的企业，估计都难以生存下来，更何况是竞争激烈、分分秒秒讲究不断更新提高、推陈出新的社交网站。当念 My.Space 鼎盛时期被默多克集团以 5.8 亿美元收购，可它从鼎盛到被 Facebook 超越不过短短数年。

蒋正璇放下了皮包，取了角落里的垃圾桶，蹲在地上，轻手轻脚地捡起他喝光的那些罐子。跟做贼似的，边捡还要边观察他的动静。

厨房里简陋得很，不过有两个橱柜，蒋正璇翻了翻，除了泡面就剩饼干，连做菜最基本的油盐酱醋也没有。转念一想，就是有也没用，他哪里会煮。

他若是再这样下去，他的身体就要垮了。他以前热爱各种健身锻炼，拳击、跆拳道无一不喜欢，身形虽然不至于魁梧，但身上肌肉结实得像石头，每次打他都只会疼了自己的手……蒋正璇蓦地怔了怔，回了神只觉脸上一热，怎么会突然想到过往之事。

忽然之间，一阵熟悉的手机铃声突兀地在安静的屋子里响了起来。惨了，忘记关机了。蒋正璇惊得差点跳起来。这么清脆响亮的女高音，神都会被吵醒，更何况人了。

蒋正璇忙三步并作两步地来到了小厅，想从包里取出电话按掉铃声。

可是，她还是迟了。聂重之已经从沙发上坐了起来，大约是听到了她的动静，他缓缓地转头，两人的视线撞在了一起。

一时间，落针可闻的小小空间里，只有手机铃声依旧高高低低地盘旋。到了后来，铃声戛然而止，整个室内静得再无任何声息，仿佛失聪了一般。

聂重之一动不动地望着她，一开始的时候，眼中似有涟漪荡漾，满满的仿佛有什么东西要流溢出来。可几秒后，他似想起了什么，脸色一下子僵凝了起来。

他缓缓垂下眼，面无表情地对她吐出了冷冷几个字：“出去，你给我出去。”

再遇后的他，每每像只刺猬，让人无法接近。

聂重之上前一把抓住了她的手臂：“出去，从我的地方滚出去。”他见蒋正璇端然不动，凝视着她半晌，眸子闪过别样的情绪。可是很快，那种情绪隐了下去，聂重之又露出那种邪邪的笑，轻佻地凑了过来：“昨晚的事，你是不是食髓知味了？要不要再来一次？”

昨晚的事一股脑地又涌在了眼前，猪至少也比自己聪明，不会送上门给人侮辱。蒋正璇恼羞成怒地后退一步，冷声道：“你放心，我这就走，我明天一早的飞机回洛海。”

原来她明天就回洛海了，聂重之怔了怔。蒋正璇趁机抽出了自己的手，再没看他一眼，便夺门而出。

她明天就要离开宁城回洛海了。这算是两人的最后一面吧。

聂重之怔忪在门口处，痴痴地听着蒋正璇的脚步踢踏踢踏的，越来越远，直至了无声息。

他到底是怎么了？说好了要一辈子恨她，一辈子不会再见她了。然而从昨晚到今日，心里却一直隐隐期盼。所以他整理屋子，打扫卫生。他告诉自己只是太脏了而已，可是实际是什么呢？

实际上自己却是疯了一般想再看到她而已。

这些年来，在无数无数个睡不着的晚上，一闭上眼，总是会偷偷地想念她，偷偷地思念她的一切。然后在每个梦醒后的白天，他都会自欺欺人地告诉自己，自己只是忘不掉那个孩子罢了。

在空无一人的门口，在独自一人的屋子里，聂重之一个人，静静地泪流满面。

不，他不是想她！

他只是一个人孤零零地想念那个孩子而已！

聂重之再一次这么告诉自己！

回酒店后，蒋正璇强迫自己忙碌，洗澡吹头发后开始整理行李。因只出差一个多礼拜，她的衣物并不多，加上她这几年在美国独立生活的锻炼，再不是早几年十指不沾阳春水，什么也不会做的女孩子了。于是，三下两下就把行李都装点好了。

可还是失眠，不明所以地失眠。

站在窗口望出去，夜色灰灰蒙蒙的，街灯隐在团团雾气之中。蒋正璇恨恨地想：随他聂重之以后怎么样，是死是活都跟她没有一点关系，半毛钱的关系也没有！

然而就算这么想了，心绪还是起起伏伏，难以自已。

由于是早上九点多的飞机，加上大雾天气，蒋正璇决定提前打车去飞机场候机。也免得自己一个人在房间里一直胡思乱想。

蒋正璇上车前还是不自觉地犹豫了一下，瞧了瞧聂重之屋子所在的方位。整个城市大雾弥漫，能见度不到两米，她只隐约瞧见雾气笼罩着的浅浅街灯。

车子是以一种龟速在爬行。司机师傅见她不时地抬腕看表，神色看起来颇为焦虑，便宽慰她："别着急，您是九点二十分的飞机，现在才五点。这里到飞机场平时只要几十分钟，就算因今天这样的大雾要开三个小时，您也来得及。再说了，这么大的雾，飞机也起飞不了，您到了机场也是等。您就百分之百放心吧！"

蒋正璇礼貌性地微笑，心里沉沉坠坠的，一团烦乱。不过她清楚地知道她绝对不是为飞机担忧。她只是想到了聂重之，想着他会不会再度失去踪影。

很多时候，一个转身，人与人便错过了。此后，一辈子不再相见也不是什么不可能的事。

以后的他就这么浑浑噩噩地生活吗？每天借酒消愁，烂醉如泥，甚至某一天或许就染上了不该沾染的东西……蒋正璇脑中闪过纽约暗巷中那些如老鼠般夜出昼伏猥亵肮脏的身影。

不！心口霎时一悸，蒋正璇双手捂面，呼吸急促。这样地埋头许久，蒋正璇终于做了决定。她缓缓地松开了手：“师傅，不好意思，帮我找个地方掉头……”

她一再地告诉自己，那仅仅是因为她不想内疚一辈子。

冷静下来，蒋正璇从包里取出了电话，也顾不得此时才凌晨五点多，拨通了大哥蒋正楠的电话。蒋正楠的声音饱含睡意，显然是被她吵醒了：“璇璇，怎么了？是不是出什么事了？”蒋正璇咬了咬唇：“大哥，我在宁城见到他了……”

蒋正楠开头没反应过来，很快地，他觉得心跳加速，有个名字在嘴边几乎要冲口而出了：“谁？你见到谁了？快说！”

蒋正璇顿了顿，道：“大哥，我见到聂……聂大哥。”

原来是聂重之！不是她！蒋正楠的心倏地沉了下去，他摇头甩掉了自己的胡思乱想，再开口时，已经极清醒了：“他在宁城！聂重之居然躲在宁城！璇璇，你别让他离开，我马上赶过去。”

蒋正璇：“大哥，我不知道他还在不在那个地方。我现在在出租车上，等下跟你联系。”蒋正楠：“好，你随时打我电话保持联系。你看到他，就告诉他，哪怕他身无分文，但他还有我、楚随风、祝安平、路易周这一群好兄弟。告诉他，有我们在，没什么过不了的坎！”

就算大哥他们找到了聂重之，可一个成年人要消失，那实在是太容易了，就跟一个一心寻死的人一样，你千防万防也总是防不过的。也或许，聂重之现在早已经离开了。

回程的这段路，因为大雾，足足开了两个多小时。不知道是不是心里焦灼的缘故，蒋正璇只觉得这一路漫长得似乎过了半生。

当拖着行李，蜗牛一般地爬到顶楼的时候，聂重之所在的屋子，房门紧闭，聂重之已经不见了。

“聂重之，你给我开门。

“聂重之……聂重之……”

屋内显然是人去楼空了，聂重之真的已经走了。蒋正璇拍到手掌红痛，才不甘心地承认这一点。她颓然地在自己的行李箱上坐下来，心沉沉的，似乎坠入了无底深渊一般。

他以后就一直这么过下去，一团烂泥似的生活……蒋正璇光想想就生生地打了个冷战。

这世上他没有一个亲人！他母亲当年身患绝症，迫不得已之下，才将他送到了聂家。期望谁真正来关心他，爱护他呢？父亲聂耕礼，以他聂重之的这个倔性子是绝对不会去亲近的。继母万淑萍，自己的儿子聂凯之处处不如这个私生子，心里估计早恨到极处。可是人前还得撑着面子，人后的话，怕是连说个字都带根刺。同父异母的弟弟聂凯之，虽然从小也算一起长大，但亲不亲近，明眼人一看就懂得的。

如今他这模样、这德行，估计万淑萍心里乐得都开花了，巴不得他再落魄再不像样一些，最好埋到尘埃，永不翻身。

他一直就是这么孤孤单单一个人！除了大哥那群兄弟，没有人会真正关心他的死活。

蒋正璇一个人在顶楼从白天等到了夜幕降临。聂重之一直没出现，他显然是真的离开了。蒋正璇开始绝望，她告诉自己可以走了，不用再等了，他已经离开。

可内心深处她还是不相信他真的走了，一再地告诉自己说："再等一会儿，再等一会儿。他肯定会回来的，肯定会回来的。"于是，就这么，一会儿之后又一会儿，许多个一会儿后，蒋正璇还坐在自己硬硬的行李箱上，一直等到了漆黑深夜，终于还是绝望了。

就这样吧，很多事情强求不得！

蒋正璇这么告诉自己，拖着行李箱正要离去之际，楼道处传来踉踉跄跄的脚步声。漆黑夜半，旁人早已经进入梦乡了，这样的声音显得极刺耳突兀。蒋正璇却像一个牧羊人终于等到她迷途知返的羊羔一般，倏地站起身，摸着墙缓步下楼梯，然后她借着这团浓墨般的夜色看到了聂重之。

一身浓烈酒味，显然已经喝得差不多了的聂重之。

这样突兀地面对面，聂重之明显也呆住了，停住了脚步，歪歪斜斜地靠在楼道墙面上。

天色极黑，哪怕是蒋正璇一直在黑暗中，习惯了这样的漆黑光线，但他的眉目还是隐隐约约，瞧不分明。蒋正璇这么一声不吭地瞧着他，心里又泛起了那股蚂蚁啃噬般的心疼难受。他这样子自暴自弃下去，迟早玩完。

蒋正璇默不作声地上前几步想搀扶他。她才碰到他的手，聂重之仿佛触电般地震了震身子。下一瞬，聂重之似反应了过来，用力甩开了她，嚷嚷："滚开，别碰我。你今天不是要回洛海吗？你还来管我做什么？"

蒋正璇被他这一甩，重重地撞到了坚硬的墙上。除了痛，手肘处更是又酸又麻，聂重之显然是使了力。蒋正璇不知怎么忆起了以前，以前的他，倒是很收敛的，哪怕是天天锻炼，黑带九段，可除了医院那次，他从未舍得对她真正用力。

聂重之脚步踉跄地上楼，与她擦肩，嘟囔着："你滚，你滚开！你既然走了，何必又要再回来。"

蒋正璇怕他摔下来，想去扶他。聂重之似发酒疯一般，再度甩开她的手。

蒋正璇本在楼梯上，就这样生生地被他甩下了一级台阶，"砰"的一声闷响，重重地跌倒在了楼梯转角的平台上。

这一闷闷的声响倒把聂重之给惊住了，酒意霎时消散，他停住了所有动作，结结实实地愣在原地，半天没作声。

蒋正璇重重地抽气，只觉得臀部火辣辣地疼，还有与地面直接接触的手掌心，更是热辣辣的一片。

寂静的空气里，聂重之的声音一点点地响起，语气古怪得很："你既然走了，何必又要回来呢？你自己都说了是可怜我，那你这次回来，准备可怜我到什么时候？"

她迟早是要走的。既然这样，又何必给他期望呢。

本来，没有就没有了，他就这样吧，这样浑浑噩噩地过下去吧。可是他受不了她曾经给过他，然后又生生地抽离。如果那样子的话，他情愿最初的时候就什么都没有。

是啊，是她蒋正璇疯了，疯了才去可怜他，疯了才会去心疼他。

陆歌卿的家教好，蒋正璇从小到大也没什么小姐脾气，但泥人都有三分性子，加上几年独立生活下来，再不是从前那个蒋正璇了。此刻也被他弄得火冒三丈，不由得冷喝道："聂重之，你酒疯发完了没有？到底要不要开门？你要是不开门，我立刻就走，你自己看着办。"

聂重之也不知怎的，被她这么一喝，居然乖乖地听话去开了门。

电灯“啪”的一声应声而亮，蒋正璇看到自己的手擦破了很大一块皮，鲜血都已经渗了出来。抬头，只见聂重之的视线定定地落在她的手上。

蒋正璇痛得抽着冷气，吹了吹，见他像根木头一样还戳在那里，她等了一天，又饿又冷，口气自然不佳：“还不把我的行李搬进来。”聂重之慢腾腾地抬头，目光不明地瞧了她一眼，依言把门口的行李搬了进来，搁在沙发边。

蒋正璇环顾四周，显然这里不可能有什么碘酒、OK 绷。她还在思考怎么处理伤口，聂重之取了一瓶白酒，上前抓着她的手腕，拉着她往洗手间走去。蒋正璇：“你干吗？”聂重之不容分说，把她拉进了窄小的洗手间。

聂重之将她细嫩的指尖轻轻地拢在他手掌心里，小心翼翼地将酒倾倒在她受伤之处。原来是要给她的伤口消毒。伤口处因白酒里的酒精刺激传来了尖锐的疼痛麻痒感，蒋正璇倒抽了一口气，手不由得往后缩。

聂重之的手握得很紧，不让她躲避。他低垂着头，神情无比专注，如同在做一份极其重大严谨的科学工作。一瞬间，蒋正璇有种莫名的恍惚，似乎处理她的伤口是他的世界里最重要的事。

晶莹剔透的纤纤手指被他这样握着，这样乖乖的，从来未有过。聂重之喉头动了动。

酒潺潺流过她的手心，滑进了台盆里，到后来便没有任何刺痛的感觉了。聂重之没头没脑地问了一句：“还有哪里？”蒋正璇慢了一秒才意识到他在问她的伤。蒋正璇慢腾腾地摇了摇头。

聂重之放开了她的手，转身出去。他在浴室门口处停了停，背对着她，轻轻地说了一句："对不起。"

蒋正璇不由得错愣住了。以往他对她做了那么多过分的事情，何曾跟她说过一句对不起。今天居然为了这点小事跟她说这三个字。

蒋正璇出来的时候，只见聂重之整个人又深深地埋在沙发里，脚边已经搁了两个空罐子了。他余下的人生，似乎除了喝酒已经没有别的事情可以做了。

面对着这样的聂重之，她居然会很心疼。以前的她曾经恶毒地想过他开车车撞，喝水水噎，总之，她什么都想过、祈祷过、诅咒过，希望他最好永远不在她生命里出现。然而现在，他如果再度消失，就这么一直过下去，她一想到心就会酸疼到不能自已。

她这是怎么了?！她生病了吗?！

蒋正璇默不作声地上前，捏住了他手里的啤酒。聂重之整个人保持着一种奇怪的姿势与状态，她轻轻一用力，那罐啤酒便被她轻巧地抽出。聂重之缓缓地抬眼瞧着她，目光怔忪迷离。

蒋正璇面无表情地别开眼："我的胃不舒服。"在外面等了一天，早饿得前胸贴后背了。怕他回来与她错过，蒋正璇整整一天不敢离开片刻，所以一直滴水未进。

聂重之挑了挑眉毛，露出询问的眼神。蒋正璇轻轻地补了一句："我饿了。"

聂重之深深地盯着她的脸，下一秒，起身抓起搁在沙发背上的外套就往外走，在门口处停下了脚步，又折返到了里屋，很快走了出来："我马上回来。"

听到他"咚咚咚"的脚步声渐渐远去，蒋正璇终究是不放心，怕他会一去不回，于是便起身跟了下去。她穿了舒适的平底鞋，踩在马路上，一点声息也没有。加上与聂重之隔了颇远一段距离，所以聂重之根本没有发现后头有人跟随。

聂重之七拐八拐地进入了一个昏暗的巷子，进了一个灯火通明的小店。蒋正璇隐在树后，瞧见他从手腕上退了一个东西下来，远远地瞧着应该是手表，递给了柜台里一个人。那人取了一个放大镜，把手表翻来覆去地瞧了半晌。两人交谈了片刻，达成了某种协议。那人便取了钱，一张张地数给了聂重之。

蒋正璇霍然明白过来，这是他在用他的手表换钱。蒋正璇眯着眼细瞧那店的招牌，隐隐约约地看到了“金氏抵押行”五个字。应该是那种比当铺还不正规的抵押行，类似于地下当铺。

聂重之很快地从抵押行出来，快步地穿过了一条马路，朝一家装修颇奢华精致的粤菜馆走去。

这样一家餐馆，以聂重之目前的模样穿着肯定是进不去的。蒋正璇的念头还未落下，果然便看到聂重之被侍应生拦在了门口，两人开始争执起来。很快，店内又来了一个经理模样的女子，出面调停。片刻后，聂重之被带领着到了大厅隐秘角落的沙发处。

堂堂洛海聂家子弟，曾经赫赫有名的 IT 新贵，如今居然被挡在餐馆门口。

他到底怎么了？遇到了什么事情？以致会沦落到现在这样的光景！

蒋正璇前脚才回到屋子，聂重之后脚也到了。他带了一份砂锅小粥、一份烧饭和两份炖汤回来，在四四方方的小餐桌摆好。

蒋正璇坐了下来，低头瞧着自己面前那份细白诱人的粥，知道这是他好不容易买回来的。他喝了这么多酒，半醉半醒的，居然还知道她饿得伤了胃，不能吃太油腻的。

聂重之径直去厨房洗了手，往自己的碗里拨了一半的炒饭，坐下来开吃。

两人默默无言地吃饭。一时间，房间里安静得落针可闻。

这样子的光景，就算是过往也极少见的。那个时候她见了他每每似老鼠见了猫，千方百计地躲。可是吧，他就是有那个本事，无论她怎么躲，他只要想要找她，怎么样都能找到。

比如，她窝在家里。他会主动上门拜访，说在他们家附近的楼盘买了一层公寓，希望可以经常来蹭饭之类的。母亲陆歌卿不知情，因一直以来喜爱他，听他这么一说，自然是欢欢喜喜地连声应下：“傻孩子，你来的话，不过是添双筷子而已。卿姨高兴都来不及呢，怎么会嫌你打扰。要是嫌弃你，早些年你天天在我们家的时候，我早嫌弃你了，也不用等现在了。”

聂重之便会嘴甜地卖乖：“谢谢卿姨，我就知道卿姨不会嫌弃我。”陆歌卿便会怜爱地拍着他的手：“傻孩子，你想什么时候来就什么时候过来。别的不说，吃饭这小事卿姨就给你包了。”

于是吧，他还真不要脸地三天两头上门。他人前那么彬彬有礼，可当他微笑着望向她的时候，眸子里那些一闪而过含意不明的光，每每都让她冷汗淋漓。

聂重之他哪里是想来蹭饭，他的醉翁之意只有蒋正璇一个人知道。不过聂重之在蒋宅倒也懂得见好就收，不敢放肆，可是总是会无耻地提出让她去他的公寓。

那个时候，在公寓里，她与他也有过数次这样子面对面无言的吃饭时光。

因为饿，蒋正璇足足吃了两碗粥才搁下了筷子。聂重之早已经吃光了炒饭，见状便伸手把她剩下的粥移了过去，连带着她喝剩下的汤，三下两下地解决掉了。连这个习惯也一如过往！

吃完后，聂重之先开了口：“你什么时候走？”蒋正璇愕然地望着他。他就这么想她走吗？

聂重之瞥了她一眼，嘴角微勾，语调沉沉，一副明了的模样：“你今天过来不过是想要稳住我，让我走不了。如果我没猜错，你大哥他们或许已经在来宁城的路上了。”

蒋正璇不言不语不反驳，说明了他的揣测是真的。自己这个傻瓜居然还以为她是真的回来看他的。聂重之嘲讽地笑了起来：“你现在走还是明天走？”

蒋正璇不答话。聂重之又恢复了往日的颓废，在沙发上坐了下来，双脚搭在简陋的木几上，抓起酒罐，往嘴里大口大口地倒酒：“走的时候记得给我带上门。”

他三口两口就解决了一罐，又侧身拿起了一罐，“啪”地打开，闭着眼睛再度往口中倒。

很快地，他面前又堆了四个空罐了。

他是个人又不是玻璃瓶子，这么喝下去，迟早有一天喝死在这酒里。

蒋正璇吸了口凉气，她走上前，放软了声音，轻轻地道：“别喝了，好不好？”

这么简简单单的六个字，就六个字而已，聂重之却是一怔。很快，他偏过头，脸上依旧毫无任何表情：“走吧，别来管我。”蒋正璇面色端凝：“不要再喝了。你这么喝下去，整个人就要废了。”

聂重之仰头又饮了一大口：“你快走吧！少来管我。我不用你管。”蒋正璇一把夺过他手里的铝罐，大声怒喝：“我说不要再喝了。”

聂重之停顿了下来，他侧着头静静地看着她，眸光里有一种她不懂的东西。沉默了片刻，他忽然古古怪怪地说了一句："就算我今天不喝，我明天还是会喝。你管得了我今天，你管得了我明天吗？哪怕你管得了我明天，你管得了我以后吗？！这个世界上早已经没有人管我是死是活了。你走吧，你反正迟早要走的。"

如果是施舍，若她不能施舍一辈子的话，他宁愿她不曾施舍过。就像寒冷冬夜，没有人温暖，可以一个人哆嗦着拥抱自己取暖。可是有人给过他一点暖，他便如卖火柴的小女孩那般，会开始贪恋……贪恋多一点，多一点，再多一点的温暖。

那种没来由的心痛又似利箭般射中了蒋正璇的心脏。她不知道自己是怎么了，竟然脱口而出："我不走了，好不好？"

聂重之似被她这句话惊到了，止住了所有动作，然后便一直保持着那个姿势。半晌后，他才一点点地抬起黑黑的眸子，深深地盯着她。聂重之苦涩一笑，那薄薄的笑意仿若午夜昙花，只几秒便又倏地隐去。

他垂下眼皮，表情僵硬："你不必因为可怜我，用这种话来哄我、骗我。你走吧，我会留在这里见你大哥一面的。至于以后他们找不找得到我，以后再说。"

他果然还是准备再次消失的。好半晌后，蒋正璇终于做了一个决定。她在他面前蹲了下来，与他静静对视，认真地道："我不骗你。我留在这里陪你，好不好？"

右手又不受控制地开始抖动，聂重之用尽全力去捏握成拳状，不让她看出异状。他淡淡地移开自己的视线，几近自嘲道："得了，别哄我了，你走吧，快走吧。"

她如果发现了他……她还是会走的。她不过是可怜他罢了！

蒋正璇叹了口气，心道现在跟他讲这些简直是浪费时间。于是，她也不再理睬他，自顾自地进了他的卧室。她来这里数次，倒是第一次进他的卧室。明显也是收拾过的模样，虽然还是脏，但因蒋正璇前天见识过更脏的，有了“更脏”这条参照线，她倒觉得已经不错了，至少比自己想象中的要好。

蒋正璇打开了衣柜，想找干净的被褥，可是没有，一打开衣柜，除了他的脏衣物乱成团团地夺门而出，发出阵阵臭味外，里面什么也找不到。

蒋正璇简直手足无措，想了想，摸出了手机，打了114。电话里传来温柔的女声。蒋正璇：“请帮我转家政公司。”

转了很多个电话，总算是接通了一个。那人在酣睡中被吵醒，暴怒：“你这个人有毛病啊，脑子敲坏了不灵光是不是？哪有人凌晨找家政的？！”

蒋正璇缓声道：“我现在要三个家政，马上过来。价格可以按你的要求，你要不要接这单生意？”那人见她不像是开玩笑，便没好气地胡乱开价：“价格按白天的十倍？你同意我马上给你安排人。”蒋正璇一口定音：“好，成交。”

那人挂断电话之际还将信将疑，爆着三个字的口头禅威胁她道：“我可是有你地址的。你丫若是耍我的话，我可要你好看。”

在蒋正璇的要求下，家政公司在一个小时后派了三个家政过来，从里到外，上上下下地倒腾到第二天上午，总算是将屋子里里外外弄干净了。

这一过程中，聂重之一直斜倚在墙上，若有所思地看着蒋正璇宛若女主人般指挥那三个人。

“把他所有的脏衣服都扔到洗衣机去洗干净。”

“把被褥床单都扔了。”

“把那个角落能去的污垢都弄掉。”

“厨房橱柜里的东西？全部扔了。”

“屋子里所有角落全部给我消毒一遍。”

到了清晨时分，三个家政阿姨总算是结束了这单累死人的活。把两室一厅一卫一厨的空间打扫得干干净净。

蒋正璇环顾四周，虽然陈旧，但总算是可以住人了。

再遇聂重之后，根本就没有好好休息过。蒋正璇其实也已经疲倦到极点，可环顾四周，还有一大堆的事，最起码要去买床单被褥。

蒋正璇拎起自己的小肩包，转身对着聂重之道：“陪我去采购。”聂重之默不吭声地跟在她身后。

两人打了的士直奔附近最大的超市。聂重之推着车子，亦步亦趋地跟着她。蒋正璇按着列好的清单选物品，浴室里的沐浴乳、洗发水、香皂、牙刷牙膏，各种纸巾，厨房里的锅碗瓢盆、油盐酱醋，各种饮料和饼干食品。

蒋正璇一边选牌子，一边往推车里扔。偶尔不经意抬头，她总能捕捉到聂重之探究的视线，每每见她视线转过来，他就立刻避开。

室内的软拖以及床单被褥，因讲究舒适品质以及过于私密，蒋母以往用的都是专门从国外定制的。蒋正璇自然不可能买得到，于是只能考虑买相对舒适的。她特地留了心，在出租车经过的时候，记下了一些路边家纺品牌专卖店。

在结账处，超市结算员报了一个数字：“1385.8 元。”蒋正璇取出了卡包，准备刷卡。聂重之拦下了她：“我来。”

他除了昨天去抵押行抵押的那点钱之外，哪里还有什么钱。各种高额透支的信用卡铁定早被停了。他连名下所有的房子、车子、店铺等不动产都拍卖光了。哪怕手上当时留那么一点钱，他也已经花了半年，只出不进的，金山也有花光的一天，更何况他现在的情况！

然而聂重之和她大哥蒋正楠这样的人，最是好客、好面子的。他当年名下的那个奢侈俱乐部就是以免费招待好友而闻名洛海，当时的世家子弟无不以能被他招待而荣。

蒋正璇不能拦他，只好站着不动，看着他从皱皱的口袋里掏钱，东摸西摸地加在一起，居然还真摸出了这么一笔钱。

她若是没遇到他，以后他要怎么办？继续浑浑噩噩地喝下去，直到某一天用死亡换来某个城市某个报纸的某个角落。

回家的路上又特地去家纺品牌店买了床褥用品。真真是采购了一大堆，聂重之上上下下地搬了四趟，才将所有的采购物品都搬进顶楼的屋子。那么小的地方，一下子就被这一堆东西给占据了。

见聂重之出门，蒋正璇叫住了他，问：“下面已经搬光了。”聂重之看了她一眼：“我去买饭。”

蒋正璇这才忆起她自昨晚吃了那半份炒饭后，到现在连口水也没喝过。

聂重之关上门之际，又把视线投到了她身上，似不放心地叮嘱了一句：“我很快回来。”

这样子的对话，倒让蒋正璇怔了许久。以往两人的相处，实在是别扭至极，他追她躲，可是她就像猫爪子下的老鼠，怎么也逃不开他的手掌。

其实一开始，她对他并无厌恶。第一次发生的事情，她完完全全要负一半的责任。那个时候，她看到他，只是觉得失身于他的惊惧、恐慌、羞涩、尴尬，心里每每怪怪的。她每天祈祷让这件事情快点过去，她能够快点忘记。

再后来，他老是拿酒吧之事威胁她，这样那样的总不肯放过她。两个人的关系便僵了。偏偏她又对他无可奈何，从那开始她便对他又恨又恼又厌恶了起来，每每想起，都恨不得他可以从地球上消失。

她总是不明白，以他的身家条件，只要他愿意，什么样的女人都会为他飞蛾扑火的。

但他总是不肯放过她。

后来，到了纽约，偶尔她一个人静静地忆起从前的时候，总是会想，他为什么会这样对她。每每细想，也总是想不明白。

蒋正璇开始整理物品，先将冷冻食品之类的搁进冰箱，摆好锅碗瓢盆，又将沐浴用品搬进了浴室，将瓶瓶罐罐在洗手台上摆起来。

蒋正璇把香皂拆开来，放置在肥皂盒中，再搁到沐浴房的角架上。他洗澡从来不用沐浴露，身上每次都是香皂干净清爽的味道。

小小的空间，因这些生活用品，一下子似乎有了家的味道。

聂重之回来的时候见蒋正璇不在客厅，不在厨房，心便像被悬挂了起来。乍一听到浴室声响，转身一眼便瞧见她低着头，小心翼翼地在拆香皂。她是不是还记得他喜欢用香皂。

蒋正璇抬头便看到聂重之黑亮如星的眼睛。她怔了怔，昨日这眼睛还是混浊惺忪，今天则明显有精神多了，似有光注入一般，晶亮得直叫人移不开眼去。

聂重之稍稍地别过脸："吃饭了。"

照例是港式煲汤，另外炒了几个菜，加两份米饭，另外……蒋正璇的视线一顿，居然还有一份榴梿酥。蒋正璇实在饿了，她吃了半碗饭、两个榴梿酥，还有两碗汤。最后的剩菜剩饭又都是聂重之扫光的。

饭后，有默契一般，聂重之收拾餐桌，她进卧室开始整理被子床褥。

若是四年多以前，她估计只有朝着这些看的份儿了。经过纽约四年的生活，她也被训练了出来。铺床铺被单，虽不能说驾轻就熟，但也不至于手忙脚乱。等到全部弄妥，已经是下午两三点的光景了。蒋正璇也顾不得聂重之了，她累得趴在床上只剩下喘气的份儿了。实在是累，片刻后，蒋正璇便合上重重的眼皮，沉沉入睡。

她睡得很香，长长的睫毛卷卷翘着，一如当年。

曾经的他，心心念念的，不过是每日睁开眼就能看到她在身边。

念想太深了，以至此情此景，对他而言，美好得犹如泡沫幻影。他唯有真的看到她，才能相信她真的在这里。

聂重之如猫一般悄无声息地站在床头静静凝望蒋正璇的睡颜。她真的在这里，她真的在这里伴着他！整个世界仿佛有种春暖花开阳光万丈明媚无法形容的雀跃欢喜。可聂重之又患得患失地害怕，害怕她很快就不要他了，害怕她随时会不要他。

曾经的他，是公认的天之骄子，青年才俊，她都不屑一顾。如今的他又何德何能可以把她留下呢！

欢喜与惶恐，如冷暖两股激流不断地冲击着他。渐渐地，那种惶恐害怕占据了上风。

是啊，她现在不过是可怜他罢了，她随时会不要他的。她若是发现他目前状况的话，她马上就会不要他了。

聂重之发现自己其实是一个彻头彻尾自欺欺人的傻子。明知她不过是可怜他，他也那般地欢喜。明知道她说出的那句“陪他”，只不过是骗他的，可他却那么心甘情愿被她骗。哪怕是骗，至少，她还愿意骗他！

那年，在急救室外面，当他知道她有了他的孩子，她的肚子里有他的宝宝，她和他两个的宝宝！聂重之便傻掉了，开心得傻掉了！

他被蒋正楠揍得鼻青脸肿，趴在地上爬不起来。他对蒋正楠说：“蒋，不管你相不相信，我是真的爱璇璇的，并不比你少一分。”蒋正楠的回答是再给了他狠狠的几拳。

那时候，所有的事情曝了光，所有该知道的人都知道了。她再也嫁不了叶英章，而她又怀了他的宝宝，聂重之一厢情愿地以为她会选择他的。

可她没有，甚至连宝宝也不要。

他求她，他无数次地求她。他甚至想过，她只要把孩子生下来，他哪怕带着孩子从此消失，一辈子不在她身边出现，他也愿意。

然而，无论他怎么哀求，她还是不肯要那个孩子。

在医院里的时候，他差一点就掐死了她，真的只差那么一点点。

从那以后，他的人生像是失去了所有的明媚灿烂。他如行尸走肉一般，每天借酒消愁，对所有的一切都不管不顾。

钱，他那个时候有的是钱，多得都成了一个个的阿拉伯数字。但他要那些数字来做什么。他真正想要的，他却得不到。

她从来不爱他，她爱的只是叶英章，心心念念地想着的不过是嫁给叶英章，做叶英章的老婆。哪怕是有了孩子，她也毅然决然地不肯要。

他其实是明白的。与其说她不要那个孩子，还不如说是她不要他！她一直讨厌他，所以也讨厌那个孩子，恨屋也会及乌！

当年他被医生注射了镇静剂，醒来后第一时间便是冲去找她的主治医生。医生说是她不小心滑倒，以致流产。当年他听了之后，第一反应便是“哈哈哈哈”地大笑，“不小心”流产，这“不小心”里有她多少的刻意为之，这个世界上只有他聂重之才能明白。

那是个活生生的孩子，她和他的骨肉。只要再过几个月，生下来就是活生生的，会哭会笑会吵会闹了。

孩子没有了，她与他的孩子没有了，再也没有了！

万箭穿心般的痛，令他眼前阵阵发黑！他把手摁在胸前心口的位置，想拦着一点，可是怎么也拦不住里面那汹涌而出鲜血淋漓的痛楚。

他站在医院的走廊上，却好像站在了世界末日的无边荒野里，狂风呼啸，任凭他怎么喊怎么吼怎么叫，可是这整个天地间，仿佛只剩下他孤零零的一个人了。

还是没有人要他，唯一疼他、爱他的母亲已经不在了。所以这个世界上，再没有人会爱他、疼他了，再没有了！

那个时候起，他整个人心如死灰，一团烂泥般地过活！

可如今，她回来了！她说要留下来陪着他！

聂重之痴痴地望着近在咫尺的蒋正璇，几次欲伸手去触碰她柔嫩的脸。可是他不敢，他怕惊扰了她，怕惊碎了这个美梦一般的画面，连呼吸都小心翼翼的。

— PART 08 —

第八章

厮守

蒋正璇沉沉入眠，睡了长长足足的一个觉。深夜时分，意识飘浮的她被房间外头传来的异样声响惊醒。

脑袋昏昏沉沉的，隐约听到“呃呃呃”的呕吐之声。这般地近，仿佛近在耳边。是谁？谁在呕吐？蒋正璇抚着额头拥被坐起了身子，不会是聂重之吧？

“呃呃呃”的声音越发清晰了起来，明显是从浴室传出来的。她上前拉开了紧闭着的浴室的门，看到聂重之正俯趴在洗手台盆上呕吐。

蒋正璇赶忙上前扶着他：“你怎么了？”聂重之脸色灰白，额头上密密麻麻的汗，他试图把她推出去：“别管我，别管我……你走开，你走开。”

蒋正璇一时不备，被他推了个趔趄：“你怎么了？你的手怎么了？”她注意到他的右手似不受控地不断抖动。

蒋正璇抓着他的手，掰着他的手指：“你到底是怎么了？”聂重之侧着身，推开她，不让她接近："你走啊，走啊！别来管我……"

不对！聂重之很不对劲儿！蒋正璇探手触摸他的脸，想仔仔细细地打量他："你生病了吗？"

聂重之表情痛苦不堪："我没生病。你走，别管我……别管我。"

酒瘾！这个认知让蒋正璇狠狠地倒抽了一口冷气，仿佛见了阎王鬼怪一般，不由自主地后退一步。她赤裸的手臂碰触到了冰冷的瓷砖，浑身一个激灵……然后全身冰凉地反应过来：聂重之他每日像那般喝酒……他这是染上酒瘾了！

聂重之显然开始意识模糊了，踉跄着在房间里东翻西找，四处找酒。

肩上的刺痛让蒋正璇意识到她现在去想他怎么染上的已经毫无意义了。

怎么办？她要怎么办呢？

她用尽全力，半拖半扶地将他拽到了客厅唯一的沙发上。怎么办？他怎么会沦落到现在这副模样！

蒋正璇单手捂脸，完完全全不知所措。

容不得她多想，聂重之全身蜷缩，冷汗直冒："好难受，我想喝酒，快给我酒……"蒋正璇蹲了下来，用着力道"啪啪"地狠狠打着他的脸，试图让他清醒："聂重之，你看看，你看看我是谁？"

聂重之吃痛睁眼，迷乱的眼神盯着她直愣愣地瞧。好半晌后，他方认出了她，猛地一把推开了她，吼叫道："走，你走，滚啊，滚……"

蒋正璇到了此刻才终于明白，他为什么一直不停地要赶她走。因为他怕被她发现秘密！

"你不走，是不是？好。你不走，我走……走开……别挡着我……"他双手环抱着发抖的身体，跌跌撞撞地起身想要出门。

蒋正璇抢先一步，以背抵着门，拦住了他，再也顾不得什么了，用尽了吃奶的力气，双手紧紧地搂抱住了他的腰：“不，不许你出去。聂重之，你不能再去喝酒了。不许你出去……”

聂重之像是一头重伤发作的野兽，焦躁狂乱，拼命地想要摆脱她。不过他显然还有些意识，知道此刻搂抱着他的这个人是谁！

是他一直心心念念爱之恨之却无可奈何之的蒋正璇！他舍不得弄伤她！

蒋正璇死死地抱住他：“聂重之，不准你出去！我不准你出去。你听到没有！”

聂重之重重地扯着自己的头发，呼吸沉重，不时发出“呃呃啊啊”的痛苦压抑声，发狂了一般。

怎么办？他怎么痛苦成那样子。蒋正璇搂抱着他，心里刀割般地难受，她不知道自己怎么了，某个决定便脱口而出了：“聂重之，不许你再这样下去了。我答应你，只要你把酒瘾戒了，我就陪着你，我就一直陪着你。好不好？”她的声音虽低，可是吐出来的每一个字都铿锵有力，似已下定了决心，再无半丝反悔余地。

骤然间，整个屋子里静得连呼吸声都停止了下来。

聂重之缓缓抬眼，冷汗涔涔地凝望着她，仿佛痴了一样。不过片刻，那种痛苦似又袭击了他，聂重之眉头拧成了大大的川字形，他一直定定地望着她，痴傻了一般。他声音沙哑不堪中又似夹杂了无数欢喜：“好，好，我不碰……我不碰酒了，我再也不碰酒了……我把酒瘾戒掉。我一定把它戒掉。”

可话音刚落，蚂蚁啃噬般难以忍受的瘾头又开始发作了起来，聂重之的身子不停地扭曲发颤，他压抑了半晌，再压制不了，猛地推开她，冲进了浴室，趴在洗手台上，大口大口地呕吐。

蒋正璇过去想扶他，却被他推开，聂重之喃喃：“别过来，别过来。”

等他出来的时候，脸色如纸般苍白，整个人大汗淋漓，虚脱了一般，瘫在了沙发上。身子一抽一抽的，不停地颤抖。

蒋正璇拧了热毛巾，不断地替他擦汗。

过了一阵，聂重之的身子在沙发里又像一根弦似的紧绷了起来，呼吸都似要停止，显然是难受到了极点，抚上他被折磨得变形的脸，蒋正璇心里就像被一只尖锐的爪子揪着一般。这样子的他，她实在无法看下去了，颤声道：“聂重之，你这样下去是不行的。我送你去戒酒机构吧，好不好？”

聂重之抓住了她的手，喘息着道：“不，我不去，我不去。璇璇，我不喝了，不喝了，我发誓我再也不喝酒了。你不要走，不要离开我，好不好？”

他的脸色痛苦扭曲，可是眼神却无比坚定。蒋正璇怔怔地望着他，这是再遇后，他第一次叫她“璇璇”。

聂重之低低地呢喃，如同梦中呓语道:“璇璇，你不要走，你不要走。我听你话，我不喝酒了，我再也不碰酒了。只要你不走……只要你不走，我什么都愿意……”

这一刻，蒋正璇只觉得自己的心酸软得快被腐蚀掉了。他再不是以前的聂重之了。过往那般霸道无赖的一个人，如今竟如同幼小的儿童般无助。

这一刻，蒋正璇竟一点，一点也不想离开这个曾经让她极度害怕、极度厌恶，恨不得远远逃离，再不想见的人——聂重之！

很多年后，蒋正璇回忆往事，才知道自那一刻开始，她便无法把他丢掉了，哪怕过往他对她百般无耻。可是她心疼他，她从未这般地心疼过一个人，甚至对叶英章也没有。无论过往怎样，从那一刻开始，他聂重之在这世间对她蒋正璇而言，是独一无二的。

聂重之的酒瘾发作情况一直持续到了凌晨才渐渐缓和下来。

一个晚上下来，聂重之吐了很多次，估计连胃液都吐干净了，一定要吃点清淡的东西润润肠胃。

蒋正璇其实在纽约那几年也学会了一些简单的烹饪，比如最简单的熬白粥、蛋炒饭之类的。在国外的留学生，十个里头八个都会这些。

昨天去超市的时候，匆匆忙忙的，没有想到要买米。所谓巧妇都难为无米之炊，蒋正璇只好上街去买。附近的道路她也不是太熟，只知道咖啡店那条街上是没有早餐的，于是按反方向走了好长一段路，才在一家干净小店里买到自己觉得还 OK 的白粥、豆浆、油条、馒头和小菜。

考虑到聂重之的肠胃估计得好好养一段时间，蒋正璇在路过街边超市的时候，采购了一些小米和面条。

这样一来一回，花了不少时间。蒋正璇看了看腕表，再过一个多小时，便是平时的上班时间了。今天是星期一，她本应该在九点钟之前刷卡进入洛海 K.W 集团的设计部。

蒋正璇拎了一大袋的物品，推开轻掩着的大门时，不由得一惊，她出门前才合眼入睡的聂重之竟然已经起床了，整个人颓然绝望般地坐在沙发上。

聂重之显然是听见了动静，霍然抬头，看见了她，他整个人骤然松懈了下来，眼里那种惊惶无措之色一点点地隐了下去。

聂重之在害怕！他在害怕她离开！

蒋正璇不知怎的，竟然开始读懂了他的心事。

蒋正璇把白粥、小菜等物搁在了小餐桌上，柔声解释道：“我怕你醒来肚子饿，所以去买了点吃的。从大门口出去，右拐，走了两条街……那家店很干净，我随便买了点豆浆油条。你先吃一点东西，然后再休息，好不好？”她这般絮絮叨叨地说了半天，第一次发现自己居然可以对他说那么多的话。不过她的话还是起到作用了，聂重之的神色渐渐放松。

蒋正璇给他盛了碗白粥，把几个小菜一一摆放好，最后把豆浆倒在杯子里搁到他手边：“吃吧。”聂重之像个乖巧听话的小孩，低头喝粥。

蒋正璇自己喝了一小碗粥便搁了筷子。她斟酌着开口道：“我跟你说件事情，你别生气好不好？”聂重之抬头望着她，神色怔忪，等待她说下去。

蒋正璇这才道：“我刚刚打了电话给我大哥，告诉他你一切都很好。我会陪着你，让他放心。”

事实上，蒋正璇把聂重之的情况详详细细地告诉了大哥蒋正楠后，蒋正楠在那头也倒抽了几口冷气，几乎是用吼的声音道：“聂重之这家伙在找死吗？他居然喝酒喝得都染上酒瘾了？他疯了是不是？”

半晌后，蒋正楠才冷静了些：“情况严重吗？”蒋正楠一问出口，就知道自己急糊涂了。璇璇从小到大被保护得很好，就算是到了纽约，也是学校、公寓两点一线的生活，从未接触过这样的事，她哪里能够分辨出严重与不严重。

果然便听蒋正璇回道：“我也不知道。”蒋正楠：“我马上过来，必须送他去强制戒酒。”蒋正璇踌躇道：“大哥，他说了，如果你们来找他，他就会再度消失。他现在这个情况……”

璇璇没说完的话，蒋正楠是知道的。以聂重之目前的状况，如果再度消失的话，他们这群人估计最后只剩给他收尸的份儿了。

一瞬间，行事果断的蒋正楠都没什么好主意。

蒋正璇说出了她的决定：“大哥，我……我想留在宁城陪他。”

蒋正楠从未料到她竟会有此打算，一时之间以为自己听错了：“你留在宁城陪他？”毕竟当年璇璇和聂重之的那段纠葛他再清楚不过了，璇璇并不喜欢聂，否则当年她也不会不要那个孩子。

蒋正璇“嗯”了一声：“大哥，他现在的模样，我……我没有办法离开。我想在宁城留一段时间。”蒋正璇停顿了数秒，轻轻地道，“哥，我不知道怎么了，看到他现在的模样，我会很难受……很心疼……”

聂重之目前唯一不排斥的人，就是她，她怎么能把他孤零零地扔下不管呢。

璇璇亲口说她心疼聂？电话那头的蒋正楠错愕了几秒，心中浮起一个模糊念头。他没有多说什么，用一贯宠溺的语调缓声道：“大哥很多年前就跟你说过，无论你做什么决定，大哥都支持你。这次也是一样。”

蒋正璇温暖微笑：“大哥，谢谢你。只是妈妈的身体状况刚刚好转，我……”

蒋正楠打断她的话：“妈的身体我比你了解。她的病一直控制得很好，这次是因为爸的事情，才会突然发作的。她这段时间恢复得很好，只要爸的事情没什么重大变化，她的病就绝对不会有反复。再说了，家里有我呢。你暂时就安心照顾聂吧。”

两人又聊了数句话，蒋正楠道：“这样吧，我让人在宁城找个24小时待命的私人医生。你到时候跟那医生具体联系，参考他给你的专业建议，然后帮助聂戒酒。如果聂不排斥的话，你也可以安排他和医生见面。”蒋正璇说：“好。”

蒋正楠在挂电话之际又补了一句：“璇璇，你好好照顾聂。随时跟我保持通话，如果情况严重的话，拖延不得，要强制送他去戒酒机构。”

想不到聂居然把自己弄成这个样子！

璇璇既然愿意为聂重之放弃喜爱的工作，留在宁城，绝对不可能仅仅是觉得聂重之他可怜而已。毕竟这世上可怜的人可多了去了！

犹记得当年璇璇在医院检查出怀有身孕后，他起初以为是叶英章的，抡了拳头就招呼起了叶英章。电光石火间，聂重之一把推开叶英章，生生挨了他一拳。他无比认真地告诉他，璇璇肚子里的孩子是他的。

蒋正楠片刻错愣后，便暴怒地扑了上去：“你这个王八蛋！”聂重之这个王八蛋还是不是人，他从小看着璇璇长大，除了没有血缘关系外，璇璇简直就是他的亲妹妹，他居然对璇璇下手！聂重之他什么女人不可以下手，可是居然将爪子伸到了璇璇这里。不把他揍残废了他就不是蒋正楠。

聂重之本是黑带九段，他们这群兄弟里除了祝安平，没一个是他对手。可聂重之明显是心中有愧不想还手，他三下五下就把聂重之揍趴在了地上。

若不是后来蒋正璇从急救室里被推了出来，他肯定会把聂重之揍残废。

隔了不过一天，鼻青脸肿的聂重之就找上了他，告诉他：“蒋，无论你相不相信，我都一定要告诉你，我是真的爱璇璇。

“蒋，我爱上了她。

“蒋，你想怎么揍我都行。可是求你帮我留下璇璇肚子里的孩子。

“蒋，我们认识这么多年，我从来没有求过你。这次，我求你，蒋，你劝璇璇把肚子里的孩子留下来。”

如果璇璇与他两情相悦，蒋正楠自然是拍着双手热烈欢迎聂重之成为自己的妹夫，可如今的璇璇都有孩子了，却不想要，这说明什么？说明璇璇是心不甘情不愿的！

蒋正楠记得当时自己毫无温度地抬头，指着办公室大门：“聂重之，从今以后我不想再看到你，给我滚出去！”

聂重之：“蒋……”蒋正楠那个时候处于火山爆发边缘，冷戾地盯着他，字字锐利如刀：“聂重之，经过这件事情之后，你觉得我们还能做朋友吗？我们还能回到过去吗？你做梦去吧！”

聂重之：“蒋，是我不对，一切都是我的错。可那个孩子是无辜的……”蒋正楠将桌上的文件狠狠地砸了过去，冷冷地吼道：“滚，滚出去。我不想再看到你。”

聂重之不躲不闪，任那一沓文件劈头盖脸地砸在自己身上：“蒋，我也不想弄成这样的。我也不知道为什么，为什么我就爱上了璇璇。蒋，我真的克制过自己的，克制了好多次，可是我无能为力。蒋……对不起……蒋，你帮帮我！”

蒋正楠愤然怒喝道：“聂重之，你不滚是不是？”他迅速按下了内线键，“给我叫几个保安上来。”

聂重之：“蒋，别这样，蒋……”

八个保安很快敲门进来，在聂重之身边站成两排。蒋正楠头也不抬地吩咐道：“请聂先生出去。”

保安部头头应了一声：“是。”转身便对聂重之客客气气地道，“聂先生，请。”

他素知这位聂先生是老板的死党好友，不能硬来，便软着态度道：“聂先生，我们也只是奉命行事，别让我们这些下属为难。”

聂重之见蒋正楠埋头于文件，根本当他不存在，知道此时再谈也无用，只好无奈转身。才走数步，蒋正楠的声音又传了过来：“对了，你们保安部注意了，以后闲杂人等没有预约的话，绝对不能放进来。谁若是敢粗心大意，随随便便放进来了，以后就不用来上班了。”

蒋正楠这样表示，明显说聂重之是闲杂人等。保安部头头赶忙应了声“是”。

两人十多年的兄弟之情在那件事情后降到了冰点。聂重之从此在蒋正楠的交际圈里消失。

楚随风等人都不知道两人为了何事闹掰，很多次试图缓和两人的关系，但每次均无功而返。聂重之此后，不只与他疏远了，也疏远了楚随风等人。现在想来，他大约在那个时候就开始酗酒了。

蒋正楠虽然恼恨聂重之，不想见到他，但私底下总还是留意他的一举一动。毕竟多少年兄弟了，情同手足，打断筋骨还连着皮。

在聂重之破产前半年，楚随风、祝安平、路易周等人约他吃饭。楚随风待大家一坐下，就说明了这次饭局的目的：“聂那边的情况很不妙，各大广告商纷纷撤出，如今的浏览量和点击率下跌至谷底，根据可靠消息，他公司财务方面已经入不敷出了。这样下去，绝对撑不过半年的。要不，我们兄弟几个跟他要点股份，也尝尝做做电商新贵的滋味。”

大家都毫无异议地表示同意。路易周不知道中间原委，叹了一句：“他不知道这几年在哪儿受刺激了，自暴自弃，完全不管公司的运作。这家伙是自己在玩死自己！”

祝安平这个过来人抿了口酒，沉声道：“可以令一个男人这么自暴自弃的，除了事业就是感情。聂重之早几年的身家可绝对是在你我之上的，排除了事业，那么……”祝安平挑了挑浓黑眉峰，意思是不用再说下去了。

路易周闻言则“哈哈”大笑：“祝，你搞笑了吧？我可从没听说聂谈过什么恋爱。”

祝安平耸耸肩：“你不信我也没办法。再怎么说我也是过来人。”说罢，他目光怜悯地瞅了瞅路易周，“路，上的山多终遇虎。你也好消停消停，正正经经找一个人了。”

路易周邪邪地笑，嘴角都飞出了脸颊，一副乐不可支的模样：“行。真到那一天，兄弟我亲自去三元摆上几桌，跟安哥您请教请教。”

楚随风瞅了瞅祝安平，懒懒地道：“这世道，身边的女人确实是比蝗虫还多。不过适合做老婆的，不是太少，而是根本没有。你以为每个人都可以像你一样，奶奶的，结两次婚，老婆还是同一个。祝，你是我们这几个人中的奇葩啊。来，兄弟们，我们为身边的这朵奇葩干一杯。”

聚会后的第二天，楚随风便找了聂重之谈注资的事情，但是聂重之断然拒绝。不久后，聂重之的公司便申请破产程序。可以说，他们兄弟几人是眼睁睁地看着聂重之一步一步走向破产之路的。

当他公司宣布破产之时，聂重之委托拍卖行拍卖了个人名下的所有资产，按比例偿还公司所欠但本不用个人支付的债务。之后，聂重之便如泡沫般地从洛海消失，无人知其行踪。

想不到居然是在宁城，还无巧不成书地被璇璇遇见。

蒋正璇把小阳台上的衣物收了，搁在沙发上，开始整理起来。偶尔抬头瞧厨房里在洗碗收拾的聂重之，只觉他动作熟练，倒像是以前做惯了一般。心中觉得纳闷不已，他什么时候做过这些。

折衣服这种小事，看起来简单做起来却也不容易。蒋正璇从小到大没整理过男人的衣物，就算她大哥蒋正楠的也没有。于是翻来覆去地试。

聂重之从厨房出来，看到的便是这个场景。蒋正璇弯身在折他的长袖衬衫，专注认真地这样翻，那样叠，边折边琢磨，大约是没做惯，所以并不利索。这一细小的发现，让聂重之莫名其妙地欢喜了起来。

如果可以，他愿意一辈子就这样地瞧着她替他收拾衣物，让时间从身边无声无息地溜走。

见聂重之一直在小厅里磨蹭，蒋正璇以为他又担心自己会随时离开，于是抬头朝他道："快去睡吧，我不会走的。我答应你不走就不会走。折好了衣服，我也要去补眠了。"

她的声音清润甜美，似和煦微风，吹散了聂重之患得患失的不安焦灼。她亲口说了，她不会走的。

他彷徨担忧的心里在那一刻终于有了一点踏实的感觉。他走进了房间，在房门处又转头望了望蒋正璇，只见她低着头，整个人柔和婉约得犹如画中风景。

聂重之那一觉睡得很香很熟，蒋正璇蹑手蹑脚地进去看了他两次，他都睡得沉沉的，很是放松安详。

蒋正璇给设计总监宁熙打了电话，只说家里出了急事，不得不辞职。宁熙怎么也没料到蒋正璇会辞职，如今虽然只是深秋初冬，但公司春夏系列的设计已经全面开始了。蒋正璇进了设计部虽然不到半年，但隐隐已成了部门里的主力人员，这么没有预兆地突然辞职，她手里的活一下子也没有人接手，设计部接下来的工作绝对受影响。

宁熙晓之以理，动之以情，费尽唇舌地劝说："Teresa，你也不能说不做就不做，好歹给我点时间余地让我找人接替你的位置。再说了，明年的春夏季系列服饰，你的 Idea 很好，设计的第一波几个款我都非常喜欢，已经跟老总开会讨论过了，决定作为我们 Queen 春季系列的主打。所以，你无论如何，至少也等做完春夏季这个系列再辞职。"

蒋正璇的设计工作一直得到宁熙极大的肯定，再加上自身就喜欢设计美丽衣服，有人赏识加上自己喜欢，所以对工作真正是干劲十足，分外认真用心。这么放弃其实她心里还是有些犹豫的，便坦言相告："我接下来会有很长一段时间待在宁城……这是我不得不辞职的最大原因。"

蒋正璇不知道聂重之的情况什么时候会改善，至少在他有所好转前，她是无法离开的。

宁熙在电话那头沉吟了片刻，很快给出了一个建议："这样吧，Teresa，你可以在宁城继续为公司工作，我向上头为你申请兼职。要不到春夏季这系列结束，我们再继续讨论你的离职事宜。或许到时候你家里的事情已经圆满解决了，你也就不用辞职了。当然，你不用立刻答复我，你再考虑考虑。"

蒋正璇想了想："OK，我考虑一下再答复你。"

这几天加在一起的睡眠时间也不过十来个小时。蒋正璇挂了宁熙的电话后，想起母亲陆歌卿，知道自己不能再拖了，必须得给母亲打个电话。

蒋正璇前日给母亲陆歌卿打电话的时候说出差的工作忙，要比预期晚几天回家。陆歌卿丝毫不疑，只一再叮嘱她在外万事小心。

如今的蒋正璇其实最难开口的就是对母亲陆歌卿。

一接通电话，母亲陆歌卿便追问她的归期："璇璇，你什么时候回来？订机票了没有？"

迟说早说总归是逃不过的，蒋正璇便老老实实地跟母亲交代："妈，我可能要在宁城待一段时间。"陆歌卿在电话那头呆滞了一秒："怎么了？公司出什么事了吗？"

蒋正璇咬唇停顿了半晌，方道："妈妈，我在宁城遇见聂……聂重之了。他现在情况很糟糕。”她便一五一十地说给母亲听，但怕母亲过分担心，她只说聂重之生病了。

蒋正璇幽幽地道：“妈妈，我不知道自己怎么了，我现在唯一可以肯定的是我不能离开，我不能不管他。等他身体康复了，我就回来。“妈妈，我很奇怪，看到他现在生病的样子，我心里就会很难受，很难受。妈妈，我也不知道自己到底怎么了。

“妈妈，我真的没办法丢下他不管。”

陆歌卿沉默了良久，长长地叹了口气：“重之这孩子怎么弄成这个样子！”

璇璇离开的这些年，陆歌卿便再也没见过聂重之这孩子。此时听到璇璇的描述，也不免心惊肉跳。遥想当年这孩子玉树临风，知礼懂事，她每每见着，都欢喜不已。

哪怕知道了他与璇璇之间的纠葛后，虽然恼他，却怎么也恨不起来。这几年间，不时地也会想起他。后来听说他破产之事，心里也很不好受，连着几夜睡不着觉。

陆歌卿在儿子蒋正楠的身上也懂得“凡事强求不得”的道理。既然璇璇已经决定怎么做了，她多说也无益，再说了儿孙自有儿孙福，就让孩子去吧。

总有一个人会在某一天把璇璇从她身边带走的，或早或迟而已！

不是叶英章，不是聂重之，亦会是其他人！她这个做妈妈的应该懂得放手了。

于是，陆歌卿便柔声道：“那你就留在宁城吧，等重之好转些了，你带他回洛海给我瞧瞧。”

蒋正璇从未想过母亲这般轻松地就应允了她，心里感慨万千，低声道：“妈妈，对不起，我这么大了，还总是让你操心。”

陆歌卿心酸喜悦地微笑："你这个傻孩子，就会说傻话。妈妈不为你们操心，为谁操心呢？只要你跟你哥好好的，妈妈我做什么都值得。再说了，无论你多大，哪怕到了九十九岁，你还是我的宝贝女儿。"

只有父母家人才会永远陪伴在自己身侧，永远义无反顾地支持着自己。蒋正璇挂了电话，心里像充满了能量，无比温暖。

她心里终归是不放心聂重之，睡前又特地去他的房间瞧了瞧。蹑手蹑脚地来到了门边，见聂重之侧着身，呼吸绵长，显然好梦正酣。

如今她的卧室比以往的浴室还小几分。靠着墙摆了一张一米宽的小床，大约是以前房东家的小孩卧室。这么小的床孩子睡睡还可以，蒋正璇睡在上面，连翻个身都小心翼翼的，生怕一个不小心就摔下床去。

由于太疲倦了，不过片刻，蒋正璇便进入了梦乡。

蒋正璇是被蛋炒饭的香味诱惑而醒的。掀开眼帘的第一眼，看到的便是聂重之。他默默地靠在门边，静静地凝视着她。

聂重之穿了一件白衬衫，外头套了件藏青色的羊毛开衫，袖子卷在手肘处，大约是以前买的衣物，手工精致。这么清清爽爽的穿着，倒应了那句"人靠衣服马靠鞍"的老话，苍白消瘦的整个人居然有了几分往日的神采。见她醒来，聂重之便转身："可以吃饭了。"

摆在蒋正璇面前的是一盘色香味俱全的蛋炒饭和一份蛋花清汤。蒋正璇拨了拨头发坐了下来。她以往的头发是短而微卷的，这几年下来，倒留了一头长鬈发。

她抬头便看见聂重之的视线怔怔地落在她身上。两人的目光一接触，他便又移开。

蛋炒饭才一入口，蒋正璇就呆住了。这味道她记得她吃过，因为好吃，所以一直念念不忘。可是，当年她是在洛海尝到的，怎么可能宁城有一模一样的饭店？

那一次，是在他的公寓过夜，醒来时照常是阳光洒满房间的时刻了。一睁眼就看到聂重之手里端了杯酒，舒舒服服地靠在床边的沙发上，腿搁在脚踏上，悠闲地饮着。他捕捉到她睁眼，便搁下了酒杯，过来亲她："醒了啊？饿了没有，有蛋炒饭。"

他的吻轻轻的，叫人想起羽毛，一点点地拂在光裸的肌肤上，痒痒的。蒋正璇躲着他，可越躲他偏偏便越有兴致，最后索性整个人钻进了薄毯里闹她……

等她再次醒来，都已经是中午了。沐浴梳洗好，推开卧室门，扑鼻而来的便是诱人的蛋炒饭香味，和炖汤的味道融合在一起，令本已经饥肠辘辘的蒋正璇更觉饥饿难耐。

聂重之正在端汤，见她出来，径直朝玄关走去，便拉下脸，冷冷地道："你要不吃的话，今天就不要准备回去了。"

蒋正璇脚步一顿，最后还是妥协了。他当时拿那件事情威胁她，每每得逞。

蛋炒饭跟一般饭店里的不同，色泽颇深，显然是用了少许的酱油翻炒过的。蒋正璇心不甘情不愿地坐下来，恨恨地拿起银质小勺往嘴里塞，恨不得一秒钟就可以搞定面前的这盘食物。每次多对着聂重之一秒钟，她都觉得自己生不如死。

可一入口，她的味蕾便"噌"地苏醒了过来。蛋炒饭从未有过的美味可口，咸淡适中的酱油混合着鸡蛋的香味，好吃得让人吞舌头。牛肉清汤也一样又鲜又香。那一次，她就着牛肉清汤，最后将满满的一小盘蛋炒饭吃得颗粒不剩。

不过整整一顿饭的时间里，蒋正璇连眼角也没扫聂重之一眼。吃完后，她"啪"的一声重重地搁下小勺，拎起包包，头也不回地离去。

如今再次尝到的这一刻，蒋正璇才知道这饭是出自聂重之之手。当年的酱油蛋炒饭必然也是他做的。想不到他居然懂得烹饪，而且做得这么好吃。

仔细深想，倒也不觉得惊讶了，这几年自己不都学会了这些最基本的烹饪吗？那么，聂重之会做一盘蛋炒饭也没什么可吃惊的。但凡在国外留过学的孩子，几乎都会这一手。但好不好吃，那就另当别论了。

不过他现在的肠胃并不适合油腻腻的蛋炒饭。于是，蒋正璇搁了筷子，进厨房把一早的白粥放在微波炉里热了热，搁到他手边："你的胃不好，先喝点粥垫垫底。"

聂重之错愕了几秒，开始低头慢慢吃起来。他的速度很慢很慢，细嚼慢咽的仿佛每一口都要再三回味。许久之后，他才把面前的这碗粥吃完。

蒋正楠的办事能力惊人，安排的医生这日下午便跟她取得了联系。

蒋正璇原本并无信心可以说服聂重之，便试探性地说了一句："要不我们找一个私人医生咨询咨询？"聂重之沉吟了数秒，点了点头。

聂重之十分配合地做了一个全面的检查。如今的他，仿佛是个五六岁的孩童，十分依赖和信任她。

鲁医生拿了检查报告与两人进行了一次详谈。鲁医生询问聂重之以了解情况："你第一次开始大量饮酒是在什么时候，你还记得吗？"聂重之的目光扫了边上的蒋正璇一眼，没有回答。

大约是聂重之不想她知道吧！为了不影响他的治疗，蒋正璇便假意咳嗽了一声，起身："鲁医生，你们聊，我出去打个电话。"

门关上后，鲁医生这才再度发问："记得是什么时候吗？你好好想想。这个很重要！”

聂重之的视线虚虚地落在不远处的地毯上，片刻才道：“是在五年前的 12 月 17 日。”

鲁医生低头记录在案，又问了他目前身体出现的状况等等。聂重之一一做了详细的回答。

因聂重之坚持在家自然戒断，鲁医生便对两人叮嘱了很多的注意事项。在辅助治疗的药物方面，鲁医生又详详细细地做了说明：“我先给你开点药，用于改善戒断症状，减轻饮酒欲望。”

又对蒋正璇说：“作为家人要经常鼓励他，增强信心、增加信任，劝说与交流并行。家人的热心和耐心对患者的康复具有重要的作用。”

鲁医生说：“我给你开药，另外我给你们配几支镇静剂，万一聂先生情况很难自控的话，蒋小姐就给他注射一支镇静剂……可以帮助聂先生更好地适应……当然有任何问题的话，你们随时跟我联系。”

这晚，蒋正璇一直浅浅入眠。半梦半醒间，听到聂重之的房间传出了闷响。聂重之的酒瘾又开始发作了！蒋正璇本就有准备，一听见这声响，便“噌”地起床，三步并作两步地进了他的房间。

聂重之的身体在床铺上扭成了麻花。整个人像是从水里捞出来的一般，全身汗淋淋的。

蒋正璇其实也帮不了他什么，只好来回地给他拧热毛巾擦额头上、脸上不断冒出来的密密冷汗。

聂重之时而清醒时而糊涂。蒋正璇整夜整夜地守着他。又与以往一样，每次都在晨光熹微中渐渐地好转。

鲁医生也一再强调除了给患者增加营养的同时，还要加强锻炼，提高身体素质。于是，每个清晨，蒋正璇会陪着聂重之走一段长长的路，一路逛着去几条街外的农贸市场。

第一次两人是无意中逛到农贸市场的，聂重之说：“我们进去买点菜，以后由我负责做菜。”

蒋正璇有些不大相信他真会做菜，毕竟家事白痴也知道：做好一道蛋炒饭并不表示其他菜就可以入口。

她将信将疑地跟着聂重之去传统的农贸市场，目瞪口呆地瞧着聂重之熟门熟路地对摊铺老板说：“帮我称一斤骨头。”“来一把青菜……还要一点葱……”

脏兮兮湿漉漉的地面，鸡鸭鱼肉混合在一起的腥臭味道，还有身边的这个人，一切的一切都陌生得叫她恍惚。

或许这才是真真实实的聂重之，过往她从未了解过。以前的她，躲着他还来不及，怎么可能会试着去了解他呢！

那天中午，当聂重之端上色香味俱全的三菜一汤的时候，蒋正璇确实瞠目结舌了。

牛奶一般的骨头汤，碧油油的青菜，香喷喷的麻婆豆腐，另外还清蒸了一个五花八门的海鲜杂鱼。光看颜色搭配就让人垂涎三尺，食指大动。尝了之后，味道也是出乎意料地美味。

他居然这么会做菜！

鲜美可口的浓汤，齿颊留香。蒋正璇一口气喝了半碗。聂重之看在眼里，道：“这牛骨汤用水煮过，洗净后放入料酒、生姜，再用红枣、枸杞等配料，先大火烧开，再用文火熬制两个小时就可以了。”

蒋正璇不由得咋舌：“这么麻烦。”聂重之嘴角勾勒出一抹淡淡的微笑：“一点都不麻烦。”

只要她爱喝就好！聂重之凝视着低头喝汤的蒋正璇，心里淡淡苦涩，她大约永远不会知道他是用怎样的心情去熬这锅汤、做这些菜的。

蒋正璇边喝边问道："你怎么会煮饭做菜的？"

聂重之解释道："从小看我妈做菜，看多了就会了。"他扫了一眼桌子上的菜，缓声道，"这些都是我妈妈以前的拿手菜。我做的都没有她一半的好吃。我是早产儿，出生的时候才四斤重，体质很差，三天两头生病。而那会儿，我妈妈工作的厂子，效益特别差，经常拿不到工资。她没办法，就去别人家里做保姆，帮人家做饭打扫、带孩子来赚些生活费。最多的时候，她兼职了三家……

"每天早晨，天还没亮，她就去菜市场买人家不要的猪骨、牛骨来给我熬汤，让我一天三顿地喝，补充钙质，增强体质。这里靠海，杂鱼卖得比蔬菜还便宜，于是，骨头汤和杂鱼几乎是我们家天天的桌上客。她怕我会吃厌，就变着各种法子做，红烧、酱爆、葱油、清蒸、广式、蒜蓉……"聂重之说到这里，声音渐渐低了下来，"只可惜那个时候我太小不懂事，不然一定会告诉她，她烧的菜是世界上最好吃的！"

蒋正璇轻轻道："伯母这么爱你，就算你不说，她心里也一定明白的。"她一向知道聂重之的童年比较清苦，但没料到竟然是这样过来的。

她听梁姨说过他母亲是八十年代初的大学生，长得貌美如花，当年与他父亲聂耕礼站在一起，真真是郎才女貌的一对璧人。那年代的大学生可都是各大国有企业最抢手的香饽饽。但他母亲因为怀了他，被学校以道德败坏给开除了。大学没毕业还未婚生子，这在当年可是要被人指指点点、戳穿脊梁骨的。他母亲的这种情况想必不可能进什么好单位工作，以致过得极清贫。

那个把万家送去的东西当场扔出去的烈性女子，为了孩子，不但去做保姆，而且还兼职了三家……蒋正璇一下子对聂重之素未谋面的母亲肃然敬佩了起来。

一瞬间，蒋正璇想起了那个与自己无缘的孩子。她确实不配当母亲。那个时候她确实不想要他，虽然她真的不是故意滑倒的……不过就算是不滑倒，应该也是这样的一个结局。

她心里又涌起了那种对聂重之说不出的感觉。那个时候太年轻了，固执得惊人。如果换了现在，她至少会跟他心平气和地好好谈谈吧。也许还会是这样的结局，但至少不会像现在这样留有遗憾。

“伯母一定在天上时时刻刻地看着你，保护着你。而她，也永远在你的心里，你们从来没有分离过。”

她的手小小巧巧，掌心熨帖着他，又柔又暖，似一个热热的熨斗，熨平了聂重之心上每一寸的褶皱。

如此的日复一日，夜复一夜，聂重之自身的意志力强大，又十分配合鲁医生的治疗，加上每日蒋正璇的陪伴照料，两个月后，病情便得到了极大改善。酒瘾发作的时间越来越短，发作的次数也越来越少了，症状明显好转。

这一日，鲁医生向蒋正璇汇报了聂重之的尿检情况，说一切指标都已经恢复正常值了，还赞道：“像聂先生这样意志力强大的患者，我也是第一次见。他已经基本康复了，只是你们家属朋友要特别注意，切记不要让他喝酒。”

挂断电话前，蒋正璇不知怎的想到了鲁医生第一次检查的时候问聂重之的问题，便开口道：“对了，鲁医生，他酗酒有几年时间了？你方不方便告诉我？”

鲁医生回想了一下：“聂先生有大约五年的酗酒史……”

五年前，是她与他纠缠最深的时候。蒋正璇怔忪了片刻，忽然想到某事，身子陡然一震。

鲁医生在电话那头道："蒋小姐如果需要的话，我马上翻一下手边的资料？"蒋正璇捏紧了手机："好的，鲁医生，麻烦你了，谢谢。"

电话里隐隐传来鲁医生翻动纸张的"沙沙"之声，蒋正璇却一直僵站着。

片刻，鲁医生的声音传来："找到了，聂先生说他记得非常清楚，他是五年前的 12 月 17 日第一次开始大量喝酒。"

蒋正璇整个人顿时僵住了!

那一年的 12 月 17 日，蒋正璇记得十分清楚，就在那一天，她滑了一跤，顿时腹痛如绞。她眼睁睁地看着温温热热的红色液体一点点地沿着腿部滑下来……

她捂着坠痛的下腹，惊慌失措地喊人："快来人，我跌倒了……"快……快帮我叫医生……我流血了……"

就在那一天，她永远地失去了腹中那个孩子。

也就在那一天，聂重之闻讯冲到医院，双目赤红，像只疯了的野兽，死死地揪住她的衣襟："他是活生生的呀。几个月后，他就会哭会叫会吵会闹了呀……他是活的呀……他是活的呀……"

蒋正璇全身冰冷地明白了过来，聂重之为什么在那一天会开始酗酒。

— PART 09 —

第九章

唯一

由于可以在宁城兼职公司的设计工作，所以这段时间以来，蒋正璇没有再跟宁熙提辞职的事。宁熙便趁机装失忆，当作辞职这件事情根本没发生过一般，每日与蒋正璇联系不断，交代这交代那的。也亏了现在通信技术和快递技术的发展，令两人长距离的沟通能够无碍。

平日里家里的一切活都被聂重之包下了。蒋正璇确实也无事可做，所以就一直在宁城为宁熙工作。

这天，蒋正璇一边下载了宁熙给她的资料，一边与宁熙在视频里交流。宁熙道："我前几天寄给你三块国外采购来的面料小样，你收到没？看要怎么设计才能将这面料的效果最好地发挥出来。"

蒋正璇："面料已收到，正在苦思冥想中。"宁熙笑："那你好好想，我等着你的好构思。"话音一转，宁熙催起了春款，"哦，对了，第五波春款的设计稿你这个星期必须交给我。成衣部门还要制版打样，还要修改，时间急迫，绝对不能再拖了。

"还有，第四波的最后几款样衣的最终确认意见。面辅料已经全部到位，就等你确认了，然后就开生产单，进入生产流程了。公司对你很有信心，希望在这一波中再出现一个爆款。”

宁熙在K.W设计部被封为“白无常”，可见其催功。自工作后，蒋正璇也见识到了他的厉害，由于彼此间熟了，蒋正璇便没好气地道：“知道了，白无常，上吊也得让我喘口气吧！你又在催命了。”

宁熙在电脑那头先是一愣，数秒后对着视频镜头“哈哈”大笑，露出一口粲然白牙：“白无常，不错，我喜欢这个封号。”

蒋正璇微微一笑：“那你好好享受。”说罢，蒋正璇正准备下线，宁熙忽地想起一事，道：“对了，我下个星期会出差去一趟宁城，你应该有时间跟我见个面吧。”蒋正璇说：“当然没问题。到时候见！”

结束了与宁熙的视频通话，蒋正璇揉着脖子抬头，瞧见右边不知何时搁了一杯牛奶。杯子是普通白瓷杯，杯子上有一个简洁的黄色卡通笑脸。这是两人当时一起采购的，聂重之的是黑色的卡通笑脸。蒋正璇默默地凝视了半晌，手缓缓地触碰上去，一点点地抚摸过笑脸的线条。杯子腻软如玉，里头的牛奶犹有余温。

她若是在忙碌的话，他总是会做自己的活，或者坐在一旁静静地陪着她，安静得像空气一般，让人感觉不到他的存在。

也有的时候，他会取过她搁在一旁的设计稿图，若有所思地盯着端详。

犹记得宁熙通过快递寄来第一件按她设计的样衣成品的时候，她展开在聂重之面前，竟在他的眼底深处看到了一抹灼热的惊喜欢欣。

她问他：“要不要穿给你看看？”聂重之重重地点了点头。

那是一款欧美风的休闲风衣，墨绿的颜色，她穿着出来的时候，聂重之的视线便搁在了她身上，再没有移动。

她转着圈，问他：“好不好看？”聂重之愣了愣，方吐出了两个字：

“好看。”

聂重之其实一直是知道的，蒋正璇早已经不是旧时的模样了。可在那一天，他却第一次真正意识到，这个一直被人捧在手心的璇璇，此刻已经成长为才华出众、自信明媚的温暖女子。

所有的人都在进步，唯独他在退步。

她随时都会离开。他能与她在一起的日子是有限期的，过一秒便会少一秒。

那一天，聂重之再一次清醒地认识到这个问题。

此时，在蒋正璇的视线尽头，可以看到聂重之在厨房里忙碌的身影。自从在鲁医生那里知道那个日期后，如今的她，这样望着他，每每都觉得心里百味杂陈。

似有感应一般，聂重之回过头，与她的视线撞在了一起，他淡淡微笑：“饿了吧？马上可以吃饭了。你先把热牛奶喝了。”

蒋正璇依言捧起瓷杯，缓缓喝起来。聂重之从厨房出来：“家里很多东西都快没有了，下午我要去采购，你要不要一起去？”蒋正璇说：“好啊，不过得等我把手上的活做完，我们晚点再去。”

聂重之轻轻地说了一个“好”字。

宁城的深冬，北风呼呼，天气极阴冷，两人穿得厚厚实实的，羽绒服围巾手套全副武装地逛着去超市。

走到一半路程的时候，蒋正璇忽地停下脚步，对着聂重之微笑：“我们今天别回家做饭了，在外头吃，好不好？你身上还有多少钱？”

大约很少有像她与聂重之的关系，同居一室，看似恋人却不是恋人；说是朋友，却又不是朋友。两人更是刻意地回避过去，从不提及。蒋正璇也不懂这种关系是什么，也不知道会持续到什么时候。

聂重之从四只口袋摸出了几张红红的钞票，还有好些皱皱的零钱。

蒋正璇把手伸到他面前："给我，以后我来负责管钱。"以她的直觉和判断，他应该已经没有可以典当的东西了。

聂重之怔了怔，才缓缓地把钱搁到她手心。蒋正璇在路边一张一张地展开，在聂重之掌心一张一张地叠着数，最后，抬头灿灿一笑："哇，这里还有五百六十五元四角。看来，你今晚得请我吃好吃的。"

至少这个数字比她想象得要多。这点小钱过往还不够她做半次美容的呢，可现在，这点钱足够他们两个丰衣足食地用十天。

蒋正璇忽然觉得自己好奇怪，她的要求居然可以低到如此程度。而且，更奇怪的是，她觉得日子这样子过下去也不错。再有钱，亦不过一日三餐。现在也仍旧是一日三餐，且他的厨艺一点也不比大厨差。

身边经过了一对衣着普通的男女，似在讨论有趣话题，手牵着手，含笑着离他们渐渐远去。

这么世俗地在街头一张一张地数着钞票的女子，真的是璇璇吗？聂重之一时不由得痴了。她应该是穿着精致美衣，背着名牌包包，每天悠闲地逛街吃饭，购物旅行，无忧无虑地过一辈子的小公主。

她可以有千百种的模样，但都不该是如今这样子的！

这都因为他，是他拖累了她。只要她离开了他，便会恢复到往日公主般的生活了。

她应该快要离开他了吧？

日出到日落，日落到日出，每过去一天，他便会觉得距她的离开又近了一天。

很多时候，他会想：就让他的病永远不好吧，那样的话，她就会永远陪着他了。可回了神，他便会哑然失笑，知道是自己奢望了。她怎么可能永远陪着他呢？她总有一天要走的。

蒋正璇见他还是一副傻傻错愣的模样，伸出手指戳了戳他的胳膊：

“走吧，我想想看吃什么。对了，等下去超市的时候，记得提醒我一下。我要买个小本子记账。以后啊，家里大大小小的开销，都要记账。”

她说家里，她说以后她负责管钱，她说以后家里都要记账。

以后？可是这个以后到底是多久，到底是多远呢？

她可不可以不走，就这样一直陪着他呢？

这个念头无数次地在他脑海中涌过，可是他从来没有问出口。当年事业成功意气风发的时候，她尚且对他不屑一顾，如今？聂重之低头瞧着自己陈旧的皮鞋，嘲笑自己的不自量力。

蒋正璇走了数米，转身却见聂重之还留在原地，不由得蹙眉，似笑非笑地薄责：“你待在那里做什么？不肯请我吃饭是不是？”

怎么可能不愿意呢？一直以来，只要是她想要，他都想尽办法给她。只是再遇后，第一次见她露出以往似恼非恼、似责非责的小女儿神态。聂重之大步走向了她，大为紧张：“没有，你想吃什么？”

蒋正璇这才饶过了他，含笑地指着对街的小店：“去吃馄饨好不好？我好久没吃馄饨了。”

蒋正璇从小喜欢吃鲜虾馄饨，又只爱吃洛海那家小店的鲜虾馄饨。记得她第一次在他公寓过夜，醒来的时候，就着淡淡晨光打量她倦极熟睡的容颜，他欢喜极了，搂着她亲吻，直到把她从梦中闹醒。她躲着他直嚷饿，一个晚上下来，他确实也饥肠辘辘了，于是便问她想吃什么，蒋正璇只说了四个字：“鲜虾馄饨。”

聂重之起身穿衣，临走时又吻了吻她额头：“我很快回来。”结果他回来的时候，她早已经不在了。他便把那保温盒里的鲜虾馄饨狠狠地砸了一地。

后来的后来，他跟那家店的老板学会了怎么剁馅，怎么处理整只的鲜虾，怎么调味，怎么包馄饨，煮给她吃，她竟然从未发觉是他做的。

只是那个时候，从未想过她与他还有现在这样的日子。两人光明正大地逛街、吃饭。

聂重之此刻站在她身旁，闻着她发间散发出来的幽幽清香，一时恍觉如梦。

聂重之轻轻地吐了一个“好”字。

两人走进了那家馄饨店，点了两碗冬笋鲜肉馄饨。味道自然是没办法跟洛海的鲜虾馄饨店相比，但蒋正璇久不尝其味，也吃得颇津津有味。一碗馄饨有十个，她细嚼慢咽地吃了六个后就觉得饱了：“真好吃，可是我实在吃不下了。”

蒋正璇便习惯性地把碗里剩下的四个馄饨捞给了聂重之。

馄饨店并不大，不过靠着两边的墙壁摆了五张小小的桌子。他们边上一桌面对面坐了一对中年夫妻。穿了件紫色羽绒服的老婆亦是如此，把吃剩下的馄饨推给了老公：“我饱了，给你。”胖胖的老公接过碗，边吃边道：“我每次负责剩菜剩饭，你看，我都胖成这样子了。想当年，我在我们那一条街也是出了名的帅小伙一个啊！”

老婆笑眯眯地道：“胖点好，胖点、难看点就没有其他女人绕着你转了。”老公一呆，摸着头顶的地中海，恍然大悟般地笑了起来：“怪不得每天煮那么多好菜给我吃。原来这些年你一直打这主意啊。”老婆听了，叉着腰嘿嘿地笑道：“那你现在知道我打的主意了，还吃不吃啊？”

老公大约十分了解自己的老婆，嘴乖地哄她道：“吃，当然吃……我老婆煮的菜虽然一般一般，可世界排名第三，我一辈子也吃不厌！”那老婆很是受用，脸上笑得似花开。

这样的平淡却温馨幸福，蒋正璇听得不知不觉微笑，抬头，便撞进了聂重之深深的目光里。他的目光黑而幽深，似一团浓雾，将里头掺杂的无数情绪，虚虚实实地包裹住了。

蒋正璇不懂，待要细瞧，聂重之的目光已经默不作声地移开了。

两人结账出来，外头已经黑了下来，只有灯光清亮闪烁。

两人肩并肩地走了不过几步路程，聂重之忽然道："等等。"蒋正璇不明所以地止住脚步，却见聂重之弯下腰，探手过来替她系上松掉的鞋带。

一米八几的人，此刻正蹲在她的面前，蒋正璇低头，只瞧见聂重之乌黑的短发。

一路擦肩而过的旁人，纷纷用嫉羡的目光看着蒋正璇，羡慕着这对看上去普通却又俊美的小夫妻。

其实不过是一件很小很小的事情，但聂重之做得极认真，全神贯注地缓缓打结，然后轻轻地抽紧，每个步骤都像在精心打磨钻石美玉一般。最后他满意地起身微笑："好了，走吧。"

他以前也不止一次蹲下来帮她做过这件事情。可是当时，她见他一次，就烦一次，对他除了厌烦还是厌烦。只要在她身边，无论他做什么都是错的，甚至觉得他连呼吸也是错的。

所以从未仔细地感受过什么。

可此时他眼底流淌的笑意干净透彻，带了一种说不明道不清的心满意足。蒋正璇竟不敢直视。她别过眼，心里涌起一种幽微怪异的感觉。仿佛此刻的自己正被他珍之爱之怜之，被他捧在手掌心！也仿佛一直被他捧在手上。

两人俱不说话，慢悠悠地闲步去转角的超市。车子在川流不息的马路上，四周的街灯、霓虹灯、车灯在夜色中明媚变幻。寒风呼呼而来又狂啸而去，可蒋正璇心头暖洋洋的，竟察觉不到一丝半毫的冷意。

进了超市，照例是聂重之推着车子，亦步亦趋地跟在她身后。蒋正璇拿着购物清单，挑选着要买的物品，偶尔转过身与聂重之交流：“这个好还是那个好？”其实问了也是白问，聂重之每次都会回她：“你觉得哪个好就买哪个。”

在洗漱区的时候，蒋正璇挑了几块香皂，嗅了嗅香味，递到他鼻下：“你喜欢哪个味道？柑橘的，柠檬的，还是薄荷的？”雪白的指尖纤纤如玉，轻轻触碰到了聂重之脸上的肌肤，淡而温润的触感，令聂重之微微一怔：“都好。”

蒋正璇又仔细闻了闻，道：“我觉得柑橘和薄荷的香味不错，淡淡的，很好闻。”聂重之：“那就买这两个。”蒋正璇“嗯”了一声，便搁在了购物车里，慢慢地往前逛去。

聂重之忽道：“去买点面粉吧？”蒋正璇讶然不解：“买面粉干吗？你会做包子馒头吗？”

好半晌，只听聂重之说：“我会包馄饨。”蒋正璇猛地转头，只见聂重之站在货架的通道间，四周是琳琅满目的各式商品。他站在其中，仿佛自带光芒一般，身畔的一切都成了他的布景。

他望着她，又重复了一遍：“我会包鲜虾馄饨。”

第二天，她吃到了聂重之亲手包的馄饨。咬一口便见粉嫩诱人的虾子静静地躺在晶莹剔透的面皮间，浓郁鲜香的汤汁汩汩地流淌出来。味道……味道居然跟洛海的那家店毫无二致。

蒋正璇一时便怔住了！那含在口中的半口馄饨却怎么也吞咽不下。

她不知道为什么，为什么他会包馄饨。于是她问了他。聂重之却只是淡淡地道：“我随便做做而已，学起来又简单。”

他说得那样漫不经心，仿佛真的只是如此而已。

可蒋正璇的心底却又涌上了那种轻轻涩涩的古怪感觉。她怔了片刻，方默默地将嘴里的馄饨咽了下去。

那个时候的晨光，正穿透窗户洒进了小厅里头，稀稀疏疏的温暖清明。

很久很久后，蒋正璇才知道当年的他为了学这个馄饨，足足在那家小店老板身后跟了三个月，才精诚所至，金石为开，得到了那小店老板的秘传。

聂重之的酒瘾已经两个星期没有发作了。蒋正璇跟鲁医生通电话，鲁医生再三叮嘱："根据最新几次尿检结果，聂先生已经完全好了。但是最重要的是，要让病人断绝一切'触景生情'的可能。要对他严加防范，不要有丝毫松懈。"

蒋正璇把这个情况汇报给了大哥蒋正楠，蒋正楠也欢喜不已，连声道："这就好，这就好。"她从大哥处也知道母亲身体状况不错，所以也颇为放心。

这天中午光景，搁在桌上的手机"丁零丁零"地响了起来，蒋正璇一瞧，"宁熙"两个字在屏幕上闪闪烁烁。她按下了接通键，便听见宁熙道："Teresa，是我。我已经到宁城，入住酒店了。晚上方便见个面吗？"蒋正璇便一口答应了："好啊。"

宁熙报了一个见面的地址，蒋正璇："OK，没有问题，那晚上见。"

小小的屋子，聂重之坐在沙发上翻着一本书，从头听到了尾。

蒋正璇挂了电话，还是对他交代了一下："我们公司的宁总监来了，我晚上要跟他一起吃顿饭。"

聂重之淡淡地应了一声，别无他话。

蒋正璇平时窝在家里的时候，总是喜欢穿得宽宽松松的，长发闲闲散散地绑一下，穿一双软底拖鞋，在屋子里走来逛去。

因约了宁熙吃饭，出发前便特地洗了澡，换上了一条薄呢黑裙，黑色长靴，外面套了件宝蓝色的呢质宽松西装。一头海藻似的微卷长发披散在肩头，还特地化了点淡妆。

从房间出去的时候，聂重之的眼神便明显地一滞愣。蒋正璇将长发拨到耳后，说了一句："我走了。"

聂重之望着她，好半晌只轻轻地答了一声"嗯"。

出门前，蒋正璇又特意回身看了一眼。整间屋子静静的，一点声息也没有，聂重之背对着她一直站着，姿势仿佛很僵硬。

蒋正璇刻意忽略心头的那一丝古怪，缓缓地带上了门。

到约定餐厅的时候，宁熙已经来了，坐在两面落地玻璃的转角位置。餐厅里的灯光昏暗，为了刻意制造氛围，每张桌子的上方都有一盏精致的欧式吊灯，特地调了暗暗的光线，照得四周一片隐隐绰绰。

宁熙见她过来，很是绅士地起身，亲自替她拉开了椅子。待她入座后，才含笑着开口相询："Teresa，家里的事情怎么样了？希望你一切顺利！"

蒋正璇微笑："虽然还没有 Over，但借你吉言，还算顺利。如果公司不介意的话，我可以继续兼职下去。"宁熙笑笑："公司那边没问题，只是我个人希望你可以尽快回洛海工作。"

蒋正璇说："谢谢，但我最起码还需要一段时间。"

宁熙说："希望你可以尽快回归。"蒋正璇清浅微笑："我有这么重要吗？"

宁熙失笑："你说呢？难道你对自己这么没信心吗？爆款可不是人人都能设计得出来的！"

蒋正璇说："我们这种学院派，不是一向被人诟病太理想化了，不肯妥协，以致作品不够接地气。"宁熙点头："确实如此。太过追求艺术完美，这是太多设计师的通病。而所有企业的追求是利润最大化。这便是设计师与企业经营者之间永恒存在的矛盾。

“我之所以会这么看好你，是因为除了你的设计有灵气外，最重要的是你懂得适当妥协，融入整个工作团队。这对一个刚从名牌学校毕业的新设计师来说，是非常非常难得的。”

越是有才华的人，往往越是会恃才傲物！而你若是已成名，那么社会也会接受你的这种傲气，甚至会越发地追捧你。

可对于初出茅庐的新鲜人来说，棱角太尖锐了，就如同一把双刃剑，刺伤别人也刺伤自己。

所以太多的经验教训让长辈们谆谆教诲年轻人低调，高调做事低调做人。

蒋正璇抿嘴苦涩微笑，若不是当年的这些经历，她肯定不会成长至此。她肯定也会跟别的人一样，横冲直撞，把自己弄得伤痕累累才罢休。

这大约就是所谓的得失吧，在生活这条路上，每个人必定都会失去一些，也必然会得到一些。

服务生将两人点的餐送了上来，两人开始吃起来。两人又聊了些工作方面的事情。转眼便已经九点多了。

再遇后，蒋正璇第一次离开聂重之这么久，她抬起手腕频频看表。

宁熙是个极有眼力见儿的人，见状便道：“你有事的话，我们就到这儿吧。我还会在宁城待两天。”

蒋正璇也不客套，便起身道：“好，那我走了。有什么事情，随时跟我联系。”宁熙忽然抬手轻拍了一下自己的额头，“哎呀”一声：“瞧我这记性，我把从洛海带过来给你的资料放在酒店了。”

宁熙望着蒋正璇，露出一副可怜兮兮的表情，道：“你要不看在我一个人在这里孤苦伶仃、无依无靠的分上，明天再陪我吃顿饭？”他见蒋正璇神色沉吟，便补了一句，“当然，要是实在没时间的话，也没关系，明天我把资料送去给你。”

蒋正璇见他姿态摆得这么低，都这么说了，若是自己再不答应，好像有些太过，遂点头微笑道：“好吧。那明天见。”

宁熙顿时笑容满面：“那就这么说定了。我订下位子打你电话。”蒋正璇点了点头。

宁熙起身：“我送你吧，这么晚了你一个人打车我不放心。”蒋正璇含笑拒绝：“宁城的治安少有地好，你不用担心。”

宁熙极为坚持：“治安再好，也有万一。我把你安全送到家才能放心。”

蒋正璇无奈，餐厅外头的温度零下几摄氏度，一打开门，那冷空气便如利箭一般地从四面八方射过来。她也不好意思站在冷风里与他僵持，只好与他一起上出租车。

夜晚的车辆也比白天少很多，一路绿灯，出租车很快到了楼下。蒋正璇：“谢谢你送我回来，我到了，拜拜！”

宁熙瞧了瞧左右的环境，不由得大为皱眉，他抽了一张纸币递给了司机，说了句“不用找了”，便也跟着她下了车：“Teresa，我送你上楼。”

蒋正璇说：“没事，我自己上去就行了……”她的话只说到了一半，便顺着宁熙的目光，看到了一个熟悉的身影从黑暗处缓缓地走了出来：“不用了，她已经到家了。”

宁熙抬眼打量着眼前这个在昭示所有权、敌意明显的男人。路灯淡淡，聂重之的脸半隐在浓墨般的树下，五官轮廓不甚分明。可饶是如此，宁熙还是觉得面前的这个人很是眼熟。

此时的聂重之亦毫不客气地在打量他。

清瘦挺拔的身材，帅气不凡的长相，得体考究的服饰，矜持优雅的气度，眼前这个男人充分流露了优越家世或富裕生活所赋予他的从容淡定与精致品位。这样的人他并不陌生，甚至可以说熟悉得紧，因为在破产之前，他一直都属于他们这样的圈子。

原来这就是宁熙！令聂重之觉得刺目的是，他以保护者一般的姿态站在蒋正璇身边，男俊女美的一对金童玉女，随随便便地这么一站，无论从哪一个角度瞧去，都美过精心拍摄的电影宣传海报。

两人的目光在空中短兵相接，对峙了数秒后，宁熙收回视线，不动声色地微笑："Teresa，既然有人来接你，那我就回酒店了。"蒋正璇点头道谢："好的，谢谢。"

两人瞧着宁熙在路口拦车离去。寒风呼啸，吹过来渗透所有的衣物，直达皮肤。

因匆匆下来，他不过是在家常衣服外头套了件长大衣。聂重之低头瞧了瞧自己邋里邋遢的一身打扮，想起宁熙玉树临风风度翩翩，又望了望流丽娇俏的蒋正璇，从未有过的自惭形秽涌了上来。

如今的他，是配不上她的！

这是早已经明了的事实。今晚这个宁熙的出现，再一次冰冷地提醒了他这个事实！

她迟早是要离开他的，早晚而已！

第二天下午，蒋正璇埋头工作中，赶着要交给宁熙带回去的工作。忙碌了半天，听见聂重之问她道："今晚做排骨，你想吃什么口味的？"

她猛然想起来，忘记跟他说她今晚还是不在家吃。蒋正璇揉着脖子起身，喃喃着："我……我晚上还要跟我们总监吃饭。"

屋子里流动的空气似在一瞬间静止了下来。聂重之半天才轻轻地应了一声，然后转身进了自己的房间。他的背影很奇怪，好像有一种无法描述的寂寞。

一种心虚气短的内疚感如藤蔓一般“腾”地缠了上来，紧紧地勒住了她。不过是跟上司出去吃顿饭而已，她怎么会有种很内疚，觉得很对不起聂重之的感觉。

这种奇怪的感觉一直萦绕在心头，让她坐立难安。蒋正璇几次拿起手机，想打电话给宁熙，告诉他说她不去了，但是每每拿起，踌躇再三，她又会默默地搁下。

这样反反复复，很快就到了出门的时间。这个点估计宁熙都已经出门了，再通知他也太失礼了。

蒋正璇匆匆地换好衣服，又在小厅徘徊了许久，一直没见聂重之从自己的房间出来。本想不打扰他，直接出门算了，都已经走到玄关准备换鞋了，她还是停住了脚步，怔了片刻，又折返回去，敲开了聂重之的门。

聂重之正站在窗口处，不知道在远眺什么。听见开门声响，他猛地转过了头，眼里有一种期待惊喜的光芒，然而一扫到她出门的靓丽装扮，那眼里闪着的光束便慢慢地暗淡了下来。

蒋正璇被他这样的目光一冲，心脏仿佛被某个硬物重重地撞击了一下，一种钝钝的涩疼感骤然袭来。如今的她很容易就能读懂他的心思。他是不安的，他不希望她出门。蒋正璇心下竟又犹豫了起来，她望着聂重之，轻轻问道：“你晚上吃什么？”

聂重之轻轻地答：“我无所谓，随便吃点。”蒋正璇垂下眼，视线落在了紫红色的软缎拖鞋上，视线再移过一点，便看到他的脚上那藏青色的同款。她终究还是说出了在舌尖盘旋的那句话：“我很快就回来。”

宁熙订了一家情调极好的西餐厅，前菜甜品什么的足足有六道菜。蒋正璇虽然食之无味，但又不好失礼于人。等两人吃完，已将近八点了。

宁熙从公文包里取出了一个文件袋递给她：“是公司面料部门为夏季最新研发的几款雪纺面料。夏季我们要以这些面料作为主打产品，趁现在还早，我想跟你好好沟通一下。”

由于是公事，宁熙又难得来一趟宁城，蒋正璇实在无法说不，只好点头：“好。”

两人便在餐厅附近找了一家咖啡店。宁熙打开了其中一个文件袋，取出一块素色面料：“这款雪纺轻薄柔软，垂坠感强，还做了抗皱特殊处理，我觉得用来设计上衣、裙子、小礼服都特别合适……你的看法呢？”

蒋正璇把面料贴在脸上，感受它的细腻顺滑，凝神想了想，道：“这几年都流行宽松的军装小风衣，我想夏装用这个面料设计一款试试。我很期待这面料上身后的那种飘逸轻灵……当然，我还得再好好想想，看看有没有更好的构思。我个人很喜欢这款面料……”

宁熙微笑：“好，我等你的惊艳设计。”蒋正璇莞尔一笑：“哪里能称得上什么惊艳呢！我每设计一款衣服，其标准只不过是问自己喜不喜欢。我只是想设计我自己喜欢、自己想要的衣服而已！

“而我也一直都认为，一件衣服如果连设计师本人都不喜欢、不满意、不想要的话，又怎么能让普通购买者喜欢和购买呢！

“我是因为喜欢才做这份工作，所以要么不设计，既然要做就做出自己喜欢的物品，仅此而已。”

她说这番话的时候，精致的眉眼仿佛被一团光晕缭绕，流晶溢彩，好看得熠熠闪光。宁熙顿了顿，方有开口的能力：“Teresa，你想过拥有自己的品牌吗？”

每个学服装的人，谁没有这样一个美好的梦呢！蒋正璇笑：“当然，你不想吗？”

闻言，宁熙执着咖啡杯的手势一顿，定定地瞧着她，忽然露出古古怪怪的一个微笑：“我也想啊。”他停顿了一下，似鼓励又似肯定地道，“我相信以你的才华和努力，以后一定可以实现的。”

蒋正璇很久后才了解为什么这晚的宁熙会有如此古里古怪的笑容。因为宁熙是K.W集团的继承人之一，他的全名叫池宁熙，是K.W集团的三公子。这也是为什么她能开K.W集团从未有过的先例，可以在宁城兼职做设计。

不过当时的蒋正璇耸耸肩，道：“我没有想那么长远……”蒋正璇与很多含着金汤匙出生的女孩子一样，顺风顺水惯了，许许多多的东西不用努力就唾手可得。所以她从小到大都没有什么远大的理想与目标。如果一定要算的话，当年她想嫁给叶英章，成为他的妻子，为他生儿育女，应该算是当时最大的梦想吧。

可如今经历一番世事的她，却还是没有什么伟大的目标理想。只要家人平安健康，日子就这样平平淡淡地过下去，也没什么不好。

她甚至都没有去细想她与聂重之之间该何去何从。她回洛海，他继续留下来呢，还是怎么样？每当这个念头涌起，想起聂重之与她相处的无数画面，过往的、现在的，她的心头便会涌起一种无法厘清的感觉。

过往的聂重之，她厌恶至极。可现在的聂重之，她却总是无端端地心疼，总是忍不住想对他好一些，再好一些。

就像一滴泪回不了眼眶，她与他再也回不到从前了。

只是她与他，到底要怎么办？她却真的不知道！

蒋正璇乘车回到楼下的时候，习惯性地抬头望了望顶楼，黑漆漆的，一点光线也没有透出来。聂重之等她不及，已经睡下了吗？

怕吵醒他，蒋正璇做什么都是轻轻的，轻轻地打开门，轻轻地关门，轻轻地按亮灯。整个屋子一片安静，静得……静得就好像没有人一样！

蒋正璇在门口处弯腰换鞋，她的视线一顿，聂重之最近一直穿的那双鞋子不在。

莫非他不在家！蒋正璇顾不得换鞋了，聂重之房间的门虚掩着，她猛地一把推开。

小小的屋子一目了然。聂重之真的不在！

这么晚了，他去哪里了？不会是又去喝酒了吧？

蒋正璇的念头方涌起，便慌忙地摇头，不会的，绝对不会的，他答应过她不会再碰酒了。

聂重之没有手机，她无法联系到他。可要出去找他的话，宁城说大不大，说小亦不小，去哪里找呢？

蒋正璇无措地站在小厅里，一时间不知道该如何是好。

等了片刻，决定还是下楼等，于是匆匆跑下楼去。深冬的寒冷午夜，屋外的温度已经是零下十多摄氏度了，每一丝风吹打而来都冷如刀割。

等了不过片刻，蒋正璇便冻得瑟瑟发抖。原来等人的时间竟是这样子的度秒如年。聂重之他昨日到底在下面等了多久呢？

几十分钟后，蒋正璇觉得自己硬生生地都快被冻成冰棍人了，只好呵着白气来回地小跑。跑了停，停了跑，在门口等了又等，等了又等，就是不见聂重之的身影。

聂重之他到底去哪里了？

蒋正璇也不知道自己等了多久，在她觉得哆嗦得都已经快无法哆嗦的时候，终于看到不远处那个熟悉的身影踉跄而来。隔了不远的距离，蒋正璇都能闻到他身上淡淡的酒意。

聂重之喝酒了！他居然又跑去喝酒了！她为他担心受怕，在这里冷成这个样子，他居然又跑去喝酒了！

蒋正璇觉得自己像是被人施了魔法，瞬间解冻了一般，那提心吊胆的惶恐害怕转化成了汹汹愤怒：“你去哪里了？”

聂重之不知是惊住了，还是被她这么一喝给喝住了，整个人便站着没动弹，呆呆滞滞地望着她。

蒋正璇深深地盯着他：“你去喝酒了？”聂重之没有回答。

蒋正璇忽地笑了起来：“原来你去喝酒了。”她猛地转身，大步霍霍地冲上了楼。

她生气了！生了很大的气！

聂重之追了上去：“我……我……”

蒋正璇蓦地转头，光火地道：“我什么我，你别跟我说话。”她当着他的面“哐当”甩上了门。

好不容易才戒掉的酒瘾，他竟然这般不争气，又去喝酒了。这不是前功尽弃吗？！蒋正璇真真是气得肝疼！

蒋正璇一个人在屋子里生了许久的闷气。这段时间，聂重之一直没进来，外头一点声音也没有。蒋正璇冷静了下来后，忽然一惊，他不会又走了吧？

猛地拉开门，聂重之高大的身影便进入了眼帘。他没有走，神色黯然地垂头站在外面，表情像足了一个知道自己犯重罪了的犯人。

聂重之一动不动地站在门口，良久，才轻轻地对她说：“你这么晚都没有回来……我……我……”他的声音低了下去，几不可闻，“我以为你不要我了。”

本是怒火滔滔，可他这么一句话，如一把锋利的刀片在蒋正璇心里轻轻地割开了一条细缝，瞬间有酸酸软软的东西从里头汩汩地流了出来，她顿觉心疼不已。

他这个傻子，她什么时候不要他了。

聂重之结结巴巴地低声辩驳：“你说了你很快回来的……我……”

蒋正璇面色不露半分，瞪着他，没好气地打断他的话：“你还有理了是不是？我不过是晚点回来，你就去喝酒。到现在还不知道错！还这么理直气壮！”

聂重之嚅嚅着道：“我没有理直气壮。”

蒋正璇瞪着他：“身上这么浓的酒味，臭死人了，还不快进来洗澡。”

聂重之小心翼翼地望着她，还是不敢动弹。

蒋正璇板着脸，对着聂重之喝道：“你到底要不要进来？”

聂重之这才抬步，缓缓地跨进门框：“我买了罐啤酒，只喝了一口，这酒味是因为我把酒洒在衣服上了……”

蒋正璇一路推搡着他进了浴室：“臭死了，熏死人了，快去洗澡，不洗干净就别出来了。”

“我真的只喝了一口。”

“快去洗澡！”

小小的屋子里很快响起了淅淅沥沥的水声。蒋正璇怔怔地瞧着浴室的那扇门。

原来他是在怕她离开！他一直怕她离开！

聂重之出来的时候，见蒋正璇一言不发地坐在沙发上，脸上的表情叫人不可捉摸。

聂重之不敢莽撞，缓缓地上前一些。蒋正璇依旧坐着，连睫毛也没有牵动过分毫。

聂重之慢慢地俯身，小心翼翼地从后面拥抱住了她。

她永远不会知道他的不安。她现在这么漂亮，这么光彩照人，追求她的人肯定很多很多。他看到过那个叫宁熙的，那么出色的一个男子，哪怕他在鼎盛时期，都没有把握可以赢过他，更何况如今呢！

还有那些他没看到过的呢？或许有更出色的存在。

在等待她回来的时间里，聂重之此生从来没有这么焦灼不安过。哪怕是当时破产，他都浑浑噩噩的，毫无任何不安惊慌。可她走后，他看着时钟一秒一秒地数着过来。每一秒都跟一辈子那么漫长。他在屋里等，跑下楼去等，又跑回屋子等，再跑下去等，这样来来回回，不知所措……

外头这么黑、这么冷，八点她没回来，八点半她没回来，九点她没回来，九点半她没回来，十点她没回来，十点半她还是没回来。

在接近十一点的时候，他忽然觉得她不会回来了，她不要他了，再也不会回来了。这样的念头一起，便再也驱除不去，他觉得自己再这样下去要疯了，便跑去买醉。

如今，她真实地存在，在他怀抱里。

聂重之更用力地将她抱得更紧，仿佛这样便会将她拥在自己怀里，永不分离。她从来不知道，无论是从前还是现在，他抱她在怀中，总是有种抱住了家的温暖。

蒋正璇任他抱着自己，她终于清醒地意识到自己已经再无法把他推开了！

既然推不开，那么就不要推了。让一切顺其自然吧！

第二日早上，蒋正璇醒来，伸了懒腰起床。片刻后，她忽然觉得不对劲，家里好像太安静了。

小餐桌上如常地摆着聂重之熬好的小米粥和小菜，盖了保温的罩子，触手犹温。

小小的屋子，一目了然，可就是不见他的身影。只在几上找到了一张纸，聂重之留了言：“我有事情出去一下，厨房里有蛋炒饭，中午你放微波炉里热一下。我傍晚会回来。”落款是龙飞凤舞的一个“重”字。

聂重之的字显然是从小练过的，气势开张，字体舒展，十分好看。蒋正璇拿着字条，翻来覆去地看了几遍。

他去哪里了呢？不过再转念一想，随便他去哪里，他这么大个人了，总不至于弄丢吧！

蒋正璇想到此，便微微一笑。她吃过了早餐，收拾干净了餐桌，然后搬出了电脑和资料搁在这家里唯一的一张桌子上开始办公。

蒋正璇一个人静静地修改设计稿。一直忙到了下午两点，回了神才察觉到肚子已经饿得咕咕乱叫了，这才进了厨房，把蛋炒饭放进了微波炉。

才一转动，就一室飘香，勾得人馋虫四起。蒋正璇吃光了整整一盘的蛋炒饭。也不知道是不是吃饱了的缘故，整个人懒懒暖暖的，只觉自己仿佛成了一只猫，连伸伸爪子都觉得无力。

叫人喜欢的阳光透过窗户一点点地照进屋子，细致的尘埃在光束中轻盈地盘旋舞动。

这样子的安安静静，温暖安心！

蒋正璇忽然生出了一种幸福的感觉，忽然之间便很想很想聂重之快些回家，想快点看到他。

几个月相处下来，也习惯了他每天的陪伴，习惯了他冲泡的咖啡味道，习惯了水杯里的水永远是温的，习惯了小小的屋子里永远有他高大的存在……

可聂重之没有手机，她根本联系不到。于是整整半个下午，蒋正璇便在抬头看天，低头看电脑中度过。

盼啊盼的，聂重之一直到晚上七点多才提了菜回来。进门见蒋正璇埋头在忙，什么解释也没有，便匆匆进了厨房，歉意地道：“饿了吧？我马上煮面。”

蒋正璇心里本有些小小的气恼，但一见他在厨房里忙忙碌碌的身影，暗含着的那股气恼委屈的感觉便缓了下去。她靠在厨房门口，看着他加水煮熟面条，起油煸炒作料，看着他把煮熟的面条放在作料里头一起煮，然后小小的屋子香气四溢。

从前在他那顶层公寓的时候，很多个中午时分，她一睁开眼，就会看见他靠在床头，边喝红酒边闲闲地翻着文件。见她懒懒地醒来，会第一时间朝她露出性感的微笑：“要不要再多睡一会儿？”然后会搁下酒杯，过来吻她闹她……

那个时候她从来不会理睬他，也不与他说一句话。可他好像并不以为意，一直甘之如饴。

蒋正璇怔忪回神，不明白自己怎么会这么突然地就想起了从前。而且最奇怪的是，如今回忆从前，竟然再提不起当年对他那些咬牙切齿的恨意了。仿佛时间在不知不觉中偷走了所有的爱恨，只剩下许多隐隐约约的画面。

她回神抬眼，便看见聂重之端着香气腾腾的海鲜面对她微笑：“好了，可以吃了。”

聂重之在她对面坐下，默不作声地挑着料，认认真真地把自己碗里的大小海鲜一一都拣给了她。

灯光流离中，他的轮廓好看分明，神色温柔得仿佛随时会滴下水来。蒋正璇心头一抽，一股没头没脑的酸楚欢喜骤然间涌了上来。

其实他一直以来都是这么对待她的！吃牛排会给她切好，吃鱼会帮她把骨头剔了，烤肉会把肉烤好蘸好酱料夹到她瓷碟里。吃日料的话，更是会芥末酱油醋调好才递给她。

只是，那个时候的她一直处于被强迫的不甘委屈愤怒之中，跟他吃的每一顿饭都觉得像是一场酷刑，每每恨不得早吃完早点从他身边逃开。所以她从未留意过什么。

可是，此时此刻，再想起过往的那些画面，蒋正璇忽然有种奇怪至极的感觉。仿佛他过往对她做的那些事情，也并非完全不能原谅。很多时候，他待她，其实比大哥对她还宠爱几分。

见他碗里挑得只剩面条，蒋正璇低头把自己碗里的料也学着他的样，默默无言地拣了给他："吃吧。"聂重之整个人似乎震了震，好半晌才缓缓动筷。

橘黄色的灯光下，两人静静地吃完了一碗面。

很多年后，聂重之回想这一天，依旧觉得那般不真切。她的脸、她嘴角的那抹微笑，都是光晕缭绕般不真切。

一连数日，都是如此。等蒋正璇早上醒来的时候，聂重之又已经不在。依旧留了字条，说晚上回来给她做饭。

这一日，又是如此。蒋正璇捏着字条颇有些纳闷，他到底做什么去了？晚上她一定要问清楚，绝对不能让他一句"有事"就敷衍了过去。

聂重之又是天色漆黑才回来。一进门，便含笑道："煮了一个星期的面条，今晚给你做大餐。"

其实聂重之的手艺好，又变着花样给蒋正璇做，哪怕是吃面条，一日海鲜面，一日青菜面，一日炸酱面，一日排骨面，等等，蒋正璇亦未觉得厌倦。但听聂重之说大餐，她不免心头痒痒，耐着性子又画了一会儿的设计手稿，最后实在是忍不住，便走进了厨房，站在他身旁探着头：“做什么大餐？”

不料，聂重之回头，蒋正璇的唇便堪堪地从他脸上擦了过去。这样突如其来的亲昵，不免让彼此一怔。蒋正璇见聂重之的目光如炬，灼灼地盯着她，脸便有些赧然，眸光不自然地垂下。

聂重之心里却因这一接触漏跳了一个节拍。他摸不清蒋正璇的反应，只好表面上淡淡的，若无其事道：“买了很多虾蟹，我记得你喜欢吃海鲜。”

蒋正璇的视线垂落在聂重之的手臂上，忽然停顿了下来，他袖子卷起处，隐隐露出黑红的一条。她定睛再看，感觉像是伤痕。蒋正璇伸手去掀他的袖子：“这里怎么了？”

聂重之右手臂往身后一缩，避着她：“没什么，不小心擦到了，不碍事。”见他这样闪躲，蒋正璇自然更是不肯放手，与他面对面地僵持着：“让我瞧瞧。”

聂重之无可奈何，只得由着她把袖子往上翻折。蒋正璇蓦地便凝住不动了。他手肘上方有一条长长的伤口，虽然已经有愈合结痂的状况，可还是血红得狰狞至极，让人触目惊心。

“这是怎么弄的？”蒋正璇的指尖颤颤地搁在上头，隔了几毫米的距离，不敢碰触到伤口。她慌乱地道，“小药箱搁哪儿了？”

聂重之说：“不小心擦到的，不碍事的，已经快好了。你先出去听会儿歌、看会儿电影，我很快就好了。”

蒋正璇抓着他的袖子不放，戳着不肯出去。聂重之无可奈何，只好道：“药箱在我的床头柜子里，你先去拿来，等下我弄好了饭菜再擦碘酒。我得先把虾和蟹煮了，不然我们半夜也吃不上饭。”

蒋正璇这才出了厨房，去他房间找药箱。捧了药箱回厨房的时候，便见聂重之弯腰在水池前洗虾蟹。他的衬衫本是塞在里头的，不弯腰的话蒋正璇也没有注意到，可他这么一弯腰，衬衫便因动作而往上扯，露出了腰畔的皮肤，一块一块大小不一的瘀青红肿。

蒋正璇上前猛地一把撩开了他的衣服下摆，手指轻轻地触碰到他的腰畔，恼声质问道："这里是怎么回事？"电光石火间，蒋正璇忽然恍然大悟了过来，"你去找工作了是不是？你去哪里工作了？"她一连串的发问，又惊又怒。

聂重之缓缓转身，见她好看的脸因生气而红润。见瞒不过去，聂重之只好说实话："工地。"他的声音轻微了下来，"那里不用经验，只要有力气就行。"

蒋正璇只觉胸口处有股气在乱窜，后退一步："你疯了，你居然去工地扛材料。你……你……"她气到极处，胸口起伏不定，余下的话竟一下子说不下去。

聂重之侧着脸，避开她的视线："我知道家里已经没有钱了，我总不能让你跟着我挨饿受冻。工地没什么不好，我凭自己的力气吃饭。"

蒋正璇想说："家里明明有钱。"但聂重之凝重的神色，令她知道她不能将这句话说出口，那会伤了他的。再说了，她当着他的面在两人公用的抽屉里搁了一大沓钱，他又不是不知道，只是他不肯用而已。

她并不介意他出去工作，只是他现在身体才刚刚康复，再说了他怎么能去工地做那些粗活呢。

蒋正璇去揪他的纽扣，也不管聂重之愿意不愿意，一颗又一颗地解开，然后一把扯开了他的衬衫。果不其然，聂重之的身上，特别是两个肩膀处红肿成一片。

一阵刺痛难过似乌云一般遮住了蒋正璇那黑白分明的眼睛，水色一点点地在她眼底凝聚，她怒不可遏，拿指尖去戳他肩头的青红处："你不知道疼的是不是？不会疼的是不是？竟然瞒着我去那种地方工作。"他从小到大，什么时候吃过这种苦头。

被她戳到的地方酸酸胀胀地泛着疼意。她是不是终究开始在意他了？虽然是这样地缓、这样地慢，可她终于开始在意他了！

聂重之怔怔地凝望着她，沉沉的眼开始明亮闪烁，他缓缓地吐出一个字："疼。"

蒋正璇悬于睫毛的那颗泪似珍珠，无声无息地坠落了下来。她不解气地再度戳他，用尽力气地狠狠一戳再戳："聂重之，疼死你！疼死你算了！看你还去不去工地做那些活！看你还去不去工地做那些活！"

明明是她戳他的，可是蒋正璇的泪却簌簌地落下来。

聂重之一直无言地站在那里，深深沉沉地望着她。忽然，他伸出手，轻轻地握住了她那根手指。他一点点地低下头去，缓缓缓缓地吻了上去。

一根一根又一根。那样的虔诚，那样的珍视，那样的深情。那个瞬间，仿佛有什么东西随着他的吻一并落了下来，落在了指尖，而后又从手上的脉络一点一滴地流进了骨髓，慢慢地渗进了蒋正璇的心里。

空气里有一种不知名的东西在浅浅流动，周围是令人心酥的灯影夜色。

他说："是我不好。不哭了好不好？"

这个傻子！聂重之这个傻子！

蒋正璇不知自己怎么了，涌起了想吻他的冲动，于是她也这样做了。她轻轻地踮起脚，轻轻地触碰了他的唇。聂重之却如痴傻了一般，一动不动，片刻后，他才迫不及待地回吻了过来。

蒋正璇第一次发觉原来与一个人心甘情愿地接吻，缠绵回应，是这么美妙、这么甜蜜的一件事情。

冬日暖色的阳光，慵懒地醉人。蒋正璇轻轻地拥着被子翻了个身，身畔是空的，聂重之显然已经起来了。她抬眼便瞧见窗口处的那一朵斜斜绽放的粉色玫瑰花，粉花绿叶，热热闹闹的明艳。

那是他昨日与她逛街的时候，路过街边花铺买给她的。什么话也没说，就默默地递给了她。

不由得忆起那年她生日，他曾经用路易十四玫瑰花瓣铺满他的整层公寓，每几步路就搁了一件礼物。那年她二十四岁，整整二十四件礼物。

她连多一秒的眼光也不肯多停留，一点好脸色也没给他。而他居然一点也不恼，还瞧着她轻笑了出来："怪不得都说女儿要富养，这样子以后就不会随便被男人骗走了。看来啊，要是以后我有女儿的话……"那个时候的他停顿了下来，没有再说下去。

眼前的这朵玫瑰是他送给她的最廉价的礼物吧。蒋正璇侧头微笑，可是她心头盈盈满满的，俱是稳稳当当的幸福。

这个时刻，她突生了一种念头：愿世事安稳，岁月静好，日子就这样一直一直过下去吧！

被子里有他的味道，暖暖的如同那渗透进来的阳光，她又窝了半晌，才起身下床。

卧室的门此时虚掩着，透过缝隙，她看到聂重之正侧身坐在小桌前，戴了一副白手套正拿了清洁液和小布块，在替她清洁手提电脑。

这倒是蒋正璇与他再遇后第一次瞧见他触碰电脑。她站在门后，可以清楚地看到他的每一个细小动作，缓慢而又认真，仔仔细细地擦拭了每一个角落，无一遗漏。好半天，他放下手里的物件，缓缓地脱下了手套。

蒋正璇正要推开门，忽然察觉到了不对劲。聂重之的面色很奇怪，他伸出了右手，指尖一点点地探向了电脑，可还未碰触，便忽地缩了回来，似毒蛇猛兽在咬他的手一般，避之不及。

他整个人猛地一下从椅子上站了起来，怔怔地望着电脑，然后大步走出了屋子。

聂重之他这是怎么了？现在居然会怕这台冷冰冰的电脑！

怪不得他宁愿去工地工作。

蒋正璇也不知道在电脑边站了多久，直到手机铃声“丁零零”地响起，将她从思绪中拉回。只见手机屏幕上“大哥”两个字一闪一闪，她忙滑开屏幕：“大哥……”

蒋正楠的语气如常，但蒋正璇还是从中听出了急促不安：“璇璇，你快回来。妈妈心脏病发，刚送进医院，目前在急救。”

似有黑布一下子笼罩下来，明亮的屋子里瞬间黑暗：“好，大哥，我马上回洛海。”

— PART 10 —

第十章

绽

放

蒋正璇在病房里陪母亲挂完点滴，又说了一会儿话，这才回家。发动了车子，她随手打开电台广播。

一段清新的吉他旋律后，听到女主播插播了一则路况新闻：“目前启德路中段由东往西方向启德大厦门口有一起两车相撞事故，请各位司机朋友绕道通行，以免堵车。”

启德路，不就是她回家必经的路段。蒋正璇不得已，只好打了方向盘绕道而行。

车子行驶了不久，进入了一条梧桐小道。忽然，蒋正璇的目光被一家咖啡店吸引了过去。绿藤缠绕的屋子，深深浅浅的叶子在阳光下迎风摇曳。怎么就绕到了这里？

蒋正璇苦涩微笑。发生了这么多事，经过了这些年，想不到这家咖啡店依然还在。

然而，曾经的那四个人，真真是物是人非。

她在路边停了车，推开了车门。

店内已经装潢一新了，唯一不变的是店里那一整面干净通透的落地玻璃墙和错落有致的盆栽花朵，还有迎面而来闻之欲醉的浓浓蛋糕香。

犹记得当年的蛋糕，软糯香甜，入口即化。于是，服务生递上菜单的时候，蒋正璇询问："有榴梿蛋糕和蓝莓芝士蛋糕吗？"

美女服务生含笑点头："有。这两个品种是我们店的招牌蛋糕，很多人都慕名而来。"

是啊，当年她便是在网上看到高评价，才拉着连臻过来品尝的。环顾四周，一切的一切都叫人感慨。曾经她与叶大哥，连臻和大哥在这里度过不少时光。现在忆起，恍恍惚惚的仿佛不像是真事，倒似做梦一般。

时间太瘦，指缝太宽，日子如流沙般簌簌地流过。连店也都重新装潢过了，不是旧时的模样了，更何况人呢！

蒋正璇合上了菜单："一杯摩卡，再来一份榴梿芝士和一份蓝莓芝士。谢谢。"

她取出了手机，摩挲着光滑的显示屏。

那天她匆匆离开宁城，只给出了门的聂重之留下了一张字条，便赶回了洛海。聂重之没有手机没有电话，她无法联系到他。可他明知道她联系不到他的，为什么一直没跟她联系呢？都整整一个星期了！

这些天，她频频地看手机，等待着那通一直未打来的电话。

聂重之他一点也不想她吗？心下不免有些焦灼的小委屈。他若是再不打来，哼，以后让他好看！

蒋正璇怔忪间，服务生微笑着端上了蛋糕咖啡："请慢用。"

蒋正璇徐徐地饮了一口。热而香浓的咖啡漫过舌尖，顺着喉咙而下，温暖了五脏六腑，榴梿的香味与蛋糕完美相融。或许是记忆的缘故，这些年她再没尝到过比这里更美味的榴梿蛋糕。

蒋正璇一个人在咖啡店里，一杯咖啡两份蛋糕，消磨了整整一个小时，看着白云掠过，暮云四合，天色渐黑，亦看着没有一点动静的手机。

她从来不知道，自己在某一天会这般地想念聂重之。可他呢？为什么一直不给她打电话？

在吧台低头结账的时候，有人推门进来，脚步稳重地排在她身后。

结账小妹的笑容清甜，双头奉上了零钱："找您零钱六元。谢谢光临，欢迎下次再来。"蒋正璇接过："谢谢。"

身后的人似一震，难以置信地出声："璇璇？"这个声音……这个声音是属于叶大哥的。蒋正璇霍然转身，身后的这个人轮廓熟悉，头发短短，真的是叶英章。

四年多不见，虽然穿了简简单单的便服，却依旧英姿飒爽。

当年在医院里醒来后，蒋正璇发现了一件更可怕的事情。医生说她怀孕了！那一刻，蒋正璇简直傻掉了，完全不敢相信自己听到的话。她怎么会怀了聂重之的孩子？

当叶英章出现在她病床前的时候，蒋正璇将自己深深地埋在被子里。

叶英章在她床边待了许久，只轻轻地说了一句："璇璇，只要你愿意，我们的婚期不变。"蒋正璇躲在被子里，一个人默默地潸然泪下。

她曾经唯一的梦碎了！她没有了友情，也没有了自以为是的爱情！她的世界在那几天全然崩塌了。

这几年，蒋正璇偶尔也想过再见到叶大哥是怎么样的情形，是在家里？马路上？可是从未想过两人会在这家咖啡店重遇。

两人面对面在角落里坐下后，叶英章的眼底依旧激动：“璇璇，你什么时候从美国回来的？”

由于父亲这件事，她与母亲再没有踏足洛海交际圈。所以除了家人，几乎没有人知道她已经回来了。

蒋正璇浅浅微笑：“回来都已经快一年了。”叶英章怔忪不已：“时间过得可真快，你都毕业了。一切都好吗？”

蒋正璇渐渐从惊讶中回神，双手一摊，落落大方地道：“你觉得呢？”

叶英章重重点头：“肯定很好。长大了，成熟了，也比以前更漂亮了。”蒋正璇怅然若失：“是，长大了，谁都得长大的。”

叶英章诉说着自己的近况：“我现在调回了五福，这两天来洛海开个会，等下还得赶回去。正好路过这里，就顺道进来买杯咖啡。匆匆来，匆匆去，想不到居然这么巧可以在这里遇到你！”

蒋正璇淡淡含笑：“我听我妈说了，说你工作认真出色，经你手的案子破案率极高，被誉为‘五福的神探’，还升职了呢。”

叶英章笑了笑，似乎并不引以为荣，他饮了口咖啡，扯开话题：“卿姨最近怎么样？”蒋正璇摩挲着玻璃杯：“不大好，她刚在医院里做了心脏搭桥手术。”叶英章“呀”了一声：“怎么一下子这么严重？！卿姨的心脏病不是一直做定期检查，一向都控制得很好吗。”

蒋正璇抿嘴苦涩地道：“你知道的，眼下我妈得的是心病。她也不知哪里打听到的，说我爸的案子……她一急……”叶英章哪里会不明白，蒋母是为蒋伯父日夜担心所致：“你让卿姨好好休息，伯父不会有事的。”

两人闲聊了几句，其间叶英章的电话不断，显然工作极忙。蒋正璇见夜色渐黑，想着要给母亲送补品汤水，便道：“叶大哥，我还有事，我们下次再聊。”叶英章：“那好吧，帮我向卿姨和蒋哥问好。”蒋正璇点头：“好的，谢谢。”

当年两人解除婚约后，虽然两家长辈都对外说做不成亲家但还是朋友之类的场面话，但到底是生疏冷淡了下来，两家如今已无任何走动了。唯一能算联系的大概就是蒋父出事后，叶母打来了两个问候电话。只这样的电话，陆歌卿已觉足矣，还曾在璇璇面前说过一句：“如今的人情比纸薄，你叶家伯父伯母啊，也算是有心了。”

蒋正璇起身告辞，叶英章忽然唤住了她，踌躇道：“璇璇，我能跟你要现在的电话号码吗？”

蒋正璇一怔，然后微笑：“当然可以啊。”她把现在的手机号码报给了叶英章。

曾经差点结婚的两个人，如今客气得倒像是初识的朋友。时间啊，真的是一个很奇怪的东西，让一切无声无息地成了现在的样子。

刚推开门，叶英章在后头追了上来：“璇璇……”蒋正璇止步，缓缓转身，嘴角噙着一抹笑意：“叶大哥，还有事吗？”

叶英章凝视着她，缓缓道：“璇璇，当初如果我早点跟你说清楚的话……对不起，我真的是一个很没用的人。是我不够勇敢！”当年他若是勇敢一点，勇敢地对父母说不，或者开始之初就把事情跟她挑明了，或者对那段感情认真一点，哪怕仅仅是一点点，那么一切肯定不会是现在这样子。至少很多的伤害都可以降到最低。

蒋正璇摇头，轻轻地道：“不，叶大哥，你不必跟我说对不起。当年的那些事情没有什么对不起的。过去的你，一直把我当成妹妹，你并没有什么错……你只是没有爱我而已。”

在纽约的这几年，她才恍然明白过来，当初的一切真的是自己太执着了。虽然当年叶大哥借口忙啊忙的，一个月也难得约会一次，但他若是真对她用了心，她与聂重之两人之间的事情，他怎么可能会瞧不出半点端倪呢。

叶英章道："璇璇，我真的努力过。"他曾经真的很努力地想爱上璇璇，可最终他没有做到。

蒋正璇幽幽微笑，如花蕾徐徐绽放："我知道的，叶大哥，都过去了。"

以前太年轻了，所以不知道年轻时候的哀伤痛苦与喜悦欢欣都是被无限放大了的。一点点的开心、一点点的伤心，都显得那么惊天动地。

现在想来，恋爱了、吵架了、分手了，都不过是一段感情而已。每个人都会有如此的经历，真没什么大不了的。

她与叶大哥之间，没有什么对不对，其实只是爱与不爱而已。

只可惜，这么一个浅显的道理，她也是到纽约后才领悟的。

为了照顾母亲的身体，蒋正璇从 K.W 正式辞职。在向宁熙递上正式书面辞职报告的时候，宁熙极是惋惜："想不到你最后还是决定辞职。"

"谢谢宁总监给我这么一个机会。我也真的很喜欢这份工作，只是由于家庭原因，不得不辞职。"

宁熙若有所思地一笑："那么，我可以保留这份辞职信吗？"

蒋正璇摇头："我已经决定了，所以不必再帮我保留。"

宁熙叹了口气，问道："Teresa，能告诉我你辞职的真正原因吗？我记得你在洛海的时候，说家里的事情已经很顺利了。"

蒋正璇："这次是突发状况。我妈妈身体不好，刚做完手术，所以……我不得不辞职。"她见宁熙又要开口相劝，便索性一口气说完，"宁总监，你真的不必再劝我了。这次我不会再多做考虑，对我而言，父母家人是世界上最重要的。我只想好好陪着我妈妈，让她健健康康、开开心心地过每一天。”

宁熙知道她心意已决，再多说也没用：“好吧，既然如此的话，我就不再多做挽留了。这样吧，由我做东，请部门里的同事们一起吃顿饭，当作为你送行。”

想到一起工作的同事们，蒋正璇微笑点头。

蒋正璇也一直以为吃过了“送行”饭，应该不大会再跟宁熙有什么交集，所以，当她在医院的电梯门口与捧着鲜花的宁熙相遇的时候，她不免惊愕：“你怎么在这里？”

宁熙此时已从第一眼的惊讶中回神，挑了挑眉毛：“我来探病。不过现在看来，伯母应该也在这个医院。”

蒋正璇不置一词，而后她眼睁睁地看着宁熙的手指按向了28楼。宁熙见状，立刻反应了过来，仿佛中了头等大奖一般，明显地又惊又喜：“你……不会也是28楼吧。”

蒋正璇不由得失笑：“恭喜你，宁先生，你答对了！我也是去28楼。”

后来才知道宁熙有一长辈也因病住院，就在隔壁的房间。但那天的结果是宁熙的那一大捧鲜花最终搁在了蒋母陆歌卿的病房。

这还不是让蒋正璇无奈的，因为让她无奈的还远远在后头。因为从那天起，宁熙的鲜花天天准时送到陆歌卿的病房里。

陆歌卿的心脏搭桥手术极为成功，半个月休养下来，恢复得颇好。这日下午，便拉着女儿与她聊天：“璇璇，你觉得这个宁熙到底怎么样？”

蒋正璇一味装傻：“妈妈，真的没怎么样，不过就是以前一起工作的一个男同事而已啊。”

陆歌卿横了她一眼，含笑的视线从那束新鲜欲滴的鲜花上移到了女儿白嫩的脸上：“哦……可妈妈怎么觉得他好像没同样的认知？”

蒋母陆歌卿住的是 28 层 6 号房，这一层是特殊病房，所以平日里特别清静。宁熙捧着花束熟门熟路地穿过走廊，轻轻地推开门，便听见套房里间传来蒋正璇娇责的声音：“妈……”蒋正璇的尾音在空气里拖曳得长长的，好听得紧。

陆歌卿缓声：“璇璇，你也老大不小了，也该好好谈一场恋爱了，然后结婚生子，安稳幸福地过日子。”

宁熙不由得在门口止住了脚步，凝神静听。

蒋正璇似极无奈：“妈，我跟他真没什么。我也不知道他发什么疯，天天往你的病房送花。”

好像她口中的那个他就是自己！宁熙摸了摸鼻子，挫败地想：他这么玉树临风，风度翩翩，在落海城打着灯笼也难找的人，她为什么会没一点好感呢？

只听陆歌卿道：“我看这个宁熙不错，看得出是一个很有教养的孩子，跟你年纪也相当。而且他显然知道你的身份了，没有淡下来，还能这般地殷勤周到，确实是个诚心诚意的孩子。看来也是真的欣赏你、喜欢你的。”

在外头的宁熙用手指无声无息地打了一个“Bingo”的手势，欣喜若狂：不错嘛。至少蒋伯母对他印象不错。既然无法正面迎敌抗战，那他就索性来个曲线救国，走丈母娘路线。

蒋正璇责道：“妈，他只是我以前的上司，真的就是这样子而已！我可以发誓哦！”

听到此，宁熙顿觉心灵受伤了，他追她追得这么明显，她难道半点也感觉不出来。莫非真的对他没有任何感觉，所以一直装聋作哑。

蒋正璇低头修剪着花枝，偶尔抬头微笑，身后有夕阳，透过百叶帘子，静悄悄地照进来。陆歌卿默然了半晌，方又道：“其实英章这孩子还是不错的，你看他特地从五福赶来看我。这一个星期，都第二次了。你们两个男未娶女未嫁的，若是你还像从前一样地喜欢他，想嫁给他，那你就嫁吧。”

叶英章是谁？蒋正璇曾经很喜欢他，很想嫁给他。怎么好端端的就冒出了这么一个强大情敌。宁熙蹙眉暗思，看来他还得继续深入了解，知己知彼方能百战百胜。

蒋正璇不由得顿足：“妈，你老在胡思乱想些什么呢？你难道这么想我嫁出去啊？再说了，就算我想嫁，人家叶大哥难道就会娶我了啊？”都过了这么多年了，一切都成为了过去。叶大哥这回接连两次来看望母亲，不过是因为这个星期在洛海出差，顺道过来探望而已。

陆歌卿却不搭话，目光静静地打量着女儿，洞悉一切：“告诉妈，是不是因为重之这孩子？”

重之。不会是聂重之吧？！宁熙惊了惊。“聂重之”这个名字宁熙是如雷贯耳的。聂重之从白手起家到破产，一直是洛海城的一个传奇。

宁熙忽然忆起宁城那个隐在树荫下的男子，他触电般地恍然了过来：对了，对了，那个人，那个人就是聂重之！怪不得当日他就觉得眼熟，只因一直以来他只看过他的照片视频，没有真正见过他本人而已。

那晚光线太暗，加上他的打扮与电视上、照片上宛若两人，宁熙根本没有将他和曾经如日中天的聂重之联系在一起。

屋内的蒋正璇良久不语。好半晌，陆歌卿方开口道：“你在宁城陪了重之这么久，妈妈怎么会不明白呢。你是不是对他觉得愧疚？再加上他现在弄成了那样子……你觉得他可怜？”

蒋正璇一直不说话。

陆歌卿叹了口气，语重心长地道："璇璇，妈妈不是什么老古板，无论你做什么决定，妈妈我都支持你。但是……璇璇，妈妈希望你明白一点，爱跟内疚是不同的。你不能因为对一个人内疚，可怜一个人，而跟他在一起。"

蒋正璇一直低侧着脸，瞧不清到底什么表情。陆歌卿长长地叹了口气："并不是妈妈不喜欢重之。正是因为我从小看着他长大，太喜欢了，所以希望你考虑清楚。如果你是真的爱他，就好好对他、好好疼他。可如果你只是因为当年那个孩子而觉得对他有所内疚，因为看到他破产潦倒而可怜他、同情他的话……"说到此处，陆歌卿止了口，没再说下去。

陆歌卿顿了片刻，郑重万分道："重之这孩子我比谁都了解。他从小就傲气得很，如果他发现你在可怜他的话，那会比杀了他还难受。你好好想想清楚，现在的他已经承受不了第二次大的打击了！"

蒋正璇良久才抬头，目光茫然："我不知道，妈妈，我自己也不知道。我确实是可怜他的，也确实对他感到内疚……"她自己也分辨不出对他到底是什么感情，爱怜有之，心疼有之，其中的的确确也有内疚的成分在。

宁熙听到这里，忽然不想再听下去了。他转过身，整个人便惊住了。蒋正璇口中的主角聂重之，此刻就站在他身后的门口处，他黯然垂下的手里亦是一捧怒放的鲜花。瞧他那阴霾惨白的脸色，显然他来了不只是一会儿。

宁熙走向了那个"传奇"，轻轻地开口道："聂先生，我们能谈谈吗？"

从单氏医院的顶楼，可将洛海城冬日午后云雾缭绕的风光尽收眼底。跟很多的顶楼不同，单氏医院的顶楼做了空中花园的设计，绿叶葱葱。而各种长椅就隐在那一团团的绿叶芬芳之中。

两人站在簌簌的北风中，宁熙大大方方地做了自我介绍：“聂先生，你好，我是池宁熙。”聂重之打量着他，一身黑色的双排扣上衣、灰色毛衣、深色牛仔裤加一双黑色靴子，简简单单的一身打扮，在他身上却是有款有型，阳光帅气。怪不得连一向眼光甚高的卿姨也觉得满意。

他脑中闪出了当日宁熙送蒋正璇回家的画面，两人站在清清浅浅的路灯下，背后一排排的高大树木，一团一团的浓重黑影，不由得叫人想起电影镜头的漂亮画面。

宁熙站在他对面，开门见山地直入主题：“聂先生，我想追蒋正璇。我想和你公平竞争。”

聂重之一直神色淡淡，闻言却苦涩一笑。顿了顿，他方道：“你要竞争的那个人从来就不是我。他是璇璇的初恋，叫叶英章。他才是璇璇一直想嫁的那个人。”她从未把他当成考虑对象，他未跑就已经输在起跑线上了。

耳边霎时就响起来蒋正璇方才的那一句“就算我想嫁，人家叶大哥难道就会娶我了啊”，顿觉心如刀割。想不到都这么些年了，她还是这么地想嫁给叶英章。

宁熙微微一笑：“我也可以跟他公平竞争。我有我的优势，我相信我不会输给你们任何一个人的。”这样气宇非凡、自信满满，仿佛整个世界都在他脚下。聂重之自惭形秽。

聂重之目光深深地打量着他，好半晌，他转过了身背对着宁熙，缓缓地道：“璇璇她喜欢的颜色是绿色，包包和鞋子从来都买 ×× 这个牌子。她喜欢听恩雅的歌。她喜欢绣球花。喜欢去有海的地方。

喜欢所有的海鲜鱼类，喜欢喝煲汤，港式点心里最喜欢吃榴梿酥，喜欢蛋炒饭里要加点清酱油……对了，她最喜欢吃鲜虾馄饨，最好要用野生的大河虾，这样味道才最鲜美……她平时不喜欢吃韭菜、芹菜、香菜、大蒜、洋葱、胡萝卜。她喜欢吃各种布丁、各种蛋糕。咖啡的话，她喜欢多奶多糖，越甜越好。但如果她工作烦心的话，你就得少放点奶，少放点糖了……她平时的手脚很冰凉，你记得给她每天泡一杯桂圆红枣茶……每天早上一盒酸奶，记得睡前要在她床头搁一杯白开水，她晚上醒来喜欢喝水……她一工作起来就废寝忘食，你记得提醒她注意腰椎、颈椎……逛街的时候，你要让她走左手边。还有，她的鞋带老是系不好，你记得要多注意……”

聂重之一口气说完。最后，整个屋顶静了下来，聂重之极缓极慢地道：“宁熙，希望这些对你有所帮助。如果你成功的话，请你一定好好地对待她，请把她一辈子捧在手掌心。她值得这世界上最好的对待。”聂重之的每个字都那么轻，却如锤子敲打着地面，铮铮有声。

说罢，聂重之便径直离去了，再没回头看宁熙一眼。他若是转头，会看到一脸震惊、呆若木鸡的宁熙。

那日，聂重之回到家，打开门，却是一室清冷。蒋正璇已经离开了，只匆匆留下了字条：“我妈心脏病发，在单氏医院急救，我回洛海了。”

没有她的屋子，空荡荡的只剩下四面墙壁！而他一个人在那一片冷清之中。聂重之做出了决定，她在哪里，他便在哪里。她留在洛海陪她母亲，那么他便也留在洛海，只要她愿意，那么他就伴着她，寸步不离。

可是，他还要在宁城做最后一件事情，完成了，便回洛海，来见她。

终于，他今天做好了，于是便乘了今日的飞机，下了机就直接赶来了医院。

然后，他却听到了真实而残酷的对话。哪怕字字扎心，可聂重之却知道蒋正璇所说的每一句，都是真的。

聂重之很努力，一点点地挪动脚步，往前走，再往前走。

终于知道了，一直以来她都是在可怜他、同情他。在宁城的一切，都是她的施舍而已。

她一直只是在施舍他而已！

而他却傻傻地以为她终究开始在意他了。哪怕不是喜欢，仅仅是在意，他以为两个人终于有机会可以在一起了。

当他清清楚楚地听到她说：“我不知道，妈妈，我自己也不知道。我确实是可怜他的，也确实对他感到内疚……”脸上热辣辣的，似被一个无形的巴掌狠狠地甩在上面。

是啊，是他自己傻而已。

以前事业成功的他，她都不屑一顾。如今的他，身无分文，一身落魄，与英姿勃勃的叶英章、帅气不凡的宁熙站在一起，连他自己都自惭形秽。

聂重之一个人呆呆地站在路边，他不知道自己一个人，一个姿势到底站了有多久，只晓得身边的车流，来来去去，又去去来来，仿佛永远不会停止。

聂重之的手探进了口袋，在里头徐徐移动，他摸到了那绒绒的小盒子，用力再用力地紧握住。

他摊开掌心，痴痴地凝视着盒子。为了买这个礼物，他在宁城忍受着对她的思念，多待了这么几天。

只是，这份礼物，他一辈子都送不出去了！

远处传来“啪啪”的几声微响，几朵烟花涌向无止境的黑暗，绚烂芳华却又斑斓脆弱。

已近除夕，有人在放烟火了。

这个世界上，他一直孤零零的。如今，还是孤零零的一个人！

过年前后的时候，代驾公司的生意极其红火，经常从中午开始就忙碌到深夜。聂重之年纪轻，肯吃苦，远的近的活从来不挑剔。一来二去，公司的计调师傅们都特别喜欢用他。

这天晚上，他刚接了一单生意，从市区的一家酒店送了一个半醉的客人回家。车子还未熄火，计调师傅就打了电话过来："小聂，手里的客人送到没有？"

聂重之利落地答道："刚到。"计调师傅呵呵地笑："辛苦你了，小聂。环湖路的绿岸刚来电话要两个代驾师傅，我手上实在调配不过来了，你就帮帮忙，抓紧时间赶过去。"

聂重之说："好。"其实没什么帮不帮忙的，多劳多得。他多跑一趟，就多赚一笔代驾的钱。聂重之挂了电话，拉开车门："先生，您到家了，需要我送您上去吗？"

那客人摇头："不用了，谢谢。"聂重之说："不客气，代驾费用 50 元加来回车费 36 元，一共 86 元，谢谢。"

那人随手抽出了一张钱递给了他："不用找了。"

聂重之瞧着手心里那张粉红的百元纸钞，数秒后，他搁进了自己的口袋，再次道谢："谢谢。"

什么都会适应的。犹记得他第一次代驾时，客人多给了他几块钱的小费，也是这样对他说不用找了。当时的他，愣愣地瞧着手里的钱，只觉全身热血都往脑中涌去，羞愧、尴尬、难堪，甚至有种被侮辱的感觉。可现在已经习以为常了。

他在洛海，白天送外卖，晚上代驾。这两样工作不用提及以前的工作经历。代驾的活，只要有驾照和驾龄即可。身无分文的他如今除了努力工作，拿着代驾的钱和小费，努力生存下去外，再没有其他路可以走了。

代驾的收入虽然不稳定，但维持清简的生活还是可以的。

日子很平淡，他也渐渐习惯了，除了会很想念很想念一个人外。

出租车司机很快载着他到了环湖路的绿岸。一推开了门，酒店内夹杂着食物香甜的暖气顿时迎面扑来，聂重之询问道：“你好，请问哪位客人叫了快捷代驾？”

从餐厅里一前一后出来的两位客人显然也看到了推门而进的他，四目相对，彼此俱是错愣惊诧。

那两位客人竟然是叶英章与蒋正璇。多日不见的她，穿了休闲裙子，一双半高跟的长靴。她整个人似乎清瘦了许多，那条裙子明显宽松，隐隐绰绰中腰肢更显纤细。聂重之一时竟无法移开目光。

叶英章明显地惊愕，哪怕是眼前的这个男子戴了一个宽大的鸭舌帽子和黑色的眼镜框架，竖着外套领子，遮去了大半的脸，但他还是一眼认出了这人是聂重之。

怎么会是他呢？听说他破产后就彻底消失了。叶英章将目光转向身边的蒋正璇，果不其然，她亦是一脸苍白的震惊。

一时之间，双方都没有说话。数秒后，聂重之强迫着收回了自己的视线，他垂下眼，平平静静地开口：“请问是你们叫了代驾吧？”见聂重之故意装作不认识他们，叶英章也不便开口说破，点头道：“是。”

聂重之说：“请问车子停在哪里？”蒋正璇此时表情依旧怔然。叶英章回答道：“在对面停车场。”

聂重之率先转身，大步霍霍地朝外头走去。叶英章：“璇璇，走吧。”

聂重之居然来洛海了。他竟然在做代驾司机？为什么他一直不跟她联系？为什么装作不认识她？

蒋正璇心里有无数个疑问，快步追了上去，想问他。然而聂重之走得极快，转眼便穿过了马路。她着急想跟上去，也没有注意到来往的汽车，猛然听到身旁的叶英章一声大喝："璇璇，小心。"

马路对面的聂重之，听见叶英章的呼喝，心里一紧，急忙转身，却看见她身旁的叶英章，眼明手快，将她往自己的怀里一带，堪堪避过了一辆飞驰而过的汽车。

蒋正璇跌进了叶英章怀里。两人的姿势顿时十分暧昧亲昵。

叶英章扶着她站稳，关切地上下打量："璇璇，你没事吧？有没有擦到？"蒋正璇惊了惊，定了定神方缓过来，摇头道："没事，我没事，谢谢叶大哥。"

蒋正璇的视线虚虚地越过叶英章的肩头，而此时，聂重之的目光移向了她，两人的视线在空中相触。只一秒，聂重之便已经淡淡地偏过脸，木然转身。仿佛方才与车差点相撞的，仅仅是一个陌生人，他连一点关切都欠奉。

他这是怎么了？那么冷漠，好似根本就不认识她一样。

叶英章小心翼翼地搀扶着蒋正璇上了车："脚有没有扭到？"

蒋正璇扫了一眼驾驶座上的聂重之，只见他端坐着，眼观鼻，鼻观心，一副浑然与他无关的模样。蒋正璇收回视线，慢了几秒回道："没……没觉得疼，应该没事的。"

叶英章叮嘱了一声："不管疼不疼、肿不肿，回去都让兰姨瞧瞧。"

蒋正璇怔忪地答："好。"

聂重之等两人交谈完毕，方问道："请问要送你们去哪里？"叶英章见蒋正璇面色古怪，以为她未从惊吓中缓过来，便道："静宜路。"

静宜路是蒋家大宅，彼此都心知肚明。聂重之没有再多问，发动了车子，平平稳稳地朝静宜路行驶而去。

车外，是过了年，依旧金碧辉煌热闹非凡的洛海夜景。车里，却是一片无言的尴尬沉默。

车子开了半晌，在蒋家门口稳稳地停了下来，聂重之熄火下车，替他们拉开了车门：“两位好，你们的目的地已经到了。”

叶英章细心地扶着蒋正璇下车，见聂重之垂眼站在旁边，知道他不会与他们相认，便也不准备开口搭话，对蒋正璇道：“璇璇，走吧，小心台阶。”

自始至终，他的目光连扫也未扫自己一眼。聂重之这到底是怎么了？是不是看到她跟叶大哥在一起所以发脾气了？

因叶英章在车上，蒋正璇一直不好意思开口。此时下车，她刚欲说话，却见聂重之先她一步，已道：“不好意思，你们的代驾费用是70元，加来回打的费用50元，一共120元。谢谢了。”

叶英章错愕了一秒，这才忆起聂重之代驾司机的身份。他有些尴尬地从皮夹里取出了钱，递给了聂重之。聂重之竟丝毫不以为意，目不斜视地接过钱：“谢谢。”

蒋正璇眼睁睁地看着聂重之把钱揣到了口袋里，竟再未朝她多瞧一眼，毫不留恋地转身大步离去。她愣在原地，嘴唇微张着，可喉咙处似被某物堵住了一般，发不出任何声音。

过往蒋正璇与聂重之之间的那些纠葛，叶英章是知道的。但他对两人在宁城的那些事情，却是一无所知，以为这次亦是两人的初次见面，所以情形才会这般尴尬。叶英章便开口道：“璇璇，我扶你进屋吧。”

却见蒋正璇怔怔地望着聂重之远去的方向，一直不语，片刻，忽地抬头对他淡淡微笑：“叶大哥，谢谢你今晚请我吃饭，也谢谢你告诉我有关你跟连臻之间曾经发生过的一切。你刚刚跟我说，希望我早日找到我的 Mr.Right……”

蒋正璇嘴角的笑容凝结出了甜蜜：“我想告诉你，其实我已经找到属于我的 Mr.Right 了。你看，他看到我们生气、吃醋了，都不肯理睬我了……我不跟你多说了，我现在要去找他了！”

叶英章见她视线的尽头便是聂重之远去的身影，已然明白，他上前轻轻地揽着她的肩头，拍了拍：“璇璇，快去吧！叶大哥祝你幸福！”忆起聂重之方才阴沉的脸色，果然像是吃醋不悦，他有些不放心地道，“若是聂哥对我们之间有什么误会的话，叶大哥找个时间亲自跟他解释清楚。”

蒋正璇重重点头：“好，叶大哥，谢谢你。”说罢，蒋正璇踩着高跟鞋朝聂重之消失的街道走去，几步之后，她改走为跑，奔跑而去。

鞋跟叩着地面，传来“嘚嘚嘚嘚”的急促脚步声，在安静的夜晚，那么清晰。

料峭春风从蒋正璇耳边飕飕地刮过，她丝毫察觉不到丝毫寒冷，反而心里暖洋洋的。此刻的光景，蒋正璇心心念念、牵牵挂挂的只有一个聂重之。

她终于还是追上了他。聂重之靠在远处一根树干上，手里夹了明明灭灭的一点红。他转头，亦瞧见了她。

两个人，隔了一条马路，静静地相望。

聂重之直到被灼热的烟头烫到了手指才回转过神，他掐灭了烟头，随手抛掷到一旁的垃圾桶里。

终于，他大步地穿过马路，走向了她。

蒋正璇仰头微笑，清清甜甜地问道：“你什么时候来的？”聂重之面无表情地望着她，极力掩去心中汹涌翻腾的情绪：“两个多月了。”

蒋正璇眼里的光暗淡了下来，重复道："两个多月？"聂重之移开视线，无波无澜地回道："是。"

他居然已经来了两个多月！

蒋正璇不由得忆起某次她跟宁熙在"颂雅"吃饭。她本是不愿去的，可宁熙的借口极好，说部门为她办了"欢送宴"，可他们之间也应该吃一顿"散伙饭"的，怎么说两人也合作了这么久。

那天两人的位置在落地玻璃窗边，可瞧见餐厅外的车水马龙，流景繁华到极处的美丽。吃饭间，她便看到了一个高大的熟悉身影，可那人影只一闪便上车而去。现在想来那晚不是她眼花，她看到的应该就是他。

他来洛海都已经两个多月了，竟然一点也没跟自己联系。而自己却每天傻傻的，中邪了一般痴守着手机，等待着他那通一直未响的电话，甚至她都已经订了机票要回宁城去找他了。蒋正璇虽然觉得生气，但见到他的欢欣喜悦却早将心中的那股气给冲淡了。

蒋正璇问他："那你现在住在哪里？"聂重之说："洛平街。"

依旧是简单利落的几个字，连洛平街哪个具体位置也不提，他是不想跟她说话吗？再遇的喜悦如同指尖的温度般正一点点地退去。蒋正璇再迟钝也察觉到了他刻意为之的冷淡。

这个傻子一定是吃醋了！蒋正璇含着笑意解释道："今天叶大哥来看我妈妈，顺便请我吃饭，不是你想的那样……"

聂重之迅速打断了她的话："我明白的。"蒋正璇愕然地止声，不解他话里的"明白"是什么意思。

聂重之的视线落在远处，静了好几秒，方扯动千斤重的嘴角，缓缓地道："我明白你一直在可怜我、同情我。回洛海以前，我特地去鲁医生那里做了一次详细检查。鲁医生说我现在已经全好了……所以……你不用再可怜我了，你以后可以去做你任何想做的事情。我很感谢你在我最低谷的时候陪着我。或许你会觉得这句话老土，可是我真的很感谢你，如果以后有机会，我会好好报答你的。”

他的每一个字，都说得那么冷淡，那么冠冕堂皇，叫人插不进嘴，亦不能有半点反驳。

蒋正璇心口一直发紧，听到他最后几句的时候便前所未有地急促跳动了起来：“什么意思？你想说什么？”

聂重之的身子隐在一团团的黑暗树荫里，街灯照射不到之处，他的声音平平的，一点波澜起伏也没有，仿佛在叙述别人的故事：“曾经有一段时间，我真的很恨你。你知道的……因为那个孩子……

“现在我明白了，是我与那个孩子没有缘分而已。其实当年的一切都是我的错。那孩子本来就不应该存在。”

很多事情不能强求。就算强求了，也不会有好结果。当年的他便是最佳铁证。

再遇后的两人从来没有提及孩子这个话题，似那个孩子从来不存在一般。她与他一样，彼此小心翼翼地靠近，维持着表面的和平，却又刻意地回避，回避过去。如今，他倒是先撕开了那一层伤口。

蒋正璇忽然生出了一种冰冷的惶恐！他到底想跟她说什么？

“其实我应该要跟你和你的叶大哥说一句对不起的，那几年要不是我生生地插进来，横亘在你们之间，你们应该早就生儿育女了。是我害你们走了那么多的冤枉路，浪费了那么多的时间。真的很对不起，我今天在这里是真心诚意地跟你们道歉的。”

聂重之的声音极诚恳平静，在空旷无人的街道里飘荡而过，有种不真实的感觉。

可是，他到底在胡说八道些什么？

“你的叶大哥年纪轻轻，事业有成，日后前途肯定不可限量。你跟他真的很般配。”聂重之扯了扯干涩的喉咙，声音低了下来，“我……真心地祝福你们。”

甚至连宁熙都比他更适合她。聂重之努力微笑，用尽所有力气说完了最后一句：“你们什么时候结婚，记得要送我喜帖。”

那个瞬间仿佛连自己的心跳也听不见了，蒋正璇静静地盯着前方，眼中却毫无焦距。她一直站着，一直保持着最初的姿势，没有移动半分。

宁城的一切对他都毫无意义可言吗？他可以说得这般轻轻巧巧，说得这般诚诚恳恳，说得这般认认真真。

他祝福她和叶大哥，很好。真好！

好半天，蒋正璇缓缓道：“好。”她转过身，急急地往前走，走得那么快、那么稳。走了几步，她停顿了下来，努力微笑着转身，扯出她此生最美的弧度，“我明白你的意思了。我们很感谢你的祝福，谢谢！”

这一次后，蒋正璇再没有回头。

聂重之怔怔地站在街头，望着她的背影一点点地远去，成了黑点，最终消失在了黑暗尽头。

他曾经说过：“璇璇，我是爱你的。”

他曾经说过：“璇璇，你不要走，不要再离开我。”

他说过的。他说过的。

可是，现在都不作数了。现在的他居然不要她了。

现在，他说：“璇璇，祝福你们！”

现在，他说：“你们什么时候结婚，记得要送我喜帖。”

好，很好。

他有什么值得稀罕的！

蒋正璇一直走，一直走，一直走……走过了无人的街角，走到了家里，走进了自己的卧室。她完完全全是凭着心口强撑着的一口气才能回到家的。关上门，所有的力气便在瞬间消失殆尽了！

蒋正璇慢慢地蹲了下来。

一个人的漆黑卧室里，忽然觉得脸上有潮湿的东西不断滑落下来。她抬手一摸，这才发现是泪。

满手的泪！

聂重之这个王八蛋，居然不要她。

她哭什么，有什么好哭的！他以为自己现在有什么好吗！叶大哥、宁熙，身边的任何一个人，甚至梁姨明里暗里介绍的那些人，哪个不比他好、比他强。

她哭什么！他才应该哭呢！

可是大颗大颗的眼泪不受控地从眼眶里滚落下来，心里一牵一牵地疼，连呼进的空气都仿佛在肺部结成了冰块，烙得她发疼。

那些人是好，可那些人再好也不是他！不是他聂重之呀！

“聂重之，你这个王八蛋，你不知道我已经爱上你了吗？

“聂重之，你真是个王八蛋！”

他每句话都说得那么面面俱到，让她怎么说，让她说什么？

他都说了祝福她和叶大哥了，他都已经清清楚楚地表态了，难道还让她问他：我跟你在宁城算什么？我们上床算什么？

那样的话，杀了她，她也是决计不会问的。

“好！聂重之你这个王八蛋，你居然敢不要我！居然要祝福我跟叶大哥。好，你祝福去吧！”

王八蛋，她才不要他呢！再也不要！再也不要了！

黑暗里，蒋正璇趴在地上，“呜呜呜”地落泪赌誓。

而城市另一端的黑暗中，聂重之握着丝绒小盒，一个人在屋子里呆如塑像……

第二天，蒋正璇是在头昏脑涨、眼睛干涩中起的床，怕母亲瞧出异样，蒋正璇还特地化了妆，以掩饰红肿的双眼。才下了楼梯，还没看到母亲，却瞧见大哥蒋正楠一大清早已经在客厅里头了。

蒋正楠听见她的动静，从落地玻璃窗户前徐徐转身："璇璇。"蒋正璇诧异上前："大哥，你今天怎么这么早，是不是有事要出去？"

蒋正楠高大的身子遮住了清晨的光线，他轻轻地摸了摸妹子的头发，温柔地道："不，大哥不出去。大哥只是想跟你说说话而已。

"璇璇，你……有什么想跟大哥聊聊的吗？"

蒋正楠就这么简简单单的一个动作，这么简简单单的几句话，蒋正璇却莫名地想落泪。她凝住呼吸，努力微笑："大哥，你想跟我聊什么？我一切都很好。只是你，要注意身体，不要太累。"

最近这段时间，蒋正楠搬回了家。昨晚看到自己妹子失魂落魄地穿过客厅上楼，叫她也不理不睬，甚至整个过程她居然根本没有留意到他的存在。他不放心地跟她到上楼，却听到她压抑的啜泣声。

他昨晚忍了又忍，忍了又忍才没有打扰她，让她一个人静静地伤心哭泣。

蒋正楠也不点破，缓声道："我们兄妹两人好久都没好好说说话了。璇璇，大哥只想让你知道：不管爸的事情会怎么了结，我们家变成什么样……你那永远是我们蒋家的宝贝，这辈子只要大哥在，谁都不可以欺负你。"

蒋正璇一时之间连呼吸都哽咽了，垂下眼帘，让泪无声无息地掉落了下来："大哥，我很好啊……你这是怎么了？"蒋正璇不想让大哥蒋正楠再无谓地担心操心了。大哥已经够烦了，父亲的事、母亲的事、公司的事，所有的一切都像几座山一样压在他的肩膀上。大哥他也是一个普普通通的人，他也会累的，也会受伤的。

蒋正楠自然知道妹子的敷衍，默然了很久："璇璇，这几年，大哥每次在电话里问你，你都说很好，璇璇，你现在告诉大哥，你真的很好吗？"

蒋正璇抬头微笑，已无方才半点落泪的痕迹了："大哥，我真的很好。"她静静地望着他，反问道，"大哥，那么你呢？你也一直都好吗？"

蒋正楠一直不说话，他只是再度探手抚了抚妹子的头发。

蒋正璇轻轻地问："大哥，你是不是很辛苦？"闻言，蒋正楠摇了摇头道："傻瓜，你怎么会这么想呢。大哥一点也不累，一点也不辛苦。"

蒋正璇低声道："大哥，谁都会有很疲累的时候，你也会累的。可是这些年……你过得真的快乐吗？"这几年来，大哥脸上的微笑永远是落寞寂寥的。那嘴角勾勒的微笑，从未真正进入他的眼底。

蒋正璇又问道："大哥，当年你真的是因为爱会诗姐才跟她订婚的吗？而不是因为其他？还有……"她终是提起了她与大哥之间那个从不碰触的名字，"如果当时不是因为我，你和连臻会不会……

"这几年我其实经常想到连臻，想她现在过得怎么样了，是不是很幸福？想见她一面，跟她 Say 一声 Hello，也 Say 一声 Sorry。想跟她说，当年很多话、很多事情我都只是一时冲动，我其实并没有这么怪她，我也并不是因为她跳海的，我当时只是昏了头……我自己也不知道是怎么了……"

许连臻！这个多久没被提起，却一直念念不忘的人！

从来没有人知道，当年他蒋正楠在替钱会诗戴上订婚戒指的那一刻就后悔了。可他就是凭着对许连臻的愤恨不甘心，才放纵自己一直沿着那条路不回头地走了下去。

这些原本一心要给她的，他全部给了别人。他就是想要她知道，她不要他，他照样可以幸福！

可是，这些年，他真的幸福吗？

如果当初，他没有那么倔强，没有那么逞强，没有去赌那口气，一直就那样把她留在身边呢？这样的话，他至少还有一辈子的时间，一辈子那么长，或许她会爱上他的，就算不爱，有那么一点点的喜欢也是不错的。

很多很多的时候，蒋正楠脑中经常会泛起这样荒谬的念头。

不过，下一秒，他便会怅然失笑！

生命没有覆辙，很多时候，擦肩便是错过。

一切无法倒流！无论怎么想，都毫无意义。

他蒋正楠纠缠了许连臻这么几年，她从未喜欢过他，更别说爱了。她从头到尾都不要他！他堂堂一个蒋正楠连小白这条狗还不如。不过，这些都不是叫他最难堪的。

最最难堪的是，他明知道她不要他，从未有一点点的在乎他，但他还是疯了一般想念她。

他一直以为时间是一支冷淡剂，会让他忘记许连臻的。可从未想过，时间越久，他却越发地想起，很多很多时候，他一个人，静静地思念她，想念他与她的一切过往，如同坠入了魔障一般。

如果可以，曾经，蒋正楠真的愿意用尽一切去忘记那个叫许连臻的人。

蒋正楠静静地说："我不知道，我没有去查她。璇璇，你知道吗？

我怕她已经跟别人在一起了，怕她跟别人幸幸福福的……”留下他一个人，凄凉地想念她，纪念那一段过往。

那一刻，蒋正璇不知道自己可以说些什么。她从未知道大哥竟这般深爱着许连臻！

蒋正楠自讽般地笑：“你很难想象吧，大哥也会有怕的事情？连我自己都很难想象，父亲那么大的事情，我都没怕，可是我居然怕这个。大哥是不是很没有用？

“这几年，我一直想念着她，想着她在哪里，过着什么样的生活？甚至想某一天我会不会再遇到她。”

蒋正璇从大哥蒋正楠晦涩幽沉的脸色中看到了一种不加掩饰的悔意。

蒋正楠瞧着阳光明媚的窗外，语调茫然：“璇璇，我曾经以为她总是有那么一点点在乎我的，哪怕不是爱、不是喜欢，然而我发现我错了。哪怕是一点点的在乎，她都没有给过我。可这么多年了，我却一直爱着她。这样的事情，多笨多傻多白痴的人才会去做啊！可是我却做了。大哥是不是这天地间最大的笨蛋？”

他蒋正楠，真是个白痴傻瓜笨蛋！

蒋正楠侧影在清晨的薄薄光线下，显得那般孤单寂寥。原来这些年，大哥真的过得不快乐！比她认为的还要不快乐！

良久，蒋正璇低微呢喃：“大哥，我与你一样，也是天地间最大的笨蛋。过了这么些年，我才懂得什么才是真正的爱！”

蒋正璇此后的几日如常地每天在家里陪母亲陆歌卿说说话、散散步、晒晒太阳，按时地喂母亲吃药，叮嘱她休息。仿佛那晚的聂重之从未在她眼前出现过。

这日晚上，兰姨看她没有食欲，就煮了一碗馄饨给她端上来做夜宵。关上房门前，还一再叮嘱：“兰姨特地包的，快趁热吃，要全部吃完。”

是鲜虾馄饨，白而剔透的馄饨皮、牛奶般的高汤、细细的小虾皮，还有碧绿的葱花，此刻正袅袅地散发着鲜香诱人的味道……蒋正璇怔怔地对着这碗馄饨，良久，才吃了一口。喉咙口像是被堵住了，怎么也咽不下去。

宁城的时光，他煮的馄饨面条，他煮的美食……

一切的一切便在那一刻全部袭来。

她一度以为那是爱！

蒋正璇再也撑不住了，趴在了桌上，一个人泪流满面。

他说祝福她。好吧，聂重之，你去祝福吧。

她像是溺水了一般，越挣扎着不去想却只是越陷越深。

随手扔在一旁的手机“丁零丁零”地响了起来，蒋正璇擦去了泪痕，取过手机。屏幕上显示的是本市的一个座机号码，她并不熟悉。似想起什么，她一怔之后迅速接通了电话，对方是一个很公式化的女声。

不是他！不是聂重之的声音！失望排山倒海地涌来，胸口处空空荡荡地难受，蒋正璇很想没有礼貌地把手机扔掉。

那人说：“你好，请问你是否认识一位聂重之先生？”

听到“聂重之”三个字，蒋正璇的注意力瞬间全部集中了起来，有一种不好的预感同时涌上心头，她忙道：“是，我认识他。有什么事？请说。”

“你好，我这里是洛海单氏医院。因为你是他电话里唯一存储的联系人，所以我们想通知你，聂重之先生伤势很重，目前正在我院急救……”

蒋正璇一听到“医院、伤势很重，急救”几个字，整个人便愣住了，似身边的一切在瞬间倏地往后退去，越退越远，直到消失殆尽。她脑中来来回回的就是“聂重之伤势很重、聂重之在急救”。

她魂飞体外伸手按着胸口，半天不能动弹。最后，蒋正璇手足无措地反应过来，嚷嚷着冲下楼去，她的每一步都凌乱得像被狂风暴虐过的小草一般：“徐伯，徐伯，送我去医院……徐伯……徐伯……”

一时间却怎么也找不到徐伯，蒋正璇只觉自己像被人架在烈火上烧烤，多等几秒便会死去一般。她见车钥匙挂在车库墙上，忙取了过来，一打开车门，发动车子，急驶而去。

一路的街灯仿佛是流星，簌簌地划过。

蒋正璇此刻心中只有一个念头：她要见聂重之，她要见到他。他不是要祝福她和叶大哥吗？要祝福也要他亲口在婚礼上对他们说！

转弯路口，只觉对方车辆一阵强光打来，蒋正璇眼前一片空白……两串长长的刹车声刺耳地响起……

单氏医院的急救室外头，两个年轻女子正在给交警做笔录：“那个时候大概是晚上十一点，我们两个人吃了夜宵，然后回租房……那条路很偏僻，平时我们一个人是绝对不敢走的。因为是两个人，加上来的时候也走了那条小路，所以胆子大了点。看着时间很晚了，风又大，天又冷的，就赶着想回家。结果走到小树林的时候，就冲出来四个人。我们觉得不对头，就想立刻跑开。可他们更快，拦着我们，对我们动手动脚，不让我们走，嘴里还说着乱七八糟的话……

“警官，你看，她的衣服就是在那个时候被撕坏的。我们两人吓坏了，就大声地喊救命……在那四个人想把我们拖进树林里的时候，这个好心人就冲了过来，让他们放开我们。后来……后来就扭打在了一起，这个好心人非常厉害，好像练过功夫一样，他左一拳右一脚的，很快就把那几个人打倒了。可是就在他弯腰捡东西的时候，有个人偷偷地拔了把刀出来，趁他不注意就插进了他的后背……我们想喊都来不及。”

另一个长发女子到了此时脸色依旧雪白，明显是受了很大惊吓。她听到这里，颤抖着补了几句：“本来已经没事了，那几个坏人见这个好心人怕了，都想溜走了，可好心人不知道怎么了，摸了摸口袋，神色慌张地去找东西。东西掉在了路边的杂草里，他就弯腰去找……”

那女子呜呜呜地哭了出来：“要不是那位大恩人，我和我小姐妹这辈子就完了。”

短发女子道：“警察先生，请你们一定要抓住那帮坏蛋。请你们一定要为我们的大恩人报仇。”

民警记录完毕，公事公办地道：“我们一定会全力以赴抓捕这些犯罪分子的。来，这是你们刚刚做的笔录，请仔细看一下，如果没有问题的话，请在这里签字。”

说话间，一辆急救车“呜啦呜啦”地在急诊室门口停了下来。几个医护人员匆匆交流：“快，碧水路出了一起事故……”

很快地，两个伤者被人推了进来，其中一个伤者，是长发微卷的美貌女子，额头血迹斑斑。她仰着身子，神色慌张地伸手抓着正给她检查的女医生：“医生，我没事，我真的没事，我只是擦到额头了……我是病人聂重之的家属。他现在情况怎么样？”

女医生对于“聂重之”这个名字，明显有些反应不过来。那女子急得双手比画：“就是刚刚前面送进来的一个病人，你们医院通知我过来的，很高的个子、短短的头发……”

女医生显然还是一头雾水，倒是边上护士听了描述，一脸恍然地道：“哦，你是说前面送来的那个因为救人被人捅了几刀的见义勇为的伤者啊？他送来的时候伤势是很重的，现在正在急救室里抢救。目前情况不明。”

那女子脸色霎时白得像是一张薄纸，泪盈于睫，抖着唇道：“他怎么样了？他怎么样了？医生怎么说？”

护士见她衣衫精致，可脚上却只穿了双室内毛绒拖鞋，显然是得了消息后急匆匆赶来而发生的车祸。护士在医院里见多了这般心急如焚的病人家属，颇有经验，便柔声安慰：“你放心，我们抢救室里的医生一定会尽力施救的。你在这里耐心让我们苏医生检查一下，或许还没等你检查好就有他的好消息了呢。”

蒋正璇失魂落魄地点了点头。

苏医生给她做了例行检查后表示没有什么大碍，匆匆吩咐了护士带她去照CT并处理包扎伤口。临走前，又道：“你最好留院观察一晚，看是否有脑震荡的情况存在。”

因碰撞双方同意私了，于是有交警例行性地过来做了一个简单的笔录。

这样的处理，花去了很久的时间，然而一直等蒋正璇包扎好伤口，急救室这里却还是没有任何动静。

她在外头一直等一直等，整个人像是被抽走了所有的意识，机械而迟钝。医院里所有的声音、来往的人员，在她眼里都成了幻境。

方才做笔录的那两个女子一直坐在离她不远处的一排椅子上，大约听说了她的身份，怯生生地走了过来：“请问你是那个好心人的家属吗？”蒋正璇慢慢抬头，水气蒙蒙的眼打量着眼前这两个衣衫不整的女子：“是，你们是？”

长发女子道：“是那位好心人救了我们，他是我们的大恩人。”便把事情经过详详细细地叙述了一遍，最后，无比懊恼地道，“就是这样。他若是不去找那个东西，就不会被坏人捅伤了。”

那两个女子见她神色惨白，只好一径宽慰她：“你放心，好人一定会有好报的。好心人他一定会没事的。”蒋正璇虚弱地道：“谢谢你们，希望借你们的吉言。”

聂重之肯定不会有事的！

他曾经对她说过：“璇璇，我们离开洛海，好不好？你喜欢去哪里，我就陪你去哪里。去欧洲，去阿尔卑斯山边的小村庄或者古堡长住，山顶上有千年不化的积雪，山脚下绿草如茵，家家户户的院子里都开满了鲜花，美得像个童话世界。或者去爱琴海，蓝白色的世界，清新得可以忘掉所有烦恼。或者任何加勒比海岸的小岛，去新西兰……我们离开这里，就我们两个人，好不好？”

他曾经对她说过：“璇璇，你知不知道我是爱你的？如果不是因为我爱你，我为什么对你做那些。”

他曾经不止一次地问她：“璇璇，叶英章有什么比我好的？”

那一字一句，如今竟历历在目，清晰得仿佛就在昨日。

心头一时俱是酸酸胀胀的疼痛！

在冰冰冷冷的医院，蒋正璇忽如醍醐灌顶，一下子明白了过来。

在很早很早以前，那个时候的他，真的如他所说的那般，早已经爱着自己了！

当年若不是他爱上了她，以他的条件，何苦这么作践自己，这么委屈自己绕着她转呢。

可是，她真是个傻子，竟到了如今才明白。

聂重之他不会有事的。他肯定不会有事的！

他还欠着她呢，说要报答她的。他必须得说话算话！否则她肯定不放过他！

他一定会醒来的！

这个认知竟让她慢慢地冷静了下来，蒋正璇起身到角落打了个电话给大哥蒋正楠。手机响了两下，那头便已经接通了："璇璇，怎么了？"

一听到大哥蒋正楠熟悉亲切的声音，强作的镇定便即刻消失无踪了，她哽咽了起来："大哥，聂重之受伤了……他……他现在在抢救，情况不明……"

蒋正楠本是在应酬，闻言便腾地从椅子上站起身往包厢外头走："什么？受伤！好端端的怎么会受伤？什么？被人捅的？洛海哪个人不想活了，居然敢拿刀捅聂重之！他现在人在哪里？"

蒋正璇报给了他。蒋正楠："你在那里等我，别胡思乱想，聂不会有事的。大哥马上赶过来。"

蒋正楠很快便赶到了医院，见到蒋正璇绷带缠头的模样，一时惊住："这是怎么了？不是说聂受伤了吗？"蒋正璇便把自己方才的经过说了出来，只说两个车子擦了擦，没什么大碍，对方也同意私了。

纵然见妹子无碍，但蒋正楠还是不由得急怒心疼："这种时候你怎么能开车！徐伯呢？"蒋正璇："哥，我真没事，只是擦破了点皮。"

蒋正楠心疼不已地埋怨了几句，又问："聂到底是怎么回事？他什么时候回的洛海？"蒋正璇又把前几日遇到他代驾的事情一五一十地告诉了大哥，还没说完，便见通道里忽然来了戒备森严的一行人，为首的正是聂重之的父亲聂耕礼。

蒋正楠迎了上去："聂伯父。"聂耕礼慌张激动地一把抓住了蒋正楠的手，连连道："正楠，重之呢？重之怎么样了？这到底是怎么回事？"

蒋正楠在方才过来的路上，第一时间通知了聂耕礼。他见此时人多嘴杂，便把这几个月来的事情，拣了简要的说了，只说聂重之在宁城待了一段时间，刚回到洛海，连他们这群好友到如今都不肯见上一面。不过蒋正楠只字不提自己的妹子蒋正璇。

聂耕礼听后，一阵黯然喟叹："原来他去宁城了，我早该想到的，我早该想到的。"

聂耕礼见蒋正楠茫然不解，便幽幽地道："他从小跟他母亲生活在宁城。"

蒋正璇一听便怔然了。原来如此！怪不得他当时跟她说了很多他母亲的事情，怪不得他对宁城的大街小巷这般熟悉。她其实早该瞧出端倪来的。

聂耕礼的目光这时停顿在了眼睛红肿、绷带缠头的蒋正璇身上，极为诧异地脱口而出："这不是璇璇吗？你……"蒋正璇欠了欠身，勉强微笑："聂伯父好。"

蒋正楠代为解释："她在过来的路上也跟别的车子擦了擦，幸好人没事。"聂耕礼的视线扫过了蒋正璇脚上的毛绒拖鞋，若有所思。

此时，几个医院领导模样的人匆匆地赶了过来，极为客气恭敬地把聂耕礼一群人请到了边上一间医生办公室进行详谈。

加护病房里，聂重之的意识全无，苍白不堪地躺在病床上。从急救室里出来的主刀医生曾表示："病人的手术很成功，暂时没有生命危险。在接下来 48 小时内病情不反复的话，就表示脱离危险了。"

主治医生此时已知聂重之的身份，十分小心谨慎："方院，李院，病人刚动完了大手术，身体虚弱，需要好好休息。按照病人目前的情况，今晚是不会醒的，现在陪在这里对病人来说也没多大的意义，要不请聂先生明天再过来？"

他见聂耕礼神色牵挂，不愿离去，便又做了保证："聂先生放心，我们这个医疗团队一定会竭尽全力好好照顾病人，让病人尽快康复出院。”

众人左请右请的，后来到底是把聂耕礼请出了病房。

蒋正楠亦低声对蒋正璇道：“璇璇，走吧。”蒋正璇怔然地凝视着聂重之：“哥，我不走，我要留下来陪他。”

蒋正璇也不顾众人在场，低声相询：“医生，我可不可以留下来陪他？万一他等下醒过来呢？”

那么精致雪白的一张脸，泫然欲泣的目光中企盼隐隐，哪怕是铁石心肠也很难断然拒绝。

主治医生见她对病人关切异常，已猜到两人之间大约是情侣。他瞧了瞧聂耕礼，又望了望医院的两位领导，沉吟了几秒，点头：“好吧，你们自己协商，只可以留下一个人。”

蒋正楠叹了口气，拍了拍妹子的肩头：“那你留下来好好照顾聂。明天一早我让徐伯来接你。”蒋正璇的视线落在聂重之身上，似乎对他方才所说的充耳未闻。

这一过程中，由医院领导陪同着的聂耕礼，视线深深地在蒋正璇身上停顿了数秒，而后又移到了病床上的聂重之身上。

蒋正楠又几不可闻地叹了口气，轻轻地从病房里退了出去。转身，却见聂家伯父站在走廊处，其他人皆站得远远的，与他隔了一段距离。

聂耕礼注视着他：“正楠，伯父想跟你聊几句，方便吗？”蒋正楠欠了欠身：“聂伯父太客气了，当然方便。”

黑黑的睫毛轻轻地覆盖着，聂重之像在沉睡一般，等天色一亮，他便会起床。

在宁城的那些日子，每天早晨，他都习惯起来为她做早餐。

可如今的他这般躺在病床上，无知无觉地昏迷着。主刀医生说，那刀若是刺得再深一点，他就无能为力了。

整整一个夜晚，蒋正璇心里、眼里除了聂重之还是聂重之聂重之。

这一晚，她终于意识到，如果聂重之从此不再醒来，对她而言，是怎样的一个灾难。

她喃喃低语了一个晚上，她说："你快点醒来好不好？"

她说："聂重之，你不是说要参加我跟叶大哥的婚礼吗？你不醒来怎么参加呢？"

她说："聂重之，你要是不肯醒过来，我可真跟叶大哥结婚了！我说话算话，绝对不骗你……"

可片刻，她又说："我是骗你的，我怎么会跟叶大哥结婚呢。你快点醒过来，好不好？"

一袋又一袋的点滴液顺着细管，又"吧嗒吧嗒"地流进了聂重之的体内。蒋正璇看着它流尽了最后一滴，按了呼叫器，示意护士进来换点滴液。

护士小姐手脚轻巧地端了托盘进来，含笑道："已经天亮了，你一夜没睡，要不到沙发上休息一下？照顾病人可是一场持久仗。"

原来外头已经天亮了。离医生所说的 48 小时又近了许多！

蒋正璇握着聂重之的右手腕，她注意了一晚上，发现他右手的姿势很奇怪，捏握成拳，似牢牢抓着某物不肯松开。

蒋正璇忧心忡忡地问了护士："他的手怎么了？怎么会这样？"她听见自己的嗓音干涩难听得像是铁块摩擦发出的一般。

护士闻言，忙搁下手里的活儿，帮她检查了一下聂重之的手，可左瞧右瞧，左捏右触的，也没发现什么，便宽慰她道："应该没事的。这样吧，再过一个小时医生就要巡房了，到时候你问问主治医生，看他怎么说？”

几个医院领导和主治医生进来检查情况的时候，蒋正璇站在一旁紧张地听他们交流各种数据。最后只听主治医生对医院领导汇报：“病人虽然一直没醒，不过生命症状很稳定。现在看来不用观察48小时了，最多再需要观察一天一夜。”

主治医生还含笑着安慰她：“你放心，病人情况不错，可能随时会醒过来。”

蒋正璇自然是欣喜万分，便问起聂重之右手之事：“医生，他的手是不是受伤了？他一直这样握着，一个晚上也没松开过。”

主治医生道：“我为病人做过详细检查，他的手没事。他手里应该是抓了东西，不过我们试了很多次，都没办法让他把拳头松开。你放心，不会有什么大碍的，等他醒了自然就会松开了。”

蒋正璇听了后，便觉稍稍放下心来：“谢谢医生。”

一群人鱼贯而出，去了别的病房。房间里顿时安静了下来，除了仪器发出“嘀嘀”之声外，便再无其他声息了。

见聂重之的嘴唇又干涸了，蒋正璇拿了棉签蘸了水小心轻柔地替他润唇。聂重之的唇形状完美，此时因失血过多，呈一种果冻般的透明纯白之色。

也不知怎的便想到他第一次强迫她吻他，是在自己的卧室门口，他当时那么坏，坏透了：“我数到一二三，你不亲我，我就去找叶英章。”

她迫不得已，凑上去碰了碰。他走后，她回房恨恨地刷了好几遍的牙。

后来，在他的公寓，他每每对她做了坏事，她都跑去洗澡，洗很多次的澡，每次都洗到他发疯似的拍打着门：“璇璇，璇璇，快出来。你再不出来我就踹门进去了！”

他这个人，奇怪得紧。有时候，他会神奇莫测地盯着她，然后拂袖而去……可每次她醒来又会发现他在她身旁，贴得那么近、那么紧……

有时候，他会咬牙切齿地唤她的名：“蒋正璇！”表情是那样凶狠，让她有种下一秒他就会把她撕成碎片的感觉。

偶尔也有数次，遇到他心情好，他便伏低做小的，喜欢像小狗一般拿鼻子蹭她闹她。那样的时候，只要她不惹他，他便会有求必应。

他总喜欢送她各式的礼物，有的时候往更衣室里随随便便一扔，兴致来时，像个孩子似的胡闹，会摆在各种稀奇古怪的地方，在台灯挂满各种项链做流苏，把戒指塞在拖鞋里，硌疼了她的脚……

还有那鲜虾馄饨……有时候醒来，便会闻见那鲜虾馄饨特有的香味。其实那家馄饨店离他家并不近，从城西开到城东，要穿越过整个洛海城。也或许……他并不是去买来的，她曾经吃过的每一个都是他亲手包的。

如今回想起来，酸酸甜甜的一阵苦涩芬芳。

蒋正璇轻轻地捧起了聂重之的手，由于他握得太紧，骨节处历历分明。蒋正璇用指尖一点点地摩挲着他的手背，低头，一个吻温柔地落在他手上。

她低低道：“这样握着累不累？你握得这么紧，会抠伤手心的。把手松开，好不好？”

病床上的聂重之自然是毫无半点反应。

蒋正璇轻声细语，仿佛与他在交谈商议：“给我看看里头是什么，好不好？

“我很想看看，你手松开，好不好？

“小气鬼，我就看一眼，好不好？

“说好了哦，我要看了……”

她边说着，边用手指缓缓地去掰他的拳头。蒋正璇原本只是担心他掌心有尖锐之物刺伤他，听医生说用了很多办法，她也仅仅是想试试。结果很奇怪，聂重之握得并不牢，她很轻松便掰开一根手指，接着又是一根手指……

很快，聂重之宽大的手掌便在她面前摊了开来。

当蒋正璇的目光触及那搁在掌心之物时，整个人便怔住了。那横躺在他手心的赫然是一枚钻石戒指，用极小极小的碎钻拼出的一个心形，因设计精致，所以看上去也颇为别致。

他当时去找的便是这个戒指！这才是害他受伤的真正罪魁祸首！

煦暖的阳光从百叶窗的细缝里稀稀疏疏地渗透进来，照在小小的铂金指环上，蒋正璇看到了里环有一圈小小的英文字母。

蒋正璇指尖颤抖地取过了戒指，眼眶便无声无息地红了起来。只见里环那儿刻着的一圈字母此刻正清晰地展露在阳光下：LOVE XX。

大颗的泪霎时便夺眶而出。

一颗又一颗“吧嗒”“吧嗒”地坠落在聂重之摊开的掌心。

蒋正璇的手抖得很厉害，好不容易才把戒指套进了自己的无名指，果然不出所料，戒环不大不小，什么都刚刚好。

简简单单的一颗心，在她的指尖如花盛放。

她抬头，嘴角在光影中散开温软明媚的笑意，可是眼前一片水雾茫茫，连他的面容都瞧不分明了。

这个傻子，口里说着要成全她和别人，自己却连命也不要去取这个戒指。

蒋正璇泪落如雨，又哭又笑，只是喃喃：“聂重之，你这个傻子！

傻子！

“你这个傻子！

“你这个傻子！”

（全文完）

* 有关蒋正楠和许连臻的爱虐纠缠，请大家观看《有生之年，狭路相逢》和《有生之年，狭路相逢 终章》
* 有关祝安平的故事，请大家观看《遇见，终不能幸免》
* 有关楚随风弟弟的故事，请大家观看《亲爱的路人》

番外一　我们的幸福

聂重之醒来的第一眼，便是看见了一片的白。他好半天才反应过来自己在医院。

耳边依稀有两个女孩子的惊叫声，失去的记忆一点点地回笼：他在草丛里看见了那点的闪烁，他俯身去捡……结果后背一阵剧痛，再剧痛……他被手打脚踢……再后来晕了过去……

可是他在失去意识的前一秒，他记得他握住了戒指！牢牢握紧在手心的！

握住了它，仿佛……仿佛握住了幸福！

戒指呢？戒指呢？

如今是有什么温软的东西握着自己的手？聂重之努力地转动了一下千斤重的头颅，然后，他看到了蒋正璇那近在眼前的好看眉眼。

她怎么会在这里？他一直睁着眼睛，竟不敢眨眼。

他唤她："璇璇？"他听见自己发出的声音沙哑且细如蚊吟。他想抬头，想用手去拨开她脸上覆盖着的发丝，可整个人软如棉絮，他手一抬便无力地垂了下来。

蒋正璇本就睡意浅浅，此时聂重之的动静虽然轻微，但她还是感觉到了。蒋正璇一睁眼，便跌入了一片狂喜之中：“你醒了啊？”

聂重之依旧有些难以置信，虚弱地问：“你……怎么…在这里？”蒋正璇：“你手机里只有我一个号码，所以医院第一时间通知了我。”蒋正璇边说边按了呼叫器。

是啊，他手机里就她一个号码。无数个夜晚，他无数次地按下那些数字，拨出后便立刻掐掉。如此地重复重复再重复。

一个人加一个人变成两个人，仿佛是算术题，是件极简单容易的事。可两个人重新成为一个人，那些相拥而眠的日子便成了世间最毒的鹤顶红，想起都会叫人致命。

每次想起她，他便会按下她的手机号码，拨出按掉；再输入，再按掉……他凭此方度过了那些一个人的日子。

很快，主治医生与护士一群人急匆匆地赶了过来：“你觉得怎么样？头疼吗？觉得身体哪里不舒服……”

在医生的问话中，聂重之看见蒋正璇慢慢地退出了病房。

主治医生的检查还没结束，病房的门突然被拉开了，聂重之猛地抬头，不是她！是父亲聂耕礼，素来严肃的脸上有着毫不掩饰的喜悦激动，眼眶里甚至泪光隐隐：“重之……重之，你醒了？你总算醒了！”

父亲的身后是万淑萍，甚至还有聂凯之，可就是没有她。

聂重之的目光游弋，心下沉沉。她走了！璇璇走了！

她不过是来探病，自然是要走的。他这样告诉自己！

主治医生最后与父亲聂耕礼等人一起出去，说了半天的话。有护士进来量体温、换点滴、喂他吃药……

聂重之昏昏沉沉地再度沉睡。醒来时，似乎已经是夜晚光景了。

她不在。似乎睡着与醒来，对他而言并无半点差别。

他的眼角忽然扫到了熟悉的身影，他吃力缓慢地转动脖子，是她。

真的是璇璇，她竟然还在！

蒋正璇察觉到他的苏醒，转身面对着他，她的表情淡淡："口渴吗？要不要喝水？"

聂重之困难地点点头。蒋正璇取了一杯凉好的温水，自己试过温度，这才小心翼翼地把吸管放到他唇边。聂重之一把含住，吃力地吸吮了数口。蒋正璇垂下眼帘，掩去所有情绪："慢点喝……"

聂重之又喝了几口，示意不要喝了。蒋正璇取了纸巾轻柔地替他擦拭唇角溢出的水渍。仿佛怕弄疼他似的，她的每个动作都温柔到了极点。

但是，她整个人很冷淡，跟他第一眼醒来看到的那种惊喜完全不同，好似变了个人。哪怕是聂重之在重伤中，他还是感觉到了。

水再多也会喝完，手术后的困倦疲累又涌了上来，聂重之努力保持着清醒。他不能闭眼，他生怕一闭眼，她就会消失不见了。

他后来还是坚持不住，疲累地睡去。

也不知道那一觉睡了多久，聂重之在欲醒未醒的一刹那，脑中闪过的便是蒋正璇的脸。不好，他怎么睡着了呢，她一定是走了！

聂重之猛地睁眼，病房内果然没有人。

正在他失望万分，恼恨自己之际，洗手间的门被突然拉开了，他的心尖尖捧了一瓶含苞欲放的鲜花走了出来，视线与他接触了一秒后，便毫无表情地迅速移开。

她还在。她还在！

聂重之是不懂蒋正璇的，她居然天天都来陪着他。她的叶大哥呢？聂重之不敢相问，他只是觉得自己又在偷幸福了，偷属于叶英章的幸福！

一个人在病中，是不是会特别的软弱无助？聂重之不知道。

可只要她在，哪怕仅仅是可怜他，哪怕仅仅是施舍他，哪怕是冷淡至极，对他不大理睬，聂重之也觉得自己身在天堂，如沐阳光。

一天又一天，蒋正璇雨雪无阻地出现，给他带汤汤水水，带各种粥品炖品，然后盯着他吃光。

可怜就可怜吧，就算可怜，这样的可怜也是有期限的。聂重之又忍不住这样地想。

他极为听话配合，蒋正璇让他吃药就吃药，让他做治疗就做治疗。或许因为如此，他的病情复原极快。

很快便到了出院的前一天。这一天的天气不大好，阴阴沉沉的，仿佛风雨欲来。

蒋正璇的神色也与天气一样古怪，她站在窗口，沉默良久，才道："我有事情一直想跟你说。"

聂重之等着她说下去，可是后来他宁愿自己从未听过。她说得很慢，一字一顿："我跟叶大哥要结婚了。"

结婚！她要结婚了，真的跟叶英章结婚。

这么多年了，她总算是得偿所愿了！

他明知道她会跟叶英章结婚的，可这一刻真的来临了，聂重之却觉得自己成了一座石像。或者他希望可以成为一座石像，那么就可以不闻不听了。

然而他没有，他眼睁睁地瞧着蒋正璇从包包里取出喜帖，双手郑重地递给了他，请他准时出席。

樱花粉的喜帖、玫红的蕾丝缎带……她十指纤纤捧在他面前，她笑得十分好看，眼里有樱花般粉白的光。

那一张薄薄的喜帖似有千金重，把自己沉沉地压下去，再压下去……聂重之听见自己微笑着说：“恭喜。”他明明觉得自己已经回答得极快，声音很重了，可是传到耳中却如同天际那边的遥远幽微。

她在他面前浅浅微笑，那么地客气有礼：“说起来呢，还有一件事情要请你帮忙。因为叶大哥这段时间一直在国外交流……”

原来叶英章一直在国外交流，所以她才有空来医院照顾他。仅仅是如此而已！

“叶大哥要在婚礼前一天才回来，所以他没有办法试礼服。你跟他身形差不多，可不可以请你帮忙试试他的衣服？”

终于知道了，何谓忍字心上一把刀，刀刀见血。可哪怕心如刀割，聂重之却还是要微笑：“当然好。什么时候？你随时打我电话。你照顾了我这么久，我都没好好谢谢你……”

他都不知道当时的自己是怎么顺畅无阻地说完这番话的。事后想起来，总觉得那个片段是一个空白。

蒋正璇沉吟了一下：“星期三可以吗？”聂重之努力地微笑，努力地回答了一个“好”字。

她要结婚了，结婚了！

那年，蝉声如沸的夏天，空调嗡嗡地轻响，他在玩游戏。在那个杀敌最紧要的关头，一个小公主轻轻地推开门，从此走进了他的世界……

那年，魅惑喧闹的酒吧，她美眸迷离，慵懒地朝他挥手：“聂大哥，这里。”那是他第一次意识到小公主长大了，眉间眼梢的风情既清纯又妩媚，撩人得紧……

那年，她缠着他，舌尖怯怯地探出来，毫无章法地吻着他……从此他坠入了魔障，再没有醒来……

在宁城，她说：“我不走了，我在这里陪着你，好不好？”

她用手指戳他，眼底泪光闪闪：“你不疼的，你不会疼的，是不是？”

可是如今，这个小公主要结婚了！就在一个星期之后。

从此以后，会有另外一个人牵着她的手，搂着她的腰，吻着她的唇了！

天空阴阴的，乌云铺天盖地地袭来。不远处响起了闷雷，轰隆隆的每一下都似打在他心上。

试礼服的那天，万里无云，天气晴朗。

徐伯开了车，把蒋正璇和聂重之送到了舒曼的店里。

黑色低V领的针织紧身裙，将凹凸有致的身材完美勾勒出来的舒曼，正步步生莲地从里头相迎而来：“聂重之，你总算出现了。我还以为你……”舒曼笑盈盈地往脖子上一抹，做了个一命呜呼的动作。只不过她的笑意真心实意地从眼底流溢出来，一点虚伪也无。

聂重之：“舒曼，好久不见，最近可好？”舒曼香肩微耸：“你觉得呢？”聂重之不动声色地微笑：“很不错，不过我想某位先生的日子大概不是特别舒服。”

舒曼横了他一眼，没好气地道：“聂重之你还是一样的讨人厌。怪不得常言道：好人不长命，坏人活千年。你是其中的非典型性代表。”她转身对蒋正璇微笑，“蒋小姐，都已经准备好了。我让小薇带你们进去试衣服。”

其实他穿了白色的燕尾礼服也是很好看的。英俊潇洒，风流倜傥……不见得会比叶英章差一丁半点。站在镜子前的聂重之，这么傻傻地在心底说。

可是为什么，她的眼里永远就没有他呢？

身后的试衣间缓缓打开，一身白纱的蒋正璇徐徐地走了出来。

聂重之顿时呼吸停止！

蒋正璇穿了一款极简洁的复古婚纱，海藻般的长鬈发轻轻垂坠，精致的蕾丝头纱清新脱俗地婉约而下……皎洁若月光，盛放如莲花，她娉娉婷婷地站着，犹如一幅清新美好的画卷。

突然之间，聂重之很想对她说：“璇璇，别嫁给叶英章。嫁给我，好不好？”

只见蒋正璇提着礼服，姗姗上前，唇畔的一点笑，梨窝浅浅。她探手替他整理领结，蕾丝头纱微微地蹭着他的脸，沙沙的一点麻痒，不由得叫他想起她的吻、柔软的唇……

聂重之心头盈满了涨涨的酸楚，刚欲张口，却见她含笑着抬头：“这身衣服很不错。我想叶大哥穿了肯定会很好看。”

那一刻，真真的笑靥如花，比蜜还甜腻几分！

如一阵冰水当头浇下，所有的冲动在那一刻倏然退去。良久之后，聂重之听见自己轻轻地答道：“是啊，他穿了肯定很好看。”

聂重之不知道自己是怎么回的家，也不知道后来的几天是怎么过来的，反正浑浑噩噩，噩噩浑浑的一天又一天。

这日晚上，保姆阿姨轻轻地敲开了他的房门：“聂先生，有位蒋先生找你。”

聂重之从沙发上木木地抬头，瞧见了西装革履的蒋正楠。蒋正楠斜靠在门框上，含笑道：“聂，今晚兄弟们有个聚会，说了一个也不能少。走吧，大伙都在等你呢。”

聂重之倦怠至极，他亦毫不掩饰：“我很累，就不去了。你帮我对兄弟们说声不好意思。”

蒋正楠上前：“聂，明天是璇璇结婚的大日子，我有很多事情忙，怕招呼不周，所以今晚就先招呼你们这一群兄弟。”

血色从聂重之脸上瞬间抽走，他喃喃重复了一句：“明天？”蒋正楠说：“是啊。”

明天，明天就是璇璇结婚的日子了。

逃不掉，躲不过！他答应过她会出席的。他应该要做到的。

聂重之沉默良久，说道：“对不起，蒋，是我白白浪费了他们这么多年的好时光。”

“聂，是兄弟的话就不要再提过去的事情了。”蒋正楠上前拍了拍他的肩膀，架着他往外走，“走吧，我们兄弟这么久没聚了，今晚怎么也得好好乐乐。”

下了车才知道蒋正楠把招呼他们的地点安排在了白沙滩的私人别墅。楚随风、祝安平、路易周、杜维安一群人都在，见了他，纷纷上来，无言拥抱拍打着他。

兄弟多年，一切尽在不言中！

别墅外便是洁白柔软的沙滩，退潮时刻，一望无际的细沙，像是百里白缎铺展。此刻因是夜晚，所以黑漆漆的什么也瞧不见。

明天，明天，她就要在这里举行婚礼了！

那一个晚上，蒋正楠极高兴，一连开了许多瓶珍藏的好酒。一群兄弟个个兴高采烈。

他滴酒未沾，但一整个晚上都处于一种晕晕乎乎的状态，仿佛身在云端梦境，那么地不真实。

明天，璇璇就要成为别人的妻了。

他一个人站在楼下，仰望璇璇亮着灯的房间，一直待到了天亮。

他不知自己是怎么回到自己房间的。梦中，他瞧见蒋正楠推门而进的时候，已经着装完毕，亦是一身白色燕尾服，神清气爽：“聂，动作快点，婚礼仪式还有一个多小时就开始了。”

一个小时后，璇璇就要成为别人的妻了！

蒋正楠把他推进了浴室梳洗。他瞧见镜子里的自己，眼底有一览无余的哀伤。

他亦在沙滩上瞧见了叶英章，穿着他试过的那身燕尾服，器宇轩昂地站在一旁与人微笑寒暄。叶英章甚至笑容满面地过来与他握手：“聂哥，你好。”

白色的婚礼台，白色的玫瑰，熠熠闪闪的水晶酒杯上白色的缎带，各式精致的白色小物……

这是璇璇纯白色的婚礼！

不多时，结婚进行曲缓缓地响起，每一个音符都敲在了他的心上。

叶英章正站在台下侧身微笑。如栀子花般洁白清净的蒋正璇由蒋正楠挽着，一步一步地走向了婚礼台，长长的婚纱一路逶迤，像是幸福的尾巴，那么那么地长。

那是璇璇要的幸福。

那个抱着维尼小熊，穿着层层叠叠小礼服，赤足而来的小公主……要结婚了！

忽然间，身旁的楚随风和路易周抱着他的手臂，一左一右地把他架上了婚礼台，然后又哄笑着退下去。

这是怎么回事？！

聂重之茫然四顾，而后望进了蒋正璇盈盈动人的眼，他再无法移开。

有人问他：“聂重之，愿不愿意娶蒋正璇为妻，一辈子爱她、安慰她、尊重她、保护他，像你爱自己一样。不论她生病或是健康、富有或贫穷，始终忠于她，直到离开世界？”

是做梦，他在做梦。

在梦中，他便不需要遮遮掩掩。于是，他深深深深地凝视着面前的可人儿："我愿意，我愿意，我愿意。"

那人又问道："蒋正璇，你愿不愿意嫁聂重之为妻，一辈子爱他、安慰他、尊重他、保护他，像你爱自己一样。不论他生病或是健康、富有或贫穷，始终忠于他，直到离开世界？"

一辈子爱他！不是可怜他，同情他！

他看到璇璇脸上的笑，听到她说："Me too，我愿意。"

有人呈上了托盘，是一对戒指，那枚女戒他分明是熟悉的，是他丢了的那枚心形戒指……

只见璇璇轻轻贴近，在他耳边吐气如兰地道："聂重之，你这个傻子，大家都在看着我们……你还不给我戴戒指……你都已经是大叔了，再不娶我，你都要老了！"她的声音腻中带恼，软软绵绵的，说不出地娇媚动人。

如果可以，聂重之愿意沉醉在这个美梦中，一辈子不醒。

想不到那样的绝望过后，竟是如此美妙的收场。

蒋正璇笑吟吟地凝视着他："你在吃醋？"聂重之不吭声。蒋正璇扳过他的俊脸，不肯放过他，"快说！"

良久，他说："是，我在吃醋，我一直在吃醋。当年吃叶英章的醋，后来吃过宁熙的醋，到了今时今日还是吃他们的醋……谁让你以前说，叶英章什么都比我好……"

蒋正璇眉目之间似责非责，似笑非笑："那你有没有生气？"

聂重之轻轻地道："我没生气。"

蒋正璇白嫩的手指刮着他的脸，冷"哼"一声："生气就生气。

Who怕who！谁让有人不要我，还装大方地祝福我跟叶大哥。我是个睚眦必报的小女子，谁让我不好过，我也不让他好过，而且啊……”

所以她偷偷地策划了这场婚礼，让他也尝一尝当日她难过的滋味。

蒋正璇重重地补充道：“而且啊，我让他一辈子不好过。”

那“一辈子”三个字似箭般精确无比地击中了聂重之内心的柔软处，酥酥麻麻的，仿佛刚才喝下去的酒再次发酵一般。

聂重之双手轻轻地抚上她的脸，静静地凝望着她，一字一字地说：“好，说定了，你让我一辈子不好过。说好了一辈子就是一辈子，哪怕是少一年，少一个月，少一天，少一小时，少一分，少一秒也不行……”

忽然有柔软湿润的东西堵住了他的唇，婉转缠绵地探了进来。聂重之呼吸顿止。

蒋正璇诱人地纠缠他的舌尖，又吸又吮，见他半天也没动静，忽然恼了，重重推开了他：“聂重之，今天是洞房，你到底想闹哪样？”

蒋正璇转身欲走，聂重之从身后一把搂住了她，用双臂禁锢在怀里。良久，他才低低地道：“璇璇，告诉我是真的吗？真的是真的吗？我怕一动，梦就醒了。”

他不敢醒来！宁愿一辈子坠入这黄粱美梦之中。

他总是怕她会离开。蒋正璇顿时心软如棉絮，她反抱着他，紧紧地：“傻瓜，这不是梦。我在这里，在这里一直陪着你。”

不离不弃，一生相依！

他轻轻地问：“那你爱我吗？”蒋正璇没有回答，她只是吻住了他的唇……

来日方长。反正她有一辈子的时间可以回答他！

很多年后，醒来的时候，明媚的阳光透过窗帘斑斑驳驳地照进来。四月的天气，亮堂堂明艳艳的阳光，讨喜极了。

蒋正璇舒服地翻了个身，边上是空的。她懒懒地打着哈欠起身，书房里明显在听着动静的人显然是注意到了，温柔地走了出来，吻了片刻，问道："我熬了两个多小时的鱼片粥，想不想喝？"

蒋正璇轻轻地"嗯"了一声，下一秒便被他吻住了。一个热吻结束，只听他道："你爱不爱我？"

他到底是不放心的。哪怕如今早已经再度功成名就，但他还是每天重复地问她这个问题。蒋正璇又"嗯"了一声，聂重之追问："有多爱？"

蒋正璇捧着他的脸："很爱很爱。"

这个问题大概她要回答一辈子吧。但她心甘如饴。

其实一辈子也很快的，不过转眼而已。

唯愿现世安稳，日子就这样过下来，再过下去……一直到两人年逾古稀，齿松发白。

番外二　他与她的天荒地老

两人婚后不久，蒋父的事情也传来了好消息。几个月后，一切顺利告一段落。聂重之便带蒋正璇踏上蜜月之旅，去的时候是两个人，回来后不久却已经成仨了！

每月的最后一日，小夫妻两人照例是到聂家吃饭。聂父接过蒋正璇捧上的茶杯，一听聂重之报告的这个好消息，素来喜怒不行于色的脸上也激动了起来，一连说了两个“好”字。

万淑萍瞄了一眼蒋正璇的腹部，笑吟吟地接口道：“这真是我们聂家的大喜事。老头子你啊，也早点退休，跟亲家公一样，含饴弄孙，多清闲多有福气啊。”

说到底就是挑剔蒋家现在的失势。蒋正璇和聂重之都心知肚明。

聂耕礼侧目扫了万淑萍一眼，神情淡淡。

聂重之握了握蒋正璇的手，微笑道：“阿姨说得是，岳父他老人家现在确实清闲，跟岳母大人每天早晚散散步，一早送孙子去幼儿园，傍晚接回来。得空儿两个人便听听京剧、唱唱昆曲，忙得没一刻空闲。还不时地出去旅游度假，说什么年轻那会儿不时兴度蜜月，所以趁现在骨头还能动就多出去补度补度。这不寒假吗，他们带两个孙子去了苏州，就是为了去听一场《游园惊梦》，还说是为了国粹培养下一代。我看着岳父他现在的状态啊，比以前不知道身轻体健多少倍。”

聂耕礼饮了一口热茶，露了几丝笑意：“这可是遗传，当年白阿姨，哦，就是璇璇的奶奶就喜欢听曲儿。我小时候每次去他们家，那老唱片机里头咦咦啊啊，现在都还记得几句。”

万淑萍见聂耕礼出声了，便默不作声地坐在一旁静观其变。

蒋正璇听他提及自家奶奶，便笑盈盈地道：“是啊，我奶奶最喜欢听曲儿了。”

聂耕礼的视线扫了扫璇璇的腰腹处，眼底深处溢出了一片笑意：“说起那对双胞胎孩子，我上次倒也见过一面，长得可真是好啊。”

一提起大哥的那对宝贝，蒋正璇也眉眼弯弯：“是啊，俊文、俊佑实在可爱，我爸妈如今宝贝得不得了。只恨不得自己可以生四只手，这样就可以同时抱他们了。”

听到这里，万淑萍则似笑非笑地插了一句：“可不是，换了是我，凭空一下子多出这么一对双胞胎孙子，我也乐啊。”

聂耕礼眉头一皱，表情有些不耐。他转头问道：“璇璇，你爸妈什么时候从苏州回来？”

蒋正璇含笑回道：“下个星期应该就回来了。”

聂耕礼沉吟了数秒，转头朝万淑萍道：“明天你就去拜访一下易弘生的太太，还有梁夫人，请她们出面去蒋家提亲。”

聂耕礼说到这里，脸上挂了慈爱的笑，对蒋正璇道：“璇璇，你不要嫌爸爸我老套，有道是礼数不可废。你们小年轻的婚礼归你们小年轻的，我们老一辈啊还是得按我们老一辈的礼数来。宴请亲朋好友，这可是绝对不能免的。这不啊，正好趁春节，我们两家也得把这件事情给办了。”

他的视线落在聂重之身上，缓声道:“重之是我的长子，这些年来，我欠他很多。所以这一次啊，我一定给你们办得风风光光的，让整个洛海都知道我对重之一样地重视、疼爱。”

这次，聂耕礼第一次说出亏欠聂重之的话。万淑萍闻言后，饶是极力克制，但面色还是变了数遍。

蒋正璇只觉得握着自己的那只手颤了颤，她的反应是紧紧地反扣住。看来公公并不是不爱聂重之，只是老一辈的人都习惯了收敛自己的感情，羞于启口。

如今公公亲口说出来，聂重之内心必定感慨万分。

这是一件很好的事情!

未来是一条充满阳光的大道，正等着她和重之起程。或许还是有很多的坎坷曲折，但是她和他经历了这么多，她有信心，她会一直这么幸福下去的。

聂耕礼似乎想起了某事，朝万淑萍道：“在环湖路东段不是有幢小房子吗？”转头，神色温和地对聂重之两人道，“那小房子当年是你奶奶的陪嫁。那个时候环湖路这一代都是租界，这房子啊，还是当年英国人设计建造的呢。”

环湖路那边的地段如今是寸土寸金，那套房子又是民国时期的老别墅，真真是有钱也买不到的。万淑萍一直藏着掖着的，心里早打算好了要留给自己儿子的，如今聂耕礼这么提出来，她简直咬碎了一口银牙，可面上依旧得淡淡微笑，一副极为难的表情：“哦，说起那房子啊，不久前有饮食集团跟我接触了，说想租来开顶级会所，已经到了签合同阶段。你说这失信于人的……不大好吧……”

万淑萍肚子里的花花肠子聂耕礼怎么可能不知道，他冷“哼”了一声，不紧不慢地说：“如今我们家是少了吃还是短了喝，传出去让人笑话。你手上的其他房产，爱怎么卖怎么卖，爱怎么租怎么租，我一概不管，只是这房子，我是早已决定了要送给璇璇这媳妇的。你要是租出去了，就自己想办法收回来。”

万淑萍的脸色霎时精彩纷呈。

一时间，大家便都静了下来。

聂重之开口打了圆场：“不用了，爸，我跟璇璇现在住得好好的，也不想搬。”

聂耕礼道：“这事必须得听我的。再说了这房子是我给璇璇的见面礼，又不是给你的。”转身对万淑萍吩咐道，“去上头把那房子的钥匙找出来。今儿就把钥匙给他们，让重之带璇璇去转转。”又对璇璇道，“你们爱怎么装就怎么装，以后把费用单子拿来就是了。”

聂重之忙道：“爸，真不用。”

聂耕礼见万淑萍坐着没动，几十年夫妻了，万淑萍心里的小九九他怎么会不知道，便沉下了脸：“还不去。”

万淑萍一瞧这模样，心知聂耕礼已经下定决心了，十头牛也拉不回来了。也不敢真惹恼了他，只得上楼。

才结婚不久，聂父就埋了这“婆媳不和”的祸根。

但是吧，就算没这个祸根，万淑萍对自己也不可能打心里真正疼爱。这样想着，蒋正璇索性落落大方地收了聂父这份礼物，起身接了万淑萍手里的钥匙：“谢谢阿姨，谢谢爸。”

聂耕礼“哎”了一声，神色欢喜却又似惆怅无限。

饭后，聂重之与蒋正璇两人携手告辞而去。

聂耕礼目送他们的车子驶出院子，照例上楼进了自己书房。这是聂耕礼一个人的时光，万淑萍也不敢打扰。平日里，他都是坐在书房的露台上，远眺日月湖的美景，兴致来时，自得其乐地唱一段小曲儿。

不过这日，他打开了大书柜，取出了一本厚厚旧旧的《中国通史》。又取了老花眼镜，在红木书桌前坐了下来，小心翼翼地翻开了《中国通史》，一本《通史》里竟然已经被四四方方地挖空了，搁了一些书信、照片。

最上头是一张塑封好了的褪色彩色照片，里头一身灰绿色衣服的清秀女子，两个麻花辫子垂在胸前，娇娇地对着镜头露出花一般明艳的微笑。还有一张，是与一男子的合照，那女子穿了白衬衫，外套一件红色毛衣。男子长得与聂重之极相似，白衬衫加黑色的毛衣背心，仿佛情侣装一般。两人叠身站在一起，背后是繁花似锦的一树西府海棠。

聂耕礼极慎重地取出了照片，凝视半晌，喃喃道："碧微……碧微……"

若当初他没有听信父亲病重住院这样的谎言，若当初他没有离开学校回家，他与碧微，现在肯定不是如今的模样。

聂耕礼的思绪越飘越远，飘到了三十多年前……

聂耕礼进入大学后不久，便听说了他们这一届有一个女生，长得比《庐山恋》里的张瑜还漂亮几分。

一天晚上，聂耕礼正在昏暗的灯光下复习，便听见同寝室的胡卫国几人笑着从外头推门进来。胡卫国嚷嚷着道："聂耕礼，你小子这回没跟我们去看朗诵比赛，可真是亏大发了。你知道我们看到谁了吗？"聂耕礼头也未抬，淡淡道："谁我都没兴趣，明天有三门考试，我得复习。"

进大学前一天晚上，他们家老头子就耳提面命：“去了学校后，凡事也不能给我丢脸。在任何情况下，都不许提我的名字。”聂耕礼也犟得很：“爸，你放心，没有你，我也能活出个人样来。”

一看这父子再说下去又要杠上了，聂母赶紧在边上打圆场：“瞧你们父子，每次一开口就跟打仗似的。好了好了，每人都给我少说一句。”聂母赶紧打发儿子，“耕礼，你去收拾自个儿行李。”

聂母见聂耕礼出去，转头对正在踱步的聂父劝道：“我不是说你，都这个岁数了，说话还这么冲，你以为还是你领兵打仗那会儿。耕元去了部队，算是继承你的传统。耕礼又靠自个儿考上了大学，这是多光荣的事情。你不好好地鼓鼓励励他，还见一回训一回？孩子们如今都大了，都有自尊心了。你也得改改策略了，不能一味地只是训他们！”

聂父语重心长：“我这不是担心他在学校里不学好！所谓棍棒底下出孝子，自古到今都是这么过来的。儿子们要是不争气，丢的还不都是我们的这张老脸。”聂母端了杯茶送到他手上，责道：“我难道会不明白你的用意，只是耕元、耕礼他们现在都长大了，你呀，偶尔也得用一下怀柔政策。”

聂父瞪眼：“用什么怀柔政策，我可是他老子，生他们出来的人。如果不学好，打死了也不犯法。”说罢，“咕咚咕咚”一连喝了好几口茶。聂母摇头失笑：“这么多年了，还是茹毛饮血，白白浪费了这么好的茶叶。好了，好了，明儿一早他出门的时候，你可得说句好听的。孩子一去就是一个学期，别让他心里不痛快，我这就进去帮耕礼收拾收拾。”

第二天，聂耕礼如往常般进饭厅吃饭，才踏入，聂父聂母已经端坐在餐桌前了。警卫员机灵地给他端上了热腾腾的早饭。聂耕礼说：“爸、妈，吃饭。”埋下头，就着馒头三下两下便解决了碗里的稀饭。

聂耕礼搁下筷子，拎起行李便往外走："爸、妈，我走了。"聂母亦跟着起身，殷殷叮嘱："一个人在外要好好照顾自己，三餐定时，平时多穿点衣服，小心着凉。"

聂耕礼说："妈，我知道了。我这么大个人了，不会饿着冷着的，你就放心吧。"

聂父虽然年纪大了，可部队里的作风一点也没变，站在大门口处，身形跟松树般挺拔，威风凛凛地对儿子道："过来。"

聂耕礼背着提着扎捆好的行李，走近了他："爸，我去学校了。"

聂父深深地凝视着他，半晌，伸出手替他理了理衣襟，拍了一把儿子的肩头，然后摆手："去吧。"

在巷口拐弯处，聂耕礼回头，不经意发现母亲挽着父亲站在门口处一直默默地注视着他。聂耕礼笑着朝他们挥了一下手，然后转身。

进大学后，聂耕礼埋头苦读，一心扎在知识的海洋里。

寝室里个子最小的张志英是南方人，此时出声道："耕礼，是我们学校大名鼎鼎的小张瑜。张瑜知道不？"聂耕礼扭头道："去，去，去，就算是真张瑜来了，我也不感兴趣，更别说什么小张瑜了。"

聂耕礼自然不能说他在某礼堂见过真的张瑜，眉目如画，确实又洋气又漂亮，比电影里还好看几分。而且那天她还笑盈盈地跟他握过手，亲切地对他说："聂耕礼同志，你好。"

胡卫国笑："算啦，算啦。聂耕礼对书本最有兴趣了。书中自有黄金屋，书中自有颜如玉嘛！"

其他人也不再跟聂耕礼多说什么，纷纷议论这个小张俞，说漂亮是漂亮，可是从来不搭理任何男同学，对任何一个试图接近他的男同胞素来不苟言笑，冷若冰霜。

别看这群人在外面都文质彬彬、客气有礼的，但回到寝室谈论起漂亮女生的时候，跟冒着绿光的一群野狼没啥分别。

聂耕礼一直埋头复习资料，他对他们口中这所谓的小张俞不感半点兴趣。但是几天后，真的在学校大食堂见面的时候，他还是被惊艳了。

那天聂耕礼如往常般打好了饭菜，一个人端了饭盒找了个角落默默地坐下来。吃着吃着，喧闹的食堂也不知怎么了，竟在一瞬间安静了下来。聂耕礼觉得纳闷，便抬了头，这才知道所有人的视线都被食堂门口的几个漂亮女生吸引住了，所以鸦雀无声。

一眼望去，其中有一个扎了两条麻花辫子的女生，长得特别水灵。白嫩如雪的皮肤，水汪汪的大眼睛，一套普通至极的灰绿色衣裤穿在她身上竟也出奇地好看。

聂耕礼目不转睛地瞧着她，一时间都忘记了饭勺里头的饭。背后突然有人拍了拍他的肩膀，聂耕礼一惊，勺子里的饭便撒在了桌上。

胡卫国笑嘻嘻地坐了下来："看傻眼了吧！她啊，就是我们学校大名鼎鼎的小张俞。"聂耕礼垂下眼，道："什么看傻了，我是被你吓傻的。这么突然地拍我的肩膀，把我吓了一大跳。人吓人，吓死人，知不知道？"

胡卫国也不与他争辩："好吧，你说不是就不是。现在学校里几乎所有的男生都被她吸引住了，多你一个不多，少你一个不少。你不喜欢她最好，我还少一个竞争对手呢。"

聂耕礼的目光倏然落在他身上："你喜欢她？"胡卫国揶揄："你这不是废话吗？我们寝室里那几个，谁不喜欢她。"聂耕礼默不作声地继续吃饭，可是心里却不是滋味。

聂耕礼吃完饭后，没有像往常一样，飞快地去洗饭盒，而是坐在位置上，拿出了小本本背英语单词。他偶尔抬头，就可以看到那个灰绿色的纤柔背影。

原来她就是小张瑜。胡卫国他们有一点说得没错，她真的比真张瑜还要漂亮几分。不，是灵气，她比真张瑜更飘逸清丽。

从那天起，这一抹灰绿色便进了他心底。晚上的时候，更是会偷偷地跑到他的脑海里头。

再一次见面，是在一个晚上，非常非常突如其来。

那天晚上已经快接近熄灯时间了，学校里保卫科的徐老师忽然来到了他们的宿舍："聂耕礼，快，带件外套跟我去一趟医院。"

聂耕礼见老师神色匆忙，忙抓起外套就往外跑："徐老师，出什么事了？"徐老师一边快步小跑一边回答他："医院有个病人急需输血。但是病人的血液十分特殊，全校里只有你和另外一个女孩子符合。"

三步两步地冲到了宿舍门口，徐老师推起了自行车，拍了拍后座，示意聂耕礼上去："快，我带你去医院。救人如救火，一刻也耽误不得。"

徐老师的车子"噔噔噔"地踩得飞快。十二月底的天气，寒风呼啸而来，聂耕礼有种被刀割的感觉。

好半晌才赶到了市医院，有几个人正等在急救室外头，学校的另一位黄老师着急地迎了上来："你们可算来了。刚刚医生通知我们了，立刻要输血，李碧微同学已经在准备中了。"

李碧微，这个名字怎么听着有些莫名地耳熟。不过聂耕礼没有时间多想，便随着两位老师匆匆来到了抽血室。

抽血室里坐着一个女生，正低着头在卷着袖子，露出一截手臂，白嫩得不可思议。那女生听到了他们进门的动静，便轻轻转过了头。

比月亮还皎洁的一张素脸，乌黑的眸子似流星一般坠入了聂耕礼的眼中。聂耕礼只觉得"啪"一声，心口某处似有东西轻轻断裂了开来。这个李碧微竟就是胡卫国等室友口中的小张瑜。

白褂子白口罩的医生端着个托盘，走了进来："可以抽血了。你们谁第一个？"聂耕礼未经细想，便脱口而出："医生，抽我的，我是男的，身体结实。"

李碧微水一般的目光轻轻地荡漾了过来，聂耕礼极力保持镇定，可欢喜就像是泉水喷涌，无以复加，他在心里囔囔道：她刚刚在看我，在看我。

聂耕礼涌起了一阵朦朦胧胧的说不清的感觉，他觉得他可以为这样子的目光去生，也可以为这样子的目光去死。

回学校的时候，已经是凌晨了。由于两位老师要回学校分配的房子，到了学校附近的三岔路口便分了一辆自行车给他们，叮嘱聂耕礼："聂耕礼同学，你必须安全地把李碧微同学送回宿舍。"

聂耕礼自然是满口答应："徐老师放心，我保证完成任务。"

那一路，李碧微坐在他身后，她身上特有的香甜味道随风而来，他整个人恍恍惚惚的，宛如做了一路香甜的美梦。

小路正在翻修，堆满了大小的石块。聂耕礼整个人处于轻飘飘的状态，一不小心便撞上了路边的大石块。两人跌滚了下来。聂耕礼护着她，膝盖撞在了路边堆积着的石块上，生疼生疼的。

聂耕礼顾不得自己的膝盖，第一时间扶起了她："李碧微同学，你有没有事？对不起，对不起，都是我骑车不小心。"李碧微羞涩地摇头："我没事，你呢？"

聂耕礼也摇头，歉意万分："我也没事。真是对不起，害你跌了这么一跤。"李碧微浅浅一笑："这不怪你。这里在修路面，再加上连路灯也没有才会害你骑车摔倒的。你推着车子，我们走回去吧。"

这是聂耕礼想都不敢想的美事。从这里推着车子回学校宿舍，走路估计要二十来分钟了。他方才骑车骑得很慢很慢，就是想让两个人相处的时间停留得长一点，再长一点。

聂耕礼应了一声，趔趄地扶起了自行车。细心的李碧微注意到了："你没事吧？是不是膝盖摔疼了？"聂耕礼："没事没事。"

李碧微显然在照顾他的腿，走得很慢很慢。聂耕礼便与她讨论汪国真，讨论舒婷，讨论席慕蓉，讨论琼瑶，讨论邓丽君。两人的见解极相近，很多处都志同道合，聂耕礼生出了一种相见恨晚的感觉。

寒冷冬夜，短短的一段路程，两人居然走了足足大半个小时。快到学校大门口时，李碧微轻轻地问他："你会唱邓丽君的《小城故事》吗？"

那个时候，邓丽君的歌曲风靡全国。聂耕礼腼腆地回答："我只会几句。"

李微碧凝望着他微笑，那笑容比除夕夜的烟火还璀璨亮眼几分，她压低了声音，极轻极轻地开始哼唱了起来："小城故事多，充满喜和乐……请你的朋友一起来，小城来做客……"

她的声音清甜，轻柔而唯美，唱起来不似邓丽君般甜腻。淡淡柔柔的气息，像是冬日里头的蜂蜜水，让人回味悠长。

那一晚的月亮，淡淡的，仿佛一方瓷盘，带了清清的光。还有满天的星子，似碎钻般地撒满黑色丝绒幕布。

如今回忆起来，那节奏仿佛依旧在空中回荡。聂耕礼缓缓哼了起来："小城故事多，充满喜和乐。若是你到小城来，收获特别多……"

如今老了，当年那膝盖摔疼之处，每逢阴雨天便会发作。虽然酸疼，但聂耕礼很喜欢那种酸疼难受的感觉，好像随时在提醒着他，他亦曾经有过刻骨铭心的爱和爱人。

这种疼痛是碧微带给他的。每次一疼，他就觉得好像碧微还在身旁，永永远远陪伴着他一般。

聂耕礼抚摸着膝盖，低低地道：“碧微，重之今天来告诉我，我们的媳妇有身孕了。

“碧微，我们如今都有孙子了……

“碧微，那是我跟你的孙子。你高兴吗？”

番外三　爱是一件千回百转的事

卧室里的小阳台上，跟很多人家不同，许连臻用花草和舒适的沙发把这里打理成了自己的小天地。

许连臻拥着抱枕在小阳台的沙发上窝了整整一个晚上。此刻的大雁城，熹微晨光正在一点点地揭开黑色幕纱。

昨晚从徐凌铭的酒宴回来后，到现在她还一直处于震惊不已的状态。

“蒋正楠！”她低低地念出这个名字，艰涩无比。

这几年，她没有刻意地留意，也没有刻意地回避，所以她知道一些他的事情。比如他与钱会诗不时地携手一起出席各种活动、各种地秀恩爱。比如一年多前他父亲被带走协助调查的新闻；最新的，则是他一年前跟钱会诗解除订婚的新闻。

但是，她仅仅是知道而已。就像看一个 Top Star 的花边新闻一样，一闪而过，她心中再没有当初的酸楚了。是时光，把一切的悲伤都熬成了淡淡的过往。

在离开洛海前，她最后一次打他电话。那个时候，她就在心里默默地告诉自己：“许连臻，为了孩子，你给他打三个电话。无论怎样，你至少为孩子努力过了。以后不会后悔，哪怕是面对孩子，你也不会觉得内疚。”

她确实给他打了，一个，两个，整整三个电话。最后是贺君接的，她却听到他前所未有的冷酷厌恶之声：“你问她，是嫌钱少还是想参加我的婚礼？你告诉她，从今往后，不要再打电话来了。”

哪怕打电话之前，就已经知道这个结果了，但听到他那些话的那一刹那，许连臻还是感受到了心脏处那万剑穿心般的痛。

从今往后，她与他再没有以后了！

其实，最初的时候，她就知道了是这样的结局。可他千方百计地威胁她回到他身边，偶尔的时候，她总是希望那里会有一点点的爱和欢喜。

是啊，在她心底不可告人的地方，她曾经希望过，他威胁她，就像很多电视里的男主一样，是因为爱。

然而，许连臻发现她错了。跟从前一样，她不知道为什么，他对她，无论是什么，里头都从来未曾有过爱。

有了孩子后，许连臻设想了几千次几万次，如果她告诉他，会是怎样的结果？可是，无论想多少次，她都想不到她与他的未来到底在哪里。他那冷冷的眼神、毫不留情的话语，令她觉得，或许她一不小心说出口，孩子们就会从此离她而去。

他最后给她的话语，终于给了许连臻所要的绝望。然后，她借此绝望地转身，绝望地离去，再没有一点点的贪念了！

至此后，他对她而言，不过是旁人而已。

他订婚的时候，网络电视的报道铺天盖地，那个时候的她，确实有过非常非常难过的时候，心口那里疼得喘不过气来，几近窒息。大约肚子里的孩子们都感受到了，在里头不停地踢着她。她永远记得她抚着肚子，一个人在空荡荡的屋子里，对孩子们说："宝宝，你们乖，不要踢妈妈了。让妈妈好好地哭这最后一次。哭完了，妈妈就永远不会再哭了。"

孩子们很乖、很听话。于是，她抱膝坐在窗帘后面，静静地泪流满面。眼泪随同那些与他的记忆一起在空气里一点点地碎裂、消亡。

那一次以后，再看到与他相关的报道，便真的可以做到若无其事了。因为是她答应过孩子们的。

昨晚的重遇，那么地猝不及防。更令人哑然失笑的是，她居然被安排与他同一张桌子。整整一个晚宴下来，她便如一个提线木偶一般，跟着所有人做反应。不过不幸中的万幸，至少她做到了表面上的泰然自若。

那些年，其实她与他之间到底是什么，许连臻一直不明白。哪怕这些年过去了，许连臻还是一样的不清楚！那些爱欲缠绵的温软过往，他身体的灼热温度，他的唇、他的吻，偶尔半梦半醒间忆起，她都觉得是自己做了几场连绵不尽的梦。

在昨晚宴会的数个小时里，她与他连眼神也未对视过，真正的恍若旁人。

倒是贺君，在她和年东晟双双离开之际，候在门口处与她打了招呼："许小姐，你好。"

许连臻从从容容地微笑："贺先生，祝你也一切都好。"

贺君没有多说什么，只是欠了欠身："谢谢，许小姐。再见。"许连臻含笑道别："再见。"

就这样离开了，回到了家。

一切平静得像是深潭里的死水，一点波澜也没有。

而她，在窗帘后的小露台上，凝望着大雁城的万家灯火，窝了整整一个晚上。

反正是睡不着了，许连臻从沙发里起身，揉着僵硬的脖子，趿拉着拖鞋，出了卧室。去菜市场买点虾蟹，给孩子们熬最爱吃的海鲜粥吧。如果运气好，还可以买到一些土鸡蛋，给孩子做鸡蛋布丁。

她唯一觉得对不起的，便是这两个孩子。她让他们永远没有父亲。可哪怕是自私，她也要把他们留在身边。只因世间有了他们，她才能体会生活里的各种小确幸与小美好，她才会觉得人生这般没有遗憾。

现在的天气，冷热均匀，温度适宜，是大雁城最好的季节。许连臻沿着街道，慢步而行。几年下来，这个城市对她而言，连空气都是那么地熟悉。曾经的五福、洛海，反而成了生命里的过客，匆匆而过。

当年，她跟第一次离开洛海时一样，斜挎着那个包包，失魂落魄地再一次来到大雁，敲开了娇姐家的门。

就在娇姐小小的房子里住下来，想要继续帮忙打理服装店。娇姐心疼她，怎么也舍不得她这个双身子的人继续忙碌。后来，年东晟知道她回来后，便第一时间给了她一些可以在家里完成的设计工作。

感谢娇姐和年东晟，这些年来像亲人一样接纳她，照顾她和孩子们。如果没有他们，她一定会艰辛许多许多倍。

这些年来，她过得很好，乐在其中，累也不觉得累。如果说有一点点瑕疵的话，大概就是孩子们问她："妈妈，爸爸呢？爸爸在哪里？"

真的不要以为电视、电影里这种镜头很矫情，事实上生活就是这么矫情的。孩子们就是这么问她的。

可她无法像电视里的女主角那样撒谎说："爸爸去了很远很远的

地方。”很远很远的地方，一般代指天堂。蒋正楠身康体健，事业成功，美女在怀，各种的顺风顺水。哪怕是分开了，许连臻还是无法这么咒他。更何况从距离长短来说，洛海离大雁并不远。

记得在孩子们第一次问她的时候，她为孩子们的早熟停顿了一两秒，然后抿嘴微笑，细细解释：“事情是这样子的，爸爸和妈妈手牵手，走啊走啊，一不小心走散了。妈妈找啊，找啊，可是怎么也找不到爸爸……”许连臻摊着双手，做无奈表情，“所以啊，妈妈也没办法告诉爸爸有你们这么可爱的两个宝宝。你们明白吗？”

两个孩子似懂非懂地点头，娇憨地继续追问：“妈妈，那为什么爸爸不来找我们呢？”

许连臻再度失神了数秒，方道：“爸爸当然也在找我们。不过他到现在还没有找到。”

孩子们锲而不舍：“那爸爸什么时候可以找到我们？”许连臻揉了揉孩子细软的发丝，望着窗外：“妈妈也不知道。”

回过神来后，许连臻还不忘语重心长地叮咛了一句，结束那一次谈话：“所以，跟大人逛街的时候，你们一定要牢牢牵着大人的手。不然就会跟爸爸一样走散，再也找不到妈妈了。”

找不到妈妈，孩子们露出惊惶害怕的神色，重重地点头，以示明白。

此后，只要孩子们问起爸爸，许连臻都是这一番说辞。她欺骗了孩子们，渐渐地也欺骗了自己。说谎的最高境界让自己都相信那是真的。她几乎也到了那个境界！

然而每当逛街、吃饭、购物的时候，看到手牵手的一家人，或是孩子们上幼儿园后，遇到父亲接送的孩子，许连臻心里不是不羡慕、不是不遗憾的。

现在孩子们大了些，想起爸爸的时候，居然会童言童语地安慰她：

“妈妈，等我们长大，我们会帮你找爸爸的。”

找不到了！

他已经有他的未婚妻，很快便会结婚，会有他的孩子。

她再也找不到他了！孩子们亦是！

那个时候，总会涌起难以描述的酸疼！

许连臻仰头望着白亮澄净的天空，长长地叹了口气。她已经很久很久没有这么想起过蒋正楠了！

买了食材回家，熬了满满的一锅粥，与孩子一起分享了一个香甜的早晨。然后把孩子们送到对门的娇姐那里，打着哈欠：“娇姐，你让保姆照看一下他们。昨晚失眠了，我回去补眠了。”

娇姐蹙眉道：“最近又有什么大的设计 Case 吗？不是才接下华景的工程吗？”

许连臻抚额，做苦恼状：“是手头的一些其他活，卡住了，没灵感。你知道的啦，没灵感是世界上最痛苦的事。”娇姐笑着弹去她衣服上的一点灰迹：“晚上让周阿姨给你炖猪脑。”

闻言，许连臻整张脸都皱成了一团：“我不要。”娇姐笑着推她出门：“以形补形。谁让你做设计，这个最累脑子了。乖乖的，快去睡觉。”

屋子里没有了两个活宝，清静极了，却也让人受不了。许连臻翻来覆去，许久才入眠。

这一觉睡得并不安稳，前尘往事纷至沓来。

一直到门铃大响了片刻，许连臻方懒懒地睁开眼。手机显示时间已经是傍晚六点半了。

十一月的天气，此刻天色已经全黑了。打开门，竟是保姆周阿姨。许连臻有些惊讶，叫她起床吃饭的事情从来都是娇姐亲力亲为的，便问道：“娇姐呢？”周阿姨：“来了个客人，年太太在陪客人聊天。”

原来如此！许连臻补问了一句：“我认识吗？”周阿姨说：“那位先生第一次来。”

第一次来，那她应该不认识。许连臻不好随随便便地穿了居家服过去，于是折回房间，换了件宝蓝色的宽松毛衣、白色的裤子。她除了工作时间，平时都是怎么舒服怎么穿。

一进门，便看到娇姐在客厅陪着客人喝茶。居然不见四个顽皮到可以把家都拆了的小家伙，估计是在游戏房里折腾。

娇姐含笑着朝她招手：“连臻，过来。姐给你介绍一下小皮皮的恩人。姐啊，今天运气实在是好，福星高照，居然被姐遇到当年皮皮的骨髓捐赠者……”

下一个瞬间，许连臻瞧见了那客人的侧脸，线条完美得犹如神祇，她倒抽了一口冷气，惊惶之下，娇姐后面的话便没有入耳。

竟然是蒋正楠！

世界上还有比这更荒谬的事情吗？怎么会是蒋正楠？怎么可能是蒋正楠？

她蓦地想起昨晚与贺君寒暄的时候，一旁的年东晟皱着眉头盯着贺君瞧了半晌，后来在电梯里，没头没脑地说了一句：“这个人我怎么觉得很面熟！好像以前在哪里看见过。”想了半天，怎么也想不起来，拍了拍脑门无奈地叹息，“现在这脑子啊，记性不好喽。”

许连臻晃神半晌，思绪回笼时听见娇姐在为她做介绍：“连臻，这是蒋正楠先生，洛海人。”娇姐又含笑朝蒋正楠道：“这是我的一个妹妹，许连臻。”

蒋正楠的视线似是穿过了这些年的春夏秋冬，四季寒暑，终是缓缓地落在了她脸上，他凝望着她，淡淡微笑：“好久不见了。”

很多年后，许连臻问蒋正楠：“为什么会选择在娇姐家里见我？没有再装作不认识我。”蒋正楠吻着她，轻轻地说了一句：“因为在那里，有娇姐，你才没办法把我赶走。”许连臻侧头想了想，笑了出来：“那倒是，谁让你是小皮皮的恩人，娇姐最护着你了！你看看，到现在都还护着你。”

不过那个时候，许连臻只是很努力地保持镇静。饭后，娇姐示意许连臻把蒋正楠送下楼。娇姐从来不放过任何一个把她推销出去的机会，这一次也不例外！

两人并肩而行，对许连臻，每一步都像拖着铅，让她举步维艰。短短的一段路，两人只是一片沉默，她目不斜视地将他送至门口。蒋正楠出乎意料地别无他话，拉开了车门……

僵硬的身体，胸口处的感觉难以言状，许连臻一时间说不清是庆幸抑或是酸楚。庆幸他看见了孩子们，居然一点怀疑也无。这正是她想要的，可她酸楚什么呢？

临上车前，蒋正楠才转身对她微笑，淡淡地道：“相信我，我们会再见的。”

她猛地一震，仿佛电击般，难以置信地抬头望向他。

蒋正楠眼里有她熟悉的志在必得，还有……还有些她分辨不出的东西。

再度相遇，是与华景世纪徐总的聚餐。那一次年东晟有事，无法出席，她只好作为公司的全权代表。

推门而进，便看到蒋正楠堂而皇之地坐在席上。她进退维谷，只好上前。

她遇到了此生最尴尬的事情。堂堂蒋正楠居然剥了一碟子虾，毫不避忌地在徐总等人面前推给她。

许连臻的反应是“腾”地站起来，仿佛有毒蝎子在蜇她的脚。她极力保持镇静，对徐总道：“不好意思，我去一下洗手间。”

等她回来的时候，徐总等人已经不在了。偌大的包房里只有蒋正楠，他说：“你不介意的话，陪我吃完这顿饭。”

许连臻客气微笑，仿若面前的仅仅是一个合作伙伴：“蒋先生，您慢用。我还有事，请恕我失陪了。”

蒋正楠在她身后说：“璇璇跟聂重之结婚了。她说她很想见见你。”许连臻止住了脚步。

璇璇，这些年来，她总是会想起她，那些甜美的笑，那些纯纯的好。在她最艰难的光景，她曾给过她的友情，令她终生难忘。

想不到兜兜转转，她最后还是没有跟叶英章在一起。

“该我知道的我都知道。我们彼此坦诚一点好不好？”

言简意赅地让她明白，她一直藏着掖着的秘密再也保留不下去了。

不久，蒋正璇陪着母亲陆歌卿特地来了一次大雁。蒋正璇轻轻上前：“连臻。”而她亦只唤了她一声：“璇璇……”

两人再没有言语，静静地望进了彼此的眼睛，有淡淡的水光。

陆歌卿见到了两个粉雕玉琢的孩子，一手拉着一个，一迭声地叫好。临走时，亦拉着许连臻的手拍了拍，顿了半天，才欲言又止地道：“当年是我……”

许连臻打断了她的话，淡淡微笑：“伯母，我明白的。养儿方知父母恩，我明白的。”

隔了一个星期，蒋母又亲自过来了。蒋正璇说：“连臻，你别嫌我妈烦。她现在也只有来大雁这一点快乐时光。”

如今的蒋家风雨飘摇，蒋父之事令蒋母数度住院，曾经雍容华贵的妇人，如今已见沧桑华发。

在许连臻的默许下，渐渐地，孩子们也习惯了蒋母和蒋正楠每个星期六、星期天的陪伴，一直到有一天，来了一辆车把她们接到了洛海蒋家。许连臻方知道竟然是蒋父想见两个孩子。

后来为了两个孩子，她还是跟他结婚了。

只是到底意难平！

无论在孩子面前怎样互动，可人后的两人始终是淡淡然的。蒋正楠待她，不能说不好，可总是少了些什么似的……

或许只能说他很小心翼翼地在接近她。

如果不是那一件血衣的话，或许两个人一辈子就只能淡下去了。

那日，她洗了澡出来，进了更衣室，却看见他戳在衣柜前，手里拿着一件衣服在发怔。

蒋正楠缓缓地转过身来，许连臻也终于看清了那件衣服，是她一直搁在最角落里的那件血衣。

她徐徐抬眼，望进了蒋正楠深潭似的眼眸中。他难以置信的眼神里有一种奇怪的情绪正喷涌而出。

他说："如果我没有记错的话，这上头都是我的血。"

两人沉默着。

隔了片刻，他轻轻地道："那一年，我出了车祸，醒来唯一的念头就是想看到你。可是你走了，不知道去了哪里。我让贺君找侦探社查你，要不是你后来动用了那笔钱的话，侦探社根本就查不到你，也查不到小皮皮的病。"

他说醒来的唯一念头便是想看见她。许连臻顿时呆若木鸡。

"我当时那么恨你，恨不得活活掐死你。可我居然还傻兮兮地在公司里颁布了一个福利措施，出资让所有员工享受免费体检，为的就是帮你寻找适合小皮皮的骨髓。可最后没想到，找到的那个人竟然是我自己。”于是他与她做了那场交易，为了把她留在他身边。

“你回到洛海以后，我每天都像疯了一样。想折磨你，不舍得；想对你好，不甘心。那个时候，正好出现了一个钱会诗……我开始与她成双成对，然后暗暗观察你的反应。你每天过得很开心，不是跟璇璇吃饭就是跟同事嬉闹。我告诉自己，蒋正楠你别傻了，许连臻喜欢的是叶英章。她一直喜欢的都是叶英章……她从来没有一点点地喜欢过你……”然后，他就向钱会诗求婚了！

许连臻仿佛被人点住了所有穴道，无法动弹半分。

“但是现在，我很想知道一件事情。”蒋正楠朝她一步一步走来，“许连臻，你只需要告诉我，你为什么留着这件衣服？你说。”

许连臻怔怔地看着他一点一点地接近。

蒋正楠：“都这么多年了，你为什么没有扔？为什么？”

蒋正楠说：“许连臻，我为了你做了这么多，你从来都没有想过这是为什么吗？”

他一字一顿地道：“是因为我爱你，我那么那么地爱你。只是这些你并不知道，我始终不让你知道。”

许连臻一直站着，她觉得自己站成了一座石像！

他说：“如果不是因为爱你，当年我为什么会给小皮皮捐赠骨髓？如果不是因为爱你，我为什么要胁迫你回来？如果不是因为爱你，我为什么到现在总是出现在你身边？”

他问她：“那么你呢？又是为什么呢？为什么留着这件衣服？为什么会给我生下俊文、俊佑这两个孩子？为什么？”他终于把所有的话都说出了口，那一刻，从未有过的畅快淋漓。

许连臻只是静静地凝望着他。

他不知道，她在等，一直在等，等一个人。

她那日决定嫁他，除了考虑孩子们外，除了娇姐、璇璇等人的相劝外，还因为她看见了许小白。或许，现在应该要叫“老白”了。

黄昏里，他带着许小白静静地站在她的楼下。一人一狗，背景是夕阳西下的满目斑斓。他的身影在这光华极致中却有一种无法言说的寂寞苍凉。仿佛一直在等待，等待她的到来。

她从未想过此生竟还能看到小白。他没有把小白丢掉。

她缓缓地走近，小白似乎嗅到了她的气息，奔跑而来……

小白记得她。

她把头埋在小白清香隐约的毛发间，那一刻神志无比清明，轻轻闭眼，说出了自己的决定：“蒋正楠，我答应你。”

答应与他结婚，不管以后是一段覆辙还是一段延续！

后来的后来才知道，如果让狗狗不断地闻主人的气味，哪怕是主人一直没有回来，狗狗也永远不会忘记。这是贺君告诉她的。

那一天，贺君还告诉了她许多许多她不知道的事情，比如她父亲许牟坤怎么出院怎么住院，比如蒋正楠不止一次地去医院看望父亲，比如父亲的坟墓，比如那条项链，比如婚后的蒋正楠一直住在那个公寓，比如……

贺君到最后缓缓地微笑，说了一句：“蒋太太，你跟蒋先生都不小了。”

是啊，都老了，再不相爱就老了！

番外四　很爱很爱你

许连臻洗了澡出来，便看到蒋正楠站在露台上远眺夜景。

她不知道他为何要带她到巴塞罗那，入住同一家酒店。曾经在这里的那七天，一度是她人生最明媚的光彩。

虽然，后来知道是假的，可他给过她，整整七天，没有旁的人，只有他与她，还有他们的孩子。

在这里，不知道那只曾经拥有他与她共同血液的蚊子，有没有孕育出许许多多的蚊子后代。不知那影院里又在上映着什么悲欢离合，亦不知道当年转角的那家首饰店是否还在……

蒋正楠缓缓地转过身来，他只穿了一件白衬衫，领子微松，袖子则卷到手肘处，在晕黄的露台灯光下，深深地凝望着她。

岁月总是优待一个男人的。不得不承认，如今的他，哪怕仅仅是嘴角微勾，漫不经心地一笑，便足以叫人窒息了。

他缓步朝她走来，轻轻地拥着她，什么言语也没有。

若是叫娇姐知道，她与他不过是初结婚，却已经到了不沟通的地步，娇姐会做何感想。

他解开了她的浴袍。他看到了。

蒋正楠搂着她的腰轻轻地跪了下去，虔诚无比地在她的腰腹上落下了一个吻。

眼眶毫无征兆地一酸。那个时候两个孩子太大了，她根本没有办法自然生产，于是，在37周的时候，选择了剖腹产。

如今，那个地方有一条细细白白的疤痕。

而他羽毛般的吻却是落在上头的。

他显然知道一切。

第二天醒来的时候，一睁眼便捕捉到了他来不及收回的视线。

那一天，他竟然带了她去街边的那家手工制作戒指首饰的小店，女店主依旧胖胖的，笑容满面。她见蒋正楠推门进来，热情熟络地迎了上来，与他嘀嘀咕咕地说着西班牙语。

看着穿了卡其色工作服的蒋正楠，戴了面罩凝神专注地用焊枪在小坩埚内熔银，用特制的压片机压成小片，焊枪退火，熟练地将银片用小锤敲打、用吊磨机打磨。最后再煮银、拔丝、抛光。

然后，一个J字的挂坠便出现在了许连臻的眼前。

许连臻在那一刹那，想起了他曾经送给过她的那一条项链，一个很精致的J字，缀着粉钻，小巧可爱。

她忽然恍然了过来，那是他蒋字的第一个字母。原来，许久许久之前，他便曾把他的姓赠予过她了。

蒋正楠用一根小银链把那个J字套了进去，亲手挂在她的脖子上。

没有任何的纹饰，只是光裸裸的一个字母，却比任何礼物都叫她欢喜。

后来的几天时间，他们在蓝布拉斯大道上随意闲逛，随行随停。只是，他一路都牢牢地牵着她的手。好像就要这么一路走下去，走一辈子！

之后每一年的同一个时间，他都会特地留开时间，带她去巴塞罗那，带她去店里亲手制作首饰给她。以至，她渐渐地也学会了说西班牙语。

有一年，她一个人闲逛的时候，路过那家店，便推门而进。胖胖的女店主欣喜地从里头出来，给了她一个大大的拥抱。然后邀请她坐下来喝咖啡，絮絮叨叨地说了很多。

最后女店主说："我准备把店关了。你今天把你们存着的首饰取回去吧。明年你们再来的时候，或许我已经不在这儿了。"

许连臻茫然不解。女店主说："蒋先生，在带你来之前，每年都来一次，做戒指、做首饰。一年一套。但他从来不拿走，只说寄存在我店里。"

打开女店主给她的手工银盒时，许连臻便怔住了。

里头居然有六套银质手工戒指、项链、手镯，她一个一个地仔细看，发现每个上头都有JX的字样。

那是他与她的姓。他与她的！

分开的那几年，他每年都来做一套首饰给她。

泪，毫无征兆地盈满了双眼！

他说过："是因为我爱你，我那么那么地爱你。只是这些你并不知道，我始终不让你知道。"

原来，他真的从来不让她知道。

他爱她！蒋正楠一直很爱很爱她！

番外五　蒋俊文蒋俊佑之童言无忌

1. 打屁股事件

两个双胞胎打架惹许连臻生气了，许连臻怒道：“你们再皮，再皮就把你们的屁股打成两块。”

俊文：“妈妈，屁股本来就是两块的呀！”说罢，还转头问俊佑：“对吧，弟弟？”

俊佑重重点头：“是啊，本来就是两块的。”

许连臻哑口无言，转头看到蒋正楠在一旁忍俊不禁地偷笑。

2. 芭比娃娃事件

小妹妹聂亦心来玩，许连臻拿出了很多买给她的玩具，其中一个是芭比娃娃。

聂亦心给芭比娃娃换衣服换鞋子，玩得眉开眼笑，正欢乐。

俊文左瞧瞧右瞧瞧，忍不住发问：“妈妈，这个叫芭比娃娃？”

许连臻点头：“是啊，芭比娃娃。”

俊文眼珠子骨碌碌地转，比画道：“可是她的胸这么大，怎么可能是娃娃呢？”

许连臻、蒋正璇先是一愣，会意后便呆住了。

俊佑在一旁自得其乐地总结：“爷爷奶奶爸爸妈妈姑姑姑父你们大人好笨啊，它肯定不是芭比娃娃，它是芭比妈妈。”

哈哈哈哈……

3. 生小妹妹事件

夜晚，两个小家伙怎么也不肯睡觉。

蒋正楠又哄又骗，不见一点效果，于是用了狠招：“你们要是再不乖，爸爸妈妈就生个小妹妹，以后就疼小妹妹，再不疼你们了。”

两个双胞胎你看我，我看你，最后乖乖地合眼睡觉了。

一段时间后，蒋正楠再次重复以上话语。

俊文问：“爸爸，你上次就在说生小妹妹，怎么这么久了还没有生出来。”

俊佑看着哥哥，无辜的大眼睛一眨，似懂非懂地说：“那还用说，肯定是爸爸没用，所以妈妈生不出小妹妹来。”

没用，儿子们居然说他没用。蒋正楠为之晕倒！

4. 打电话事件

俊文俊佑在家玩打假电话游戏。

爸爸蒋正楠语重心长地教育道：“你们两个天天在一起，打电话也没什么好说的。既然要打，就打给自己的女朋友……”

俊文俊佑闻言，各自举起自己的小手手放在耳边。

一个道：“喂，笑笑在吗？”

另一个道：“喂，朱家琪，你要不要来我们家玩？”

全家顿时惊住了，然后乐晕了……

番外六　生日礼物

这日，路易周来了聂重之的新办公室拜访。

说是拜访，实则是这群铁哥们各自想捧上支票支持他。但每个人都顾及他的感受，说得堂而皇之，头头是道：“这不，知道你要重新创业，兄弟我也想分一杯羹。想让你带着我尝尝电商新贵的滋味。怎么样？给不给兄弟我这个机会？”

聂重之连自家大舅子蒋正楠都拒绝了，其他兄弟自然也不例外。

“谢了，兄弟。咱们啊，一切尽在不言中。若是到时候我真有此需求，我肯定找你。”

路易周自然知道其他兄弟皆已碰壁而回，他亦不勉强：“好，一言为定。”

“君子一言，驷马难追。”历经了起落，方知兄弟情重。虽然没有接受他们的帮助，但聂重之俱已经心领了。

两人便聊了一些旁的话题。聂重之忽然想起一事，问道：“路，听兄弟们说上个星期你生日，嫂子送了你一份生日礼物，据说你乐坏了？到底是什么礼物？”

路易周唇角微勾：“佛曰不可说。”

聂重之立刻了然，心领神会地一笑，道：“你很满意，是吧？”

路易周面无表情地点点头：“满意至极。”

不多时，路易周便告辞离开了。他临出门之际，忽然转身丢下了一句话：“聂，如果我没记错的话，下周末是你生日。”

事实上，这是他和璇璇结婚后的第一个生日。

聂重之自然是期待万分。

他早早地订了一家气氛极好的酒店，与璇璇共进晚餐。饭后，两人又在环湖路手牵手散了一会儿步，方才回家。

他一直等着老婆给他生日礼物的，亦脑补了无数个场面。

然而……等啊等啊，一直回到了家，都没有。蒋正璇似乎已经忘记了他生日这回事，如常地洗漱睡觉。等聂重之洗好澡出来，蒋正璇已经在床上入眠了。

一点不失望那是不可能的。但聂重之如今已具有强大的自我催眠安慰能力。他对自己说：不过是生日礼物而已。反正年年都过生日。今年忘记了，就明年，没什么大不了的。

他做了一个大大的深呼吸，然后掀开了一侧的被子，准备躺下。忽然，他愣住了。床上赫然搁了一个纸盒子。白色的盒子，黑色的缎带。虽然是很寻常的模样，但聂重之经历重重失望之后，猝不及防地得到自己想要的，亦十分喜出望外。

聂重之喜滋滋地抱着盒子，坐在床上打开。而后，他惊住了。

这是一件斜门襟长款系带真丝睡衣，门襟的地方绣了缠枝花纹。这是一件手工做的真丝睡衣。一针一线，耗时费力。

这是璇璇亲手为他设计为他做的睡衣。

他忽然忆起蜜月时的某个清晨时分，他迷迷糊糊中觉得有只柔若无骨的小手在他胸口摸啊摸的，一路点火。他一翻身便将人压在了身下。

“聂重之，别动，我在量……”聂重之低头封住了她的唇。后来，所有的抗议呜咽都尽数变成了娇吟，尽数被他吞咽入腹。

如今方知她当时便在偷偷地为他准备这份生日礼物了。

犹记得小时候，与母亲两人相依为命，物质贫乏。她母亲却是十分能干，用她微薄的工资精打细算，会给他做各种好吃的，会买布料踩着缝纫机给他做衣服。母亲曾给他做了一套白衬衫黑裤子，他穿了去学校领成绩单。结果那一年他又拿了年级第一。回到家，得了左邻右舍们的夸奖，说他长得俊，说他长大了肯定有出息。他被夸得不好意思，无意中抬头，瞧见了母亲泛红的眼。

因为有母亲，他的童年亦充满了爱和幸福。

可谁也没料到，才没过多久，母亲生了重病，不得已之下只好找到了父亲。去聂家的那天，他穿了母亲亲手熨烫的白衬衫黑裤子。母亲亲手给他整理衣领，抚平袖子上的褶皱，默默地凝望着他半晌，方轻轻地对他说：“去吧。”

“妈，我不要去。我想要陪着你。一辈子跟你在一起。”

“傻孩子，妈妈也想要陪着你，一辈子跟你在一起。可是妈妈生病了，撑不了多少日子了。妈妈离开后，你一个人孤零零的怎么办呢？”

“我一个人孤零零的，也不去他们聂家。”

“傻孩子。那个人是你爸爸。你跟他姓聂，你是聂家的子孙。”

“他才不是我爸爸呢！”他恨恨地脱口而出。他极少在母亲面前如此倔强。

“傻孩子。”母亲一遍一遍地唤他傻孩子，最后对他说，“你去聂家。

妈妈我就走得放心了。我知道你爸爸会好好对你的。”

他不说话。

“重之，你是不是想让妈妈死不瞑目？”

他终于忍不住了，吼道：“不许你说‘死’这个字。你不会死的。”

那一天，他是红肿着眼来到聂家的。万淑萍本就在肚子里咬碎了一口牙，见他如此模样，以为他当众不给她脸面，更是恼恨不已。

不久后，母亲就撒手而去了。她给他整理了一大箱的东西，让他带去聂家。

他打开后看到里面的东西，便号啕大哭了起来。

原来母亲偷偷地给他做了一箱子的白衬衫黑裤子，他可以穿到十八岁。

上头每一针每一线，都饱含了母亲对他的爱。

这是这辈子除了母亲外，第一次有人亲手给他做衣服。

聂重之将睡衣抱在手上，内心盈满了幸福感动。

他吻醒了身畔的宝贝：“老婆，这是你亲手做的吗？”

蒋正璇这段日子身子疲乏，每日都是睡不醒的状态，被他吵醒，睡眼蒙眬地反问他：“不然呢？难道还有别的人给你做睡衣吗？”

聂重之的头摇得跟拨浪鼓一般：“没有。没有。我只是太开心，太高兴了……”

“老婆，以后每年都送我一件这样的礼物，好不好？”

“看我心情喽。高兴就送，不高兴就不送。”

“不行。说好了，要送一辈子，好不好？”

蒋正璇终于说了一个“好”字。

聂重之忽然笑了。下一秒，他重重地吻上了她的唇：“老婆，你真好。”

那天晚上，聂重之换上了老婆大人亲手做的睡衣，哄着老婆做了很多“不可描述”之事。

第二天一早，蒋正璇一起床，也不知怎的便头晕目眩，昏倒在了浴室。

他吓坏了，匆匆忙忙抱着蒋正璇去了医院，并同时通知了大舅子蒋正楠。

哪知检查后的结果，却叫人狂喜。

医生举着拳头放在嘴边，假意咳嗽了两声：“不过我们准爸爸还是要注意。毕竟是怀孕初期，有些事情不能过火。否则孕妇老是体力不支晕倒的话……咳咳……”

蒋正楠如刀锋般锐利的目光便砍了过来。聂重之面皮厚，尴尬又不失礼节地朝医生一笑：“我们是新婚。医生，你懂得。”

这不解释还好，一解释，蒋正璇越发面红耳赤了。

幸好医生是个过来人，点到为止即好。否则的话，聂重之怀疑自己会被蒋正楠的眼刀子活活插死。

不过，两年后，聂重之终于找到机会“报仇”了。

那时，蒋正楠已找到了许连臻，并简简单单地成了婚。两家人一起去了某个私人海岛度假。

当时是黄昏时分，夕阳瑰丽，云层繁复。一岁多的聂亦心穿了件白色的棉纱公主裙，如粉团般白嫩可爱。许连臻爱不释手地抱在怀里逗弄，给她唱儿歌。蒋正楠便坐在一旁凝视着她们。

两人之间并不亲昵，甚至有几分古怪。

蒋正璇用手碰了碰聂重之，示意他转头看：“大哥和连臻两个人之间也不知为什么，一直淡淡的。你看看他们，哪有刚结婚的夫妻坐得这么远？一点也没有新婚的感觉。大哥找了连臻这么多年，怎么对连臻一点也不热情？”

“你什么小眼神啊。你仔细看看你哥，注意他的视线。从坐下来到现在，一刻也没离开过你大嫂。还有，你看，他眼神这么地赤裸裸火辣辣，露骨得简直恨不得当场就把人吃了……”

“哪有？！”蒋正璇又观察了片刻，发现大哥的眼神一直停驻在大嫂许连臻脸上是不假，但哪来的聂重之说得这么夸张。

女儿聂亦心舒舒服服地在许连臻怀里，咦咦啊啊地跟着许连臻一起唱了一会儿，忽然一笑，软软糯糯地冲她喊道："舅……妈……妈。"

许连臻毫无防备，被她一喊，怔了怔后，脸上便绽放了一个明媚灿烂的笑容："亦心好棒，都会叫舅妈了。"她这一笑，眉眼弯弯，唇畔两点梨窝荡漾，明净动人。蒋正楠整个人便怔住了，一错不错地看着她。他忽然起身走向了她，吻了下去，吻在了她右脸的梨窝处。

许连臻瞠目结舌，结结实实地抱着聂亦心愣住了。

蒋正楠在梨窝处停留了数秒，一吻再吻。而后，他一把抱过聂亦心："来，舅舅带你去找爸爸妈妈。"

另一头，聂重之强忍着笑故作不知地接过女儿。果然，下一秒，便见蒋正楠强势地拉起许连臻的手，回了他们的木屋。

那天晚上，他和蒋正楠面对着大海喝啤酒，他终于没忍住，挑了挑眉："蒋，今时今日，你终于知道什么是新婚宴尔、情不自禁了吧？！"

蒋正楠给了他一记眼刀子："喝你的酒吧。这么多废话！"

沙滩某处传出了一阵爆笑声，打破了深夜的寂寥。

番外七　叫错爸爸，后果很严重

聂亦桓一直不懂，为什么他堂堂正正的一个男子汉，在家里的地位却比姐姐聂亦心的毛绒宠物还不如。

他向来喜欢去蒋家。一来，蒋家有两个双胞胎哥哥陪他玩。看到两个哥哥的日子过得跟他十九不相离，他也就没那么多自怨自艾的情绪了。二来，怎么都还有外公外婆疼他、宠他。

这一年，他在蒋家终于知道了这么多年来老爸不爱他的原因。原来是他自己造的孽，在他十一个月大的时候造下的。

据说，那一天是个风和日丽的星期天，蒋聂两家聚餐。由于外婆喜欢湖滨路老字号的那道清炒手剥虾仁，正宗的野生河虾，搭配薄荷叶，清香爽口。舅舅聂重之便将聚餐地点定在了那里。

一家人吃得其乐融融。

聂亦桓亦乖巧得紧，在母亲的怀里津津有味地啃着大拇指。啃了许久，他突然语出惊人地叫了一声："马……马。"

哪怕儿子口齿不清，哪怕已有了长女聂亦心，蒋正璇还是如受重击般，激动不已：“宝贝，再叫一声。”可是这一句话后，聂亦桓又只顾着“吧嗒吧嗒”地品尝着自己的大拇指。

聂重之怕累着她，伸手接过儿子，一直逗他：“桓桓，来叫声爸爸。”可无论怎么逗，聂亦桓都津津有味地吸吮着拇指，怎么也不肯出声。

餐后，众人便分成两拨乘着电梯而下。

聂重之抱着儿子，与妻子还有蒋正楠以及大嫂许连臻一个电梯。另一头，则是一双情侣。男的容色沉静，却隐隐有一种迫人气势，女的则容色绝美。

电梯缓缓下行，聂亦桓睁着滴溜溜的眼对着那沉静男子“啊啊”“呃呃”了几声，口齿不清地叫那人道：“拔……拔……”

聂重之顿觉头上几千只乌鸦黑压压地呼啸而过。而那陌生甜美的女子和蒋正楠则“扑哧”一声笑了出来。

聂亦桓这个不知死的小子，瞧着那男子又叫一声：“八……八……”这一次，连嫂子许连臻都忍不住扬起嘴角微笑了起来。

一瞬间，聂重之有种想狠狠揍这小子一顿的冲动：“连老爸也敢乱叫！真他妈的丢脸丢到家了！”

那五官极美的女子侧头对容色沉静的男子微笑道：“小气鬼，都叫你两声爸爸了，也不给份见面礼。”那男子一笑，从手上摘下一串手串，伸手递给了聂重之：“难得有这个缘分。给孩子的小小见面礼，不成敬意。”

聂重之见那手串的玉通透温润成色，便知是年头极长的老玉，自然不肯收：“这怎么好意思呢。无功不受禄。”

此时，电梯门“叮咚”一声打开。那男子侧头，淡淡微笑：“不值钱的玩意儿，家里多的是。就当是玩具，给孩子随便玩玩。”

蒋正楠这时方开口道：“既然如此，那我这个舅舅就代孩子谢过了。”那男子点了点头，缓缓地伸出了手：“在下霍天衡！”蒋正楠与他一握：“蒋正楠。”

那男子客气地道了一声“再见”，与女子上了一辆车子远去。

聂重之：“蒋，你以前见过他？这人估计来头不小。”蒋正楠望着车子消失的远方：“没见过，但是我也有你这种感觉。这个人气势不凡，哪怕刻意压抑，也压制不住。绝对不是简简单单的普通人。”

聂重之低头瞧着自己那个拿着古玉往嘴里塞的臭小子，抬手“啪”一记狠狠地打在儿子的屁股上，磨着牙恶狠狠地道：“下次看你还敢不敢再乱叫别人爸爸。”

聂亦桓则流着口水，嘻嘻地舔着手串，完全无视老爸的“威胁”。

据说自打那以后，老爸就看他哪儿都不顺眼。

聂亦桓“内牛满面”地听完了这个故事，终于知道为什么老爸不疼、不爱他了。

唉，有道是天作孽犹可恕。

自作孽，不可活啊！

番外八　姜还是老的辣

蒋家双胞胎打小就知道老爸蒋正楠有两道拿手小菜。

一道是蒸鱼，另一道是白灼虾。

对于食材，蒋正楠自然是十分挑剔讲究。

鱼和虾，河鲜必须是野生的。海鲜呢，则必须来自深海。

从小家里就有一条不成文的规定：鱼有个部位——鱼脸肉呢，是他们不能碰的。那是老妈许连臻的专属。而白灼虾呢，可以吃。但从小必须自己动手，方能丰衣足食。而老妈这里呢，老爸每每都会伺候周全。把虾壳一个个剥去，搁在老妈面前的碟子里。

蒋聂两家重女轻男到了极点。虽然爷爷奶奶宝贝他们，但每每到了这个时候，蒋家双胞胎总是哀伤自怜，觉得自己肯定不是蒋正楠亲生的。估摸着还真是街边垃圾桶那里捡来的。

最可恨的是，老爸蒋正楠一边伺候老婆，一边还“不知廉耻”地对他们谆谆教导：如果以后你们遇到一个让你们心甘情愿剥虾的人，就赶紧地把她娶回家。记得，下手要快！准！狠！

蒋俊文蒋俊佑各自抖落一地鸡皮疙瘩，对视一眼，均从彼此眼里看到了一份决心：以后，打死不做妻奴！

当然，对于这个教诲，聂亦桓亦是从小聆听的，反应自然和两位双胞胎哥哥如出一辙。

不过多年后，他们会遇到什么样的人，度过怎么样的人生。

那是多年后的事情了。

但最后，三个人还是很庆幸地听了他的话，彼此沟通的时候总不忘竖起大拇指说道：“姜还是老的辣！不愧是老蒋！”

番外九　节目爆料

二十五年后，世界十大杰出青年蒋俊文在接受某著名节目采访。

节目女主持人笑容甜美："今天真的很感谢蒋俊文先生百忙中抽空出来接受我们的专访。对一般人而言，家庭的影响，特别是父母的影响是非常重要的。蒋先生，你的家庭和父母对你的影响有哪些呢？在节目的最后几分钟，你能否跟我们分享一下？"

蒋俊文对着镜头勾唇一笑，清俊之气咄咄逼人，哪怕是见惯男色的女主持人亦觉窒息。只听他缓缓道："我来自一个很幸福的家庭，一般家庭是严父慈母，我们家则相反。我跟我弟弟从小都很怕我妈妈，因为犯错的话，妈妈就会罚跪。或许是因为妈妈从小严厉的教导，所以才会让我和弟弟一直以来都严以律己。"

女主持人此时回了神，兴趣甚浓："妈妈这么严格，那爸爸呢？会护着你们吗？"

蒋俊文露出一副无奈表情："完全不会。从我有记忆开始，在我们家里爸爸从来不会对妈妈大声讲话。"

女主持人难以置信地道：“令尊可是蒋正楠呀，他从来没有大声对你妈妈说过话？”

蒋俊文笑：“或许你们会不相信，但真的是从来没有过，这是我们家传统，我姑姑家也是这样。”

女主持人又是一个大惊：“想不到大名鼎鼎，胡润榜首富聂重之，在家里也是爱妻专业户。”

蒋俊文笑：“个人觉得我姑父好像比我爸还要夸张。当然前提是，我觉得我爸已经够夸张了。”

女主持人兴致极浓：“为了我们电视机前各位观众的福利，我也来当一次狗仔八卦一回。蒋先生能给我们具体爆点料吗？”

蒋俊文微微一笑：“我只能言简意赅地说，我们家的传统是绝对的重女轻男。”

底下观众，特别是女观众纷纷发出“哇”的惊叹、窒息、羡慕之声。

此时，聂家客厅，聂亦桓用抹布擦着茶几，“内牛满面”地抬头，嘴里碎碎念：“什么重女轻男，在蒋聂两家，男的根本就比铜板还不值钱！”

聂亦心边看着电视，边吃着老爸烤的手工饼干：“聂亦桓，你这个月的零花钱领了没？”

闻言，聂亦桓动作更凶猛地擦着茶几脚，恨不得把它给擦破了：“老爸说我每个月做满二十天才能预支十天。今天才十八号。”

聂亦心笑眯眯地道：“所以啊，别这么一副苦大仇深的样子。老爸快下楼了，你可别一不小心给老爸听见……”

聂亦桓立刻噤声，转头瞧了瞧楼梯处，幸好没事。他讨好地凑到聂亦心身边，活脱脱地像一只想吃骨头的饿狗，一副绿油油的饥渴眼神：“姐，我最近手头紧，‘亚历山大’啊，给你打个商量怎么样？”

聂亦心还未回答，只听两人身后传来“哼哼”的几声咳嗽声，接着是老爸聂重之的声音：“聂亦桓，你跟你姐打什么商量呢？”

老爸怎么每次都这么神出鬼没呢！从小到大，聂亦桓都怀疑自己的老爸学会了传说中的“凌波微步”“神行百变”等轻功。只是他未能证实而已。

聂亦桓忙跳开姐姐身边，抓起抹布狠狠地擦茶几脚：“老爸，没打什么商量……”

“真没什么？”

聂重之的声音不轻也不重，旁人听了估计还会说和蔼可亲之类的，可聂亦桓的心头却不明所以地颤了颤：“真没什么。”

聂重之：“没什么就好。快点擦，擦好了去厨房端炖品，你妈快下来了。”

聂亦桓再度泪流满面。

这就是身为聂家唯一儿子的悲催生活！

而蒋家另一个儿子蒋俊佑此刻关上了电脑视频，端正睿智的脸上笑意收敛，按下了内线键吩咐道：“通知各部门的头头，四点钟准时到顶楼来开会。”

蒋聂两家的这四个孩子，都在自己的路上浅吟低唱。至于他们的故事，当然自然各有各的精彩！

梅子的话

亲爱的大家，你们好！

再一次地跟大家见面了！

希望大家都会喜欢蒋正璇的故事。跟她哥哥蒋正楠的故事一样，蒋正璇的故事也属于强取豪夺系列。这个系列梅子还有其他构思。但目前还不确定到底写不写。

大家是不是要喷血了。强取豪夺好老土呀！唉，请大家原谅梅子吧，梅子的题材一直是又旧又狗血的。但是呢，梅子每次都尽量地想从这些又旧又狗血的故事里写出一点新的、属于梅子的味道来。

最初构思的时候，是想让蒋正璇和聂重之出场的时候就结婚的，把孩子生下来后成为一对怨侣。但是这样的构思已经被无数无数的人写过了。于是乎，梅子就想，或许可以用另外的方式来叙述这个故事。在这种情况下，就有了现在大家看到的这个故事。

这本书里的番一，原本是此书正文的结局。但梅子觉得正文这样结束的话，反而太累赘了，所以选择了在蒋正璇发现聂重之手里的戒指时正式结束，把原来的结尾作为了番外。

番二是写聂重之父母的故事，没有详细描写，戛然而止。梅子个人很喜欢这一对的爱情。

而在其余的番外里，就对大家耿耿于怀的许连臻与蒋正楠的故事给出了最终圆满的结局。大概是因为梅子从未写过开放式的结尾，所以大家对《有生之年，狭路相逢》一书颇有意见，一再地要求梅子写番。在此写了一点，也不知道大家喜不喜欢。

大家会问梅子，接下来出哪本呢？其实梅子自己也不知道。有什么灵感就写什么吧！但是呢，梅子接下来的男主可能会有点改变，梅子不想再一味地写高富帅了，我都厌倦了，大家怎么可能不厌倦呢。或许某一天，大家打开书，会看到专业性的男主或者很普通的男主也说不定哦。

但不管怎样，梅子还是会一直继续地言情下去，继续把言情进行到底的。或许故事背景、构思、人物会变，但爱情这个主题是永远不变的。

梅子笔下的爱情确实都是假的、虚构的，但梅子相信，爱不是。爱是一直都存在的，在我们每个人的生活中。或许还没有来，但是请相信，它，在路上。

爱，它一直都在路上！

新的一年已经来了，祝愿大家在新的一年里，百事可乐，万事如意！

梅子黄时雨于浙江嘉兴

2014 年 1 月 10 日星期五

再版后记

我的女孩们，你们好。

《恋上，一个人》的再版与大家见面了。梅子开心之余呢，又觉得有点小伤感。开心呢，是因为现在出版市场不景气，梅子的书能不停再版，真的是一件很幸运、很幸福的事情。

当年写文梅子只是胡乱写写，自娱自乐而已。从来没有想过玩着玩着会在这里玩出一片天地，更没有奢望过会出版、会赚钱（因为当年连出版都是一件极为奢侈遥远的事情，梅子根本连想都不敢想）。

后来磨铁图书的郑郑找我签约出版《人生若只初相见》一书的时候，梅子依然以为自己只是"一本写手"，就是出版社出版了一本书之后，因为销量不如意不会再出版第二本那种。谁知《人生》一书上市后一个月，编辑就签走了我手上的其他书。梅子从此就走上了出版写文的道路，一直到了现在。

当然这其中最感谢的就是你们——我的女孩们。这么多年来，没有你们不离不弃的支持，根本就不会有现在的梅子。真的真的很感谢你们，让梅子的人生中有一点可以值得记忆的东西。

伤感呢，是因为每本书的再版，都代表原先的出版时间到期了，梅子这才惊觉，原来时间过得这么快。唉，岁月如刀催人老，梅子如今都已经不想照镜子了。时间和皱纹是怎么爬过梅子的皮肤，只有梅子自己最清楚。呜呜呜。顺便在这里求一下祛斑秘方：如果有秘方的朋友，请去新浪微博，搜“JJ 梅子黄时雨”加关注，然后私信给我。谢谢大家，在此三鞠躬。

聂重之和蒋正璇这一对人大概是属于青梅竹马后知后觉又强取豪夺的故事。梅子笔下的每一个男主都很霸道深情，但聂重之的求而不得却特别让人揪心。从小就失去母亲的他，是一个有家等于没有家的孩子。幸好最后两人圆满了，蒋正璇给了他一个温暖有爱的家。再版的书里也新增了他们幸福的番外，希望大家喜欢。

感谢每一次与你们的相遇。

亲爱的，我们下一本书再见。

2018 年 9 月 25 日

梅子黄时雨